高岡市万葉歴史館編

越《こし》の万葉集

笠間書院

越《こし》の万葉集

総論――「越中万葉の世界」について

小野　寛

一　はじめに

天地創造の昔、伊奘諾尊《いざなきのみこと》と伊奘冉尊《いざなみのみこと》が初めて「越洲《こしのしま》」を生んだという。本州・四国・九州・隠岐・佐渡・壱岐・対馬と並んで、「越《こし》」を独立した島として数えている。これが日本書紀の「国生み」の話であった。日本書紀の「国生み」の段は本文の他に「一書に曰はく」で始まる「一書」が十書も収載されているが、その十書のうち、生まれた八つの「洲《しま》」（大八洲国と呼ばれた）の名を記すのが半分の五書で、そのうち三書（第一、第六、第八書）に「越洲《こしのしま》」がある。「大八洲国」の中に「越洲」を数える伝承が確かにあったのである。しかし古事記の「国生み」の話には「越」は本州に含まれていて、独立しては出て来ない。

その古事記では、大国主神である八千矛神《やちほこのかみ》が「高志国《こしのくに》（越の国）」の沼河比売《ぬなかわひめ》と結婚しようと出雲からはるばると出かけて行って、その沼河比売の家に着いて歌ったという歌を次のように記している。

八千矛の　神の命《みこと》は　八島国《やしまくに》　妻娶《つまま》きかねて　遠々《とほどほ》し　高志《こし》の国に　賢《さか》し女《め》を　有りと聞かして
妙《くは》し女《め》を　有りと聞こして　さ婚《よば》ひに　あり立たし　婚《よば》ひに　あり通はせ…（古事記歌謡２）

この国土を支配する大国主神は「大八島国」のうちに妻とするにふさわしい女性を見つけることができなくて、遠い遠い「越の国」に、賢い美しい女性がいると聞いて、求婚に出かけて来たというのである。「八島国」の外に「越の国」があるように歌われている。新全集『古事記』に、この表現は「八島国」の外に「越の国」があるのではなく、今まで「八島国」のうちに求めかねていた妻を、ようやく「越の国」に見つけたというほどの意であるという。

「大八島国」も「八島国」も日本全体を神話的に表現するもので、それは大和朝廷の支配力の及ぶ範囲の謂《い》いであった。「越の国」がその外にあった時代の発想に基づいて歌われたとも言えよう。

第十代崇神天皇は古事記に「初国を知らす天皇といふ」とあり、大和を平定し、神を祭り、大和に確立された王権を四方へ拡張した力の象徴であった。日本書紀の記載によれば、崇神天皇十年九月にいわゆる四道将軍が派遣されたのである。

大彦命《おおびこのみこと》　北陸に遣《つかわ》す

武渟川別《たけぬなかわわけ》　東海に遣す
吉備津彦《きびつひこ》　西道に遣す
丹波道主命《たにはのちぬしのみこと》　丹波に遣す

古事記にも「此の御世（崇神天皇）に、大毘古命《おほびこのみこと》は高志道《こしのみち》に遣《つかは》し、その子建沼河別命《たけぬなかわわけのみこと》は東の方の十二の道に遣して、そのまつろはぬ人等を和《やは》し平《たひら》げしめき。又、日子坐王《ひこいますのみこ》は丹波国に遣して…」とある。大彦命を始めとする四道将軍はおのおのその遣わされた国を和《やわ》し平げて覆奏したという。「越の国」は大彦命によって開かれ、安定し、繁栄した。

この「越の国」を始め地方諸国の経営はどうなっていっただろうか。大和朝廷は地方の大族長層を「国造《くにのみやつこ》」に任じ、彼らの伝統的、呪術的な権威にもとづく政治的支配をそのまま認める形で、その傘下に置いていた。

日本書紀には大化改新にあたって、大化元年（六四五）八月五日、「東国」に国司を派遣して地方行政の改革を行なったとあるが、この「東国」に「越」は含まれていない。斉明天皇四年（六五八）に「越国守、阿倍引田臣比羅夫《あへのひけたのおみひらぶ》」の名があるが、もっぱら秋田から津軽地方の蝦夷征討の記事である。越中の歴史はまだない。

二　越中とその歌

万葉集は、巻十七から巻二十までの四巻は、大伴家持の歌日誌風である。年月日順に、家持の歌を主として、その周辺の人の歌、同じ場で詠んだ歌々、宴に同席した人々の歌などで構成されている。これは「家持歌日誌」をもとに四巻に編成したと考えられる。その中に、越中を舞台とする歌がある。それは、

天平十八年（七四六）八月七日から天平勝宝三年（七五一）八月五日まで、満五年間である。それは、家持が越中守に任ぜられて赴任し、満五年つとめて、少納言に遷任せられて越中を離れるまでである。その間に国司の任務として都へ使いに赴いたことが何度もあっただろうが、都へ帰った時の、都での作歌は一首も収録されていない。すべて越中で作られた歌と越中で聞き、越中で書き留めた歌である。それは、

巻十七・三九四三から巻十九・四二五三まで、全部で三一一首である（越中着任後に届いたであろう叔母大伴坂上郎女の贈歌二首と、越中へ送られて来たという平群氏女郎の十二首は含まない）。そこには、

家持の作歌二二〇首（長歌三四首、短歌一八五首、旋頭歌一首）があるる（最後の上京時に、途中越前国府で越前掾大伴池主の館で作った歌を含む）。家持の歌が七〇パーセントを占める。

大宝律令制定以来、続日本紀に越中国司補任の記録は、天平四年（七三二）九月五日の人事異動に、

外従五位下田口朝臣年足を越中守とす。

とあるばかりで、その後、天平十八年（七四六）六月二十一日に、

従五位下大伴宿禰家持を越中守とす。

とあるまで全くない。この間十四年、少なくとも二人あるいは三人の補任があっただろう。そして天平勝宝三年（七五一）七月十七日の家持の少納言遷任も、続日本紀に記載がなく、万葉集によって知るばかりである。万葉集巻十九・四二四八、四二四九歌の題詞に、

七月十七日を以《もち》て、少納言に遷任す。仍《よ》りて悲別の歌を作り、朝集使掾久米朝臣広縄の館に贈貽《おく》る二首

とある。左注には「右、八月の四日に贈る」とあり、七月十七日が少納言任命の日であったことに間違いはない。それが続日本紀には記されていないのである。越中守に限らず、国守補任のことが続日本紀に脱落していることは多いのである。家持の後任の越中守の記載もない。続日本紀にはこの後、天平勝宝六年（七五四）五月十四日に、

従五位下石川朝臣豊人を越中守とす。

とある。家持の後任者はここで交替したのであった。その石川豊人の遷任のことは記されていないが、天平勝宝九歳（七五七）正月六日前左大臣橘諸兄が薨じた時、その喪事の監護を命じられている。前

年中に遷任されて、都に帰っていたのである。その年八月十八日に天平宝字元年と改元した。「越中国官倉納穀交替記」天平宝字元年十二月四日の項に、

国守従五位上茨田《まむた》王

とあり、「越中国諸郡庄園惣券第一」天平宝字三年十一月十四日の項に、国守を「従五位上（名欠）王」と記している。石川豊人のあとに茨田王が越中国守に任じられたのである。そして続日本紀、天平宝字五年（七六一）正月十六日に、

従五位下阿倍朝臣広人を越中守とす。

とある。そこまでが国守茨田王であっただろう。

万葉集に「越中」に関わる歌は、家持が越中守であった満五年間のこの三一一首と、巻十六に収載されている、

能登国の歌三首（三八七八〜三八八〇）

越中国の歌四首（三八八一〜三八八四）

である。この巻十六の歌は、筑前・豊前・豊後・能登・越中と並んでいるもので、各地の民謡を収めたのである。能登国は養老二年（七一八）五月二日、越前国から四郡を割いて設立され、天平十三年（七四一）十二月十日に越中国に併合され、天平勝宝九歳（七五七）五月八日に再び分立したものである。「能登国の歌」として採集し、ここに登録したのは、養老二年から天平十三年の間か、天平勝

宝九歳つまり天平宝字元年以降ということになる。家持の越中守時代には能登国は存在せず、越中国の中にあった。これらは家持とは関わらずに編集収載されたものだろう。

家持が越中守になった天平十八年という年は、聖武天皇の発願された毘盧舎那大仏造立がいよいよ形を現わした年であった。家持が越中にいた足掛け六年の間は、聖武天皇の大仏の完成にかけた月日だったと言ってもよい。

天平十五年（七四三）十月十五日、大仏造営の発願のことを天下に布告され、近江国甲賀郡の紫香楽離宮の近くに大仏の寺地を開き、基壇が築かれ、翌十六年十一月十二日、初めて大仏の像の体骨柱が建った。しかし十七年五月、平城京に戻ることになり、八月二十三日、改めて東大寺の寺域に大仏造営のための基壇を設けたのであった。この日聖武天皇はみずから衣の袖で土を運び、その基壇に土を加え、皇后を始め命婦、女官、采女から文武百官、おのおの土を運び加え、基壇を築き固めた。家持もこの年正月七日に従五位下に叙せられていたから、土を運んでいただろう。そしてそこに大仏の原型である塑像が立ち上がってゆくのを見ながら、家持は越中へ旅立って行ったのである。その年（天平十八年）の十月六日、塑像完成供養が行なわれた。越中にもその知らせが届いたに違いない。

天平十九年九月二日、越中国の人、無位礪波臣《となみのおみ》志留志《しるし》が米三千石を大仏の知識として献納して外従五位下を授けられている。聖武天皇は大仏発願の当初から天下に知識の者を求めていた。知識とは善知識のことで、仏の教えを説いて仏道に導く人をさすが、財物や労力を仏事のために提供してその功徳にあずかろうとする人をもいう。土豪や財力のある農民の中には、信仰の為よりも、むしろ叙位にひかれて、莫大な私財を寄進する者が次々と現われたのである。越中国にもそのことは伝えられ、家持の足下からもそういう者が出たのであった。

三　越の仲間たち

越中における最初の歌の記録が、天平十八年八月七日の夜の、国守家持の館での宴の歌であった。この宴は尾山篤二郎が「新任国守の饗燕(注1)」と言う通り、国守が自らの館で催したのだから、着任挨拶の国守招待の宴席だったに違いない。この席での歌が十三首、その作者と歌は次の通りである。

守	大伴宿禰家持	短歌6首
掾	大伴宿禰池主《いけぬし》	短歌4首
大目	秦《はだの》忌寸《いみき》八千島《やちしま》	短歌1首
国僧	玄勝	古歌伝誦1首
史生	土師《はにし》宿禰道良《みちよし》	短歌1首

越中掾大伴池主が若き新国守家持を迎えた。池主は大伴宿禰の一族で、その系譜は不明であるが、天平十年（七三九）十月十七日、時の右大臣橘諸兄の嫡男奈良麻呂主催のもみじを楽しむ風雅の宴

に、内舎人であった家持と同席して短歌一首を記録している。家持と旧知の間柄であった。『寧楽遺文』収載の「駿河国正税帳（天平十年）」（正倉院文書）に、

覔珠玉使春宮坊少属従七位下大伴宿禰池主

の名があり、従者八人を連れて駿河国六郡をめぐったようである。天平十年に従七位下で春宮坊の少属《さかん》であった。天平十八年の位階は分らないが、越中掾は従七位上相当官であるから、従七位上か正七位下くらいに上がっていただろう。そして家持が少納言に遷任されて都に上った天平勝宝三年（七五一）八月にはまだ越前掾として越前にいたが、その二年後、天平勝宝五年八月十二日、左中弁中臣清麻呂、少納言大伴家持らと共に、左京少進大伴池主が、各々壺酒を携えて高円野に登って野外の宴をした時の歌が万葉集に記録されている。池主も家持の上京のあと間もなく遷任され、左京職の判官、左京少進についたのであった。左京少進は正七位上相当官で、池主は着実に昇進していたことが分る。

越中における池主は、家持以外では最も多くの歌を万葉集に収載されている。家持の六年間に最も関わった人物だったと言えるだろう。

大伴宿禰池主
天平十八年十一月　大帳使池主の帰任を歓迎する家持の宴に（家持の「相歓ぶる歌二首」）
天平十九年

二月二十九日～　病臥の家持から池主へ（書簡3、長歌1、短歌7）
三月五日　池主から家持へ　書簡3、長歌1、短歌4、漢詩（七言律詩）1
四月　家持へ敬和遊覧布勢水海賦　長歌1、短歌1
家持へ敬和立山賦　長歌1、短歌2
池主館で税帳使家持の餞宴　古歌伝誦1首
五月　家持より上京悲別の歌を贈られたのに報贈　長歌1、短歌2
天平二十一年三月　越前掾池主より家持に贈る　短歌3
（勝宝元年）十一月　越前掾池主より家持に贈る戯歌　短歌4
十二月　同じく更に贈る　短歌2
勝宝二年　四月　家持よりホトトギスの歌を贈る
同　家持より水鳥《う》と歌を贈る

池主の歌　長歌4、短歌22、合計26
（天平十八年八月七日の4首を含む）

次に大目秦八千島は、天平十八年八月七日夜のあと、続いて自らの館で宴を催し、短歌一首を作り、翌十九年四月、再び自らの館で税帳使として上京する家持の餞宴を催したが、八千島の歌はない。秦八千島の歌は二首である。

天平十八年八月七日の宴に越中介の名が見えないのは、この時たまたま欠員で、この後に着任するのかも知れない。あるいは年に一度の正税帳を都に持参し国政を報告する使として上京中であったのかも知れないと書いたことがあるが、それは誤りで、八月に不在とは、調・庸賦課の台帳である計帳を進上する大帳使がふさわしい。その介内蔵忌寸《くらのいみき》縄麻呂の名が翌十九年四月に初めて見え、以後家持の遷任上京を見送るまで続く。次の通りである。

内蔵忌寸縄麻呂

天平十九年	四月	池主館での家持餞宴に	短歌1
感宝元年	四月	秦石竹館での宴に	短歌1
勝宝二年	四月	府の官人らと布勢水海に遊覧して	短歌1
勝宝三年	正月	自らの館で宴して	短歌1
	八月	家持遷任上京に射水郡大領の門前の林中餞宴に捧盞したという歌	なし
		縄麻呂の歌	短歌4

掾大伴池主の歌が天平十九年五月、家持上京餞別の歌のあと途切れてしまった。家持も上京中の歌は自他ともに収録しないのだが、帰任後も九月の、鷹狩の自慢の愛鷹が鷹番の失敗で帰って来なくなった悲嘆の歌しかない。この間に掾大伴池主の越前への転任があったのである。その後任の掾が久米

朝臣広縄であった。久米広縄は歌作りでも池主に代わって家持の相手を十分につとめた。その歌数は池主に次ぐ。自らの館で宴をよく催した。次の通りである。

久米朝臣広縄

天平二十年三月　都からの使者田辺福麻呂の布勢水海
　　　　　　　　遊覧招待に同行　　　　　　　　短歌1
　同　　　　　　自らの館で福麻呂に饗宴（家持も歌）　短歌1
　四月　　　　　自らの館で宴　　　　　　　　　歌なし
感宝元年閏五月　朝集使として上京帰任歓迎の宴を家持館で　歌なし
勝宝二年正月　　自らの館で宴（家持の歌一首のみ）
　四月　　　　　府の官人らと布勢水海に遊覧して　短歌2
　同　　　　　　家持からホトトギスの怨恨歌を贈られ
　　　　　　　　返歌する　　　　　　　　　　　長歌1、短歌1
　九月　　　　　自らの館で宴　　　　　　　　　短歌1
勝宝三年正月　　介の館で宴　　　　　　　　　　短歌1、古歌伝誦1
　二月　　　　　税帳使として上京に家持館で餞宴（家持歌のみ）
八月四日　家持遷任上京に悲別歌を広縄の留守宅

に贈り遣す

八月五日　越前掾池主館で家持と遭遇　短歌1

広縄の歌　長歌1、短歌8、合計9

介内蔵縄麻呂も掾久米広縄も大目秦八千島も、歌は家持と関わったこの年月にしかない。舞台はこ越中であった。越中万葉の舞台に登る人はほんの僅かの人達であった。その他は次の通りである。

少目秦忌寸石竹《はだのいみきいはたけ》

感宝元年五月　自らの館で宴（家持の歌二首）　歌なし

勝宝元年十二月　自らの館で宴（家持の歌一首のみ）　歌なし

勝宝二年十月　家持より朝集使として上京の餞別の歌

大目高安倉人種麻呂

勝宝三年四月十六日のあと　渡航準備中の遣唐使の歌八首を伝誦

講師僧恵行《ゑぎやう》

勝宝二年四月　府の官人らと布勢水海に遊覧して　短歌1

久米朝臣継麻呂
勝宝二年四月　府の官人らと布勢水海に遊覧して　短歌1

羽咋《はくひ》郡擬主帳能登臣乙美《のとのおみおとみ》
天平二十年四月　久米広縄館の宴に出席　短歌1

遊行女婦土師《はにし》
天平二十年三月　田辺福麻呂の布勢水海遊覧招待に同行　短歌1
四月　久米広縄館の宴に出席　短歌1

遊行女婦蒲生娘子《かまふをとめ》
勝宝三年正月　介の館で宴に出席　短歌1、古歌伝誦長歌1・反歌1

田辺史福麻呂
天平二十年三月　左大臣橘家の使者として来越　短歌13
都から御製・左大臣歌など七首を伝誦

田辺福麻呂は造酒司令史とあり、宮内省に所属する造酒司という役所の四等官であったから、その相当位は大初位上で八位より下の低い位であった。家持は越中守に任ぜられる直前三ケ月、宮内少輔であったから、福麻呂は家持の下僚であった時期があっただろう。歌人としてもすでに自撰の「田辺福麻呂之歌集」が知られていた。その田辺福麻呂が、左大臣橘家の使者としてはるばる越中まで、家持を訪ねてやって来た。左大臣橘諸兄はこの年六十五歳、台閣の筆頭として君臨していた。

家持は大伴氏の将来の棟梁として早くに橘家の宴席につらなり、諸兄に目をかけられていたことが想像される。弱冠二十九歳で越中の国守に任ぜられたのも、左大臣諸兄の推挽であっただろう。

橘家の使者の用向きは何であったか分らない。本書でもまた論じられるだろう。家持は田辺福麻呂を歓待し、一日は布勢水海の遊覧にも招待した。家持がよろこんだのが、福麻呂がもたらした「橘」讃歌ともいうべき歌七首であった。家持はそれを大切に己れの歌日誌にうつし、自らも「後に橘の歌に追和する二首」を作って記録した。

家持が歌日誌に記した、こうした伝誦された歌々も、この越中万葉の特色をなすだろう。これらを含めた「伝誦古歌」と現地採集歌をまとめておこう。伝誦者の個人に関わる歌としてもあげてある。

伝誦古歌など

	伝誦者	伝誦歌の作者など	
天平十八年八月七日	僧玄勝	大原真人高安作古歌	1首

天平十九年四月二十六日　大伴池主　石川朝臣水通の橘の歌　1首
九月二十六日の後　三国真人五百国　高市連黒人の歌　1首
天平二十年三月二十六日　田辺福麻呂　元正上皇難波宮滞在の時の歌　7首
三月　射水郡駅館の柱に題著せる歌（山上臣某の作）　1首
勝宝二年　十月五日　河辺朝臣東人　光明皇后吉野作歌　1首
十二月　久米広縄　藤原房前卿の命を承けて
三形沙弥作歌　長歌1、短歌1首
勝宝三年　正月　久米広縄　県犬養三千代の天皇献上歌　1首
遊行女婦蒲生　作者未詳亡妻悲傷歌　長歌1、短歌1首
四月十六日の後　高安種麻呂　遣唐使関係歌　8首

この他に越中の家持のもとに都から届けられた次の歌がある。

姑大伴氏坂上郎女
天平二十一年三月　京より家持宛に来贈　短歌2
勝宝二年六月　京より女子大嬢に来賜　長歌1、反歌1
留女之女郎
勝宝二年四月五日　京より来贈（坂上大嬢宛に）　短歌1

家持は天平二十一年三月の叔母坂上郎女の便りに応えて、直ぐに「報ふる歌二首」と「別なる所心一首」を返している。また天平勝宝二年三月には、妻坂上大嬢が都のその母、坂上郎女に贈るために、長歌一首・反歌一首を代作している。六月の坂上郎女からの恋歌は、それをうけての作かも知れない。

「留女之女郎」は家持の妹で、家持の妻になった坂上大嬢とは従姉妹に当り、その歌によれば、都では大変親しく交際していたようである。家持は妻大嬢にせがまれて、また留女の女郎に贈る歌二首を代作している。これも越中での家持であった。

四　天ざかる鄙としなざかる越

万葉集における越中は、家持と共に開かれてゆく越中である。家持の目に届かぬ、家持の耳に触れない土地は、万葉集の歌には現われて来ない。

天平十八年八月七日の夜の宴に家持の歌が六首あるが、その六首目に、

馬並《な》めていざ打ち行かな渋谿《しぶたに》の清き磯廻《いそみ》に寄する波見に　(巻十七・三九五四)

と歌っている。家持が越中の地名を歌った最初の作品である。それは越中万葉の最初の地名でもある。恐らくその宴の席で聞いた地名で、その歌は、今にも馬に鞭打って飛んで行って見たい語気が感

じられる。九月に、都で別れた弟書持の訃報が届き、その悲傷歌を作ったが、反歌の一首に、

かからむとかねて知りせば越の海の荒磯の波も見せましものを（巻十七・三九五九）

と歌った「越の海の荒磯の波」も、八月七日の「渋谿の清き磯廻に寄する波」と同じものだろう。続いて十一日、大帳使として都へ上っていた池主が帰任したのを歓迎して、国守館から眺めた海景に寄せて歌った。

白浪の寄する磯廻を漕ぐ船の梶取る間無く思ほえし君（巻十七・三九六一）

の、「白浪の寄する磯廻」も、渋谿の崎の荒磯から続く海岸であった。それが「越の海」であった。八月七日の宴の歌には、家持の「渋谿」の外に、家持以外の出席者から、「二上山」と「奈呉の海人」が出た。十一月の歌をもってこの年の歌の記録は終った。家持の初年の秋から冬は、越中の自然は国府から臨む山は二上山、臨む海は越の海の奈呉の浦。渋谿の崎へは馬を走らせただろうか。ここ越中は、家持にとってはまぎれもない「天《あま》ざかる鄙《ひな》」であった。八月七日の宴の歌に既に、

天ざかる鄙に月経ぬ然《しか》れども結《ゆ》ひてし紐を解きも開《あ》けなくに（巻十七・三九四八）

と歌っている。「天さかる鄙」に来てもう月が改まった。まだ一ケ月を経てはいないが、七月から八月を迎えていた。それを「月経ぬ」と戯れてみせた。それでも、都で出発の前に結び合ったのだろう、妻が結んでくれた衣の紐を、自分はまだ解き開けたりしていないというのである。池主がそれに「天ざかる鄙」で応じた。

天ざかる鄙にある我をうたがたも紐解き放《さ》けて思ほすらめや　（巻十七・三九四九）

「天ざかる鄙」にいる私たちであると、家持と池主と、そしてその宴席につらなる全員を含めてしまったのは、池主の配慮であっただろう。

越中を「天ざかる鄙」と歌ったのは、家持が右の初出を含めて十一回、それに和した池主が右のを含めて三回、合計十四例が巻十七以下四巻のすべてである。この二人以外に、そして越中以外で、「天ざかる鄙」はもう歌われていない。巻十六以前でも全部で十例（「天さかる」一例）と少ない。うち一例は柿本人麻呂の旅の歌を後代に誦詠した重出歌であるから、実数は九例である。

柿本人麻呂　近江の大津宮　（巻一・二九）
同　瀬戸内海の旅路　（巻三・二五五）
人麻呂の死を悼む作者未詳　どこかの荒野　（巻二・二二七）

丹比笠麻呂　筑紫国　（巻四・五〇九）
古歌謡　治めるべきどこかの国　（巻十三・三二九一イ）
笠金村　越前国　（巻九・一七八五）
山上憶良　筑前国　（巻五・八八〇）
遣新羅使の一人　対馬島浅茅浦　（巻十五・三六九八）
石上乙麻呂　土佐国　（巻六・一〇一九）

また記紀歌謡には、日本書紀の神代下の巻の大国主神国譲りの段、第一の一書にある一首のみである。

天さかる　鄙つ女《め》の　い渡らす迫門《せと》　石川片淵　片淵に　網張り渡す…（紀3）

この「鄙」は都に対して田舎《いなか》の意である。また「天さかる」は、日本書紀の神功皇后摂政前紀冒頭に「天疎向津媛命《あまさかるむかつひめのみこと》」がある。天照大神の荒御魂らしい。

「天さかる鄙」は古いことばだが、万葉集では人麻呂が初出で、あまり使われていなかった詞句を、家持が越中で多用したのである。それは、金村にとっての越前であり、憶良にとっての九州筑前であり、また対馬であり、土佐であった。家持にとって越中はまさに「天ざかる鄙」であった。それは越中在任中、変ることはなかった。
「天ざかる鄙」である「越中国」を、家持は「しなざかる越」と歌った。「しなざかる」は家持以前には例を見ない、家持の造語である。天平十九年三月三日、家持が病床から池主に贈った長歌に初めて見る。

大君の　任《まけ》のまにまに　しなざかる　越を治めに　出でて来し　ますら我すら　世の中の　常し
無ければ　うち靡《なび》き　床に臥《こ》い伏し　痛けくの　日に異《け》に増せば…（巻十七・三九六九）

続いて三月二十日には、既に病は癒えて、都に残した妻への恋しさを歌った歌には、

…大君の　命《みこと》恐《かしこ》み　あしひきの　山越え野《ぬ》行き　天ざかる鄙治めにと　別れ来し　その日の極
み…（巻十七・三九七八）

と歌い、その前には、前年天平十八年九月二十五日の、弟書持《ふみもち》の死の知らせに哀傷する歌に、

天ざかる鄙治めにと　大君の　任《まけ》のまにまに　出でて来し　我を送ると…（巻十七・三九五七）

と歌い、天平十九年二月二十九日、病床での最初の独詠悲歌にも、

大君の　任《まけ》のまにまに　大夫《ますらを》の　心振り起し　あしひきの　山坂越えて　天ざかる鄙に下り来
息だにも　いまだ休めず　年月も　いくらもあらぬに　うつせみの　世の人なれば　うち靡き
床に臥《こ》い伏し　痛けくし　日に異《け》に増さる…（巻十七・三九六二）

と歌っている。そしてこれに続いて池主に歌い贈るのに、その三九五七歌と三九六二歌の冒頭の表現を合わせ、工夫を凝らしたのが、「しなざかる越を治めに」となったのである。

これは、家持がしばしば参考にし、学んでいる巻十三に、

…大君の　任《まけ》のまにまに（或本に云はく、大君の命恐《かしこ》み）　夷ざかる国治めにと（或本に云はく、天ざかる夷治めにと）　群鳥《むらとり》の　朝立ち行けば…（巻十三・三二九一）

がある。「大君の任のまにまに」も家持以前にこれが初出例である（他に笠金村の歌かとも言われる巻三・三六九歌にあるのみ）。この「ひなざかる国治めにと」がヒントになったことは間違いないだろう。

「しなざかる越」はこのあと、家持の越中五年間に、その最後の歌に、

しなざかる越に五箇年《いつとせ》住み住みて立ち別れまく惜しき宵かも（巻十九・四二五〇）

と歌うまで、家持が全部で四例と、天平勝宝二年六月十五日から八月までの間に都から届いた坂上郎女の歌に、越中の家持のもとへ行ってしまった娘大嬢への思いを歌って、

…大夫《ますらを》の　引きのまにまに　しなざかる越路をさして　延《は》ふ蔓《つた》の　別れにしより…

（巻十九・四二二〇）

という一例である。坂上郎女がこれまでの家持の歌を都で読んでいて、この「越」をいう新鮮な、そしていかにも「越」にふさわしい枕詞を、借用したに違いない。

「しなざかる」五例中、四例は仮名書きで、一例だけ「科坂在故志《こし》」（巻十九・四一五四）とある。巻十九は家持の記録である可能性が大きいが、この「科坂在」は「しなざかる」の本意を示しているかも知れない。[注2]階段のように、幾重にも重なる山坂があって、それを越えて行くのが「越の国」であるという。「あまざかる」の正訓字表記は「天離」六例、「天疎」一例である。「ひなざかる」も「夷離」で、家持歌は「夷放」とする。家持の「しなざかる」も「級離る」で、都を高しとし、鄙を低しとする考えから、上下遠く離れたの意かとする説[注3]があるが、「科坂在」も意識していたのだろう。

五　布勢水海遊覧

「天《あま》ざかる、しなざかる越中の国」は、能登半島全域を含めて八郡であった。そのすべてが、巻十七・十八・十九の家持越中関係歌群（三九四三〜四二五三）に見られる。

射水《いみづ》郡　巻十七・三九八五題詞、三九九一題詞、四〇一五左注、巻十八・四〇六五題詞、巻十九・四二五一題詞
新川《にひかは》郡　巻十七・四〇〇〇題詞、四〇二四題詞
礪波《となみ》郡　巻十七・四〇二一題詞、巻十八・四一三八題詞
婦負《めひ》郡　巻十七・四〇二三題詞
能登《のと》郡　巻十七・四〇二六題詞
鳳至《ふげし》郡　巻十七・四〇二八題詞
珠洲《すず》郡　巻十七・四〇二九題詞
羽咋《はくひ》郡　巻十八・四〇六九左注

射水郡に越中国府があり、それは今の高岡市伏木にあった。射水郡は高岡市と新湊市と北の氷見市と今の射水郡一帯である。新川郡は富山県の東部で、今は東から上新川郡、中新川郡、下新川郡に分れている。富山湾沿いに黒部市・魚津市・滑川《なめりかわ》市と富山市がある。続いて婦負《ねい》郡で、今の婦負郡と

富山市である。礪波郡は今、東礪波郡と西礪波郡に分れ、砺波《となみ》市と小矢部《おやべ》市がある。能登郡は今の鹿《か》島《しま》郡と七尾市である。鳳至郡は能登半島の中間部に東海岸から西海岸まで広がり、今の鳳至《ふげし》郡と北に輪島市がある。珠洲郡は能登半島の最先端の地で、今その先端部全域が珠洲《すず》市で、その南に珠洲郡内浦町が小さく残っている。羽咋郡は今の羽咋郡と羽咋市である。

万葉集に歌われた越中の地名は、国名・郡名を除いて四十三を抽出できるだろう。その中、二回以上歌われた地名は十六である。

二上山（峰）	11
奈呉（海・浦・江）	11
布勢（水海・海・浦）	10
渋谿（崎）	7
射水川	6
立山	5
多祜《たこ》（崎・浦・島）	4
乎布《をふ》（崎・浦）	4
垂姫《たるひめ》（崎・浦）	4
熊来	3
片貝川	3

辟《さき》田川　3
三島野　3
松田江　2
珠洲（海）　2
石瀬野　2

右の中、「多祜」「平布」「垂姫」は「布勢水海」の湖岸の地名であって、すべて「布勢水海」の歌に歌われている。これを合算すると、「布勢水海」は二十二になる。「布勢水海」が格段に多いのである。

天平十九年三月、病い癒えた家持は、その月末三十日に「二上山の賦」を作った。「興に依りて作る」と注記している。越中国府の西に「二上山」という名の山があった。越中最初の宴、天平十八年八月七日の夜の宴の結びの歌が、史生土師道良の次の一首であった。

ぬばたまの夜は更《ふ》けぬらし玉くしげ二上山《ふたがみやま》に月傾《かたぶ》きぬ（巻十七・三九五五）

七日の月が早々と西の山に傾いていたのである。それが「二上山」であった。大和の歴史的な「二上山」とその名を同じくするこの山に、家持は格別の思いを寄せ、その歌を作りたいと思ったのである。いわゆる「山ぼめの歌」である。その思いを「興に依りて」と記した。そしてその「山ぼめの歌」であるいわゆる自然讃歌の長歌を、『文選』の「賦」になぞらえて、「二上山賦」と題したのである。

そのころか四月に入ってからか、家持は正税帳使として都へ上ることが決まり、四月二十日に大目秦八千島の館で餞別の宴が開かれた。その二十四日に、家持は「布勢水海遊覧の賦」を作っている。初めての「布勢水海」の歌である。「賦」と題したのは先の「二上山賦」にならったものであるが、この歌は「興に依りて作る」のではなく、遊覧したその実際をうつしたものである。

布勢の水海に遊覧する賦一首并せて短歌　この海は射水郡の旧江村にあり

もののふの　八十伴《やそとも》の男《を》の　思ふどち　心遣《や》らむと　馬並《な》めて　うちくちぶりの　白波の　荒磯《ありそ》に寄する　渋谿《しぶたに》の　崎たもとほり　松田江の　長浜過ぎて　宇奈比川　清き瀬ごとに　鵜川立ちか行きかく行き　見つれども　そこも飽《あ》かにと　布勢の海に　舟浮け据《す》ゑて　沖へ漕ぎ　辺《へ》に漕ぎ見れば　渚《なぎさ》には　あぢ群《むら》騒き　島廻《み》には　木末《こぬれ》花咲き　ここばくも　見のさやけきか　玉くしげ　二上山に　延《は》ふ蔦《つた》の　行きは別れず　あり通ひ　いや毎年《としのは》に　思ふどち　かくし遊ばむ　今も見るごと（巻十七・三九九一）

布勢の海の沖つ白波あり通ひいや毎年《としのは》に見つつしのはむ（同・三九九二）

国府の官人たち、気の合った仲間同士、同憂の士がうち連れて、心を晴らそうと馬を並べて行くのである。「渋谿の崎」をめぐり、「松田江の長浜」を通って、「宇奈比川」のきれいな流れで鵜養《うかい》をしたり、と布勢水海までの地名をあげながら布勢水海にたどりつき、そこで最高の遊覧を楽しむのである。

この遊覧賦はこの日披露されたらしい。それは、二日後の二十六日に池主がその賦に敬和する一首を、家持のより長大な力作を披露しているからである。

敬みて布勢の水海に遊覧する賦に和《こた》ふる一首并せて一絶

藤波は　咲きて散りにき　卯の花は　今ぞ盛りと　あしひきの　山にも野にも　ほととぎす　鳴きし響《とよ》めば　うち靡く　心もしのに　そこをしも　うら恋しみと　思ふどち　馬うち群れて　携《たづさ》はり　出で立ち見れば　射水川　湊の洲鳥　朝凪《な》ぎに　潟《かた》にあさりし　潮満てば　妻呼び交す　羨《とも》しきに　見つつ過ぎ行き　渋谿の　荒磯の崎に　沖つ波　寄せ来る玉藻　片よりに　蘰《かづら》に作り　妹がため　手に纏《ま》き持ちて　うらぐはし　布勢の水海に　海人《あま》舟に　真梶擢貫《ぬ》き　白たへの　袖振り反《かへ》し　率《あども》ひて　わが漕ぎ行けば　乎布《をふ》の崎　花散りまがひ　渚には　葦鴨騒き　さざれ波　立ちても居ても　漕ぎめぐり　見れども飽かず　秋さらば　黄葉《もみち》の時に　春さらば　花の盛りに　かもかくも　君がまにまと　かくしこそ　見も明らめめ　絶ゆる日あらめや（巻十七・三九九三）

白波の寄せくる玉藻世の間《あひだ》も継ぎて見に来む清き浜びを（同・三九九四）

右は、掾大伴宿禰池主の作なり。四月二十六日追ひて和ふ池主は、まずその季節の景物として藤波と卯の花とほととぎすを歌い、国府をめぐって流れる大河射水川の河口の洲に水鳥の餌をあさり鳴き交すのを歌い、それを夫婦の仲睦まじと羨ましく見て、渋谿では荒磯に寄せる玉藻を採り、妻へのみやげにかづらに作って手に巻いて行くと歌う。道中の風景に妻を思うところが池主の特徴である。そして布勢水海では「乎布の崎」に藤の花の散り乱れるのを歌う。

「布勢水海」は池主の三九九三歌に「布《ふ》勢《せ》能《の》美《み》豆《づ》宇《う》弥《み》」とあり、「水海」をミヅウミと訓むことに疑いはない。しかし「水海」の表記も「みづうみ」の語も、万葉集中他に例がない。古事記にも日本書紀にも、「水海」も「みづうみ」も見えない。

「布勢水海」について私は以前に書いた。(注4)「水海」は「塩海」に対して言われた語であることは言うまでもなく、他には「淡海」とある。しかし集中に「布勢水海」の例しかなく、歌に「みづうみ」と歌ったのは池主の一首しかないということは、「水海」の呼称が特殊なものであったかと思われると書いた。「水海」は万葉集では越中のここにしかないのである。

出雲国風土記に「水海」の例がある。

佐太水海　（嶋根郡、秋鹿郡）

神門水海　（出雲郡、神門郡）

「佐太水海」は秋鹿郡にあり、周囲七里、佐陀《さだ》川の河口に広がり、「水海は入海に通ふ」とあって、「一百五十歩」の水路で「入海」につながっていた。「入海」は今の宍道湖である。「神門水海」は今、出雲市の神西湖がその名残りであるが、古くはもっと北へ大きく広がっていて、周囲三十五里七十四歩、斐伊《ひい》川と神戸川が注ぎ込んでいた。そして「水海と大海との間に山あり」とあり、これが八束水《やつかみず》臣津野命《おみつののみこと》が国引きをした時の綱で、砂丘となり松林が繁っている。それが「薗《その》の松山」と呼ばれ、今「園の長浜」の名も残っている。この長浜の北に、「神門水海」と「大海」とをつなぐ川があった。

布勢水海は地形的にこの神門水海に似ていたようである。布勢水海は全面干拓されて、今は湖水の面影を何一つ残さない。氷見市街から南西方に一キロ余りの矢崎から島崎にかけて、「十二町潟」と呼ばれる水面を、布勢水海の唯一の名残りとしているが、これとて万尾川の川筋の一部が少しふくらんでいるだけである。今その川岸一帯が万葉公園として整備されている。

十二町潟の万尾川はその南を並行して流れる仏生寺川と合して氷見市街を抜けて富山湾に注ぐのだが、合流するあたりでまっすぐに東流して海へ出る「新川」と、北へ折れてしばらく北流してから海に出る「湊川」とに分かれる。「新川」の川筋はその名の通り新しく開いたものらしい。そして北流する「湊川」は「布勢水海」が外海に通じる「みなと川」であった。その名を今に残しているのである。高岡市伏木の勝興寺に所蔵される『布勢湖八勝和歌目録』の絵図に、「布勢水海」の外海への水路に「湊川」と記されている。

そしてこのあたりから南東へ渋谿の崎に続く白砂の長汀を「松田江の長浜」に擬している。松林もあって、これが出雲の「神門水海」の「薗の松山」「園の長浜」に当たるものである。「布勢水海」の外海との境界は、この長く続く砂山であった。

万葉集巻十七から巻十九に収載された「布勢水海遊覧」の歌は次の通りである。

天平十九年四月二十四日		家持遊覧賦	巻17・三九九一、九二
	二十六日	池主敬和遊覧賦	巻17・三九九三、九四
天平二十年三月二十四日		福麻呂歓迎遊覧前夜	巻18・四〇三六〜四三
	二十五日	同　遊覧作	巻18・四〇四四〜五一
天平二十一年		なし	
天平勝宝二年四月六日		家持遊覧作	巻19・四一八七〜八八
	四月十二日	遊覧望藤述懐作	巻19・四一九九〜四二〇六
天平勝宝三年		なし	

「布勢水海遊覧」の時期は、右によれば暮春三月下旬から初夏四月下旬までのほぼ一ケ月の間に集中している。天平二十年三月二十五日の遊覧は、たまたま田辺福麻呂が都からの使者として、越路の雪解けと共に来越したのを歓迎すべく案内したものであった。この年は福麻呂を見送ったあと、四月一日の宴の歌四首（巻十八・四〇六六〜六九）のみで、その後の日付の歌がない。巻十八が大きく脱落している箇所である。（注5）四月一日宴四首に続く三首（四〇七〇〜七二）について、その作歌の場と作歌年時に諸説あるが、『集成』『全注』『新全集』の説により、この三首を同じ宴会での作と見、それを天平二十一

年三月十日ごろの作としよう。続く四〇七三～四歌が天平二十一年三月十五日の作である。この説によれば、巻十八には天平二十年四月二日から一年間の空白（脱落）があることになり、この年の四月以降の布勢水海遊覧があったかどうか分らない。

天平二十一年は四月十四日に「天平感宝元年」と改元し、同じく七月二日に天皇譲位により「天平勝宝元年」と改元した年であるが、その四月にも、それ以降も、布勢水海遊覧の歌はない。巻十八のこのあたりにも脱落の可能性はあり、四月の歌はないのである。（注6）

天平勝宝二年は四月六日に遊覧し、長歌一首反歌一首（巻十九・四一八七、八八）を詠み、その六日後の十二日にまた遊覧した。この年は、家持の越中生活六年の中で最も多くの歌を記録し、布勢水海遊覧を二度も記録した、まさに記録的な年であった。六日の長歌にも反歌にも藤の花盛りの見事さを歌い、十二日にはその藤の花見に再度の遊覧をしたのである。

布勢水海の藤の花は天平十九年の最初の家持の歌にはなかったが、池主の敬和歌には初句に「藤波は咲きて散りにき」と歌われ、天平二十年の遊覧では、前夜の田辺福麻呂の歌の中に、

藤波の咲き行く見ればほととぎす鳴くべき時に近づきにけり（巻十八・四〇四二）

とあり、家持がそれにこたえて、

明日の日の布勢の浦廻《うらみ》の藤波にけだし来鳴かず散らしてむかも（同・四〇四三）

と歌っている。越中の三月に下旬ともなれば、藤の花がそろそろ咲き始めていただろうか。天平二十年三月二十四日（遊覧前夜）は太陽暦では四月二十六日に当る。翌日の遊覧の、布勢水海への道中での家持の歌二首にも、遊覧の船上での家持・福麻呂・久米広縄・遊行女婦土師たちの歌六首にも、藤の花はついに歌われなかった。現地での藤の花への感動はなかったのである。藤の花は見なかったのだろう。

天平勝宝二年の四月の、布勢水海の藤の花は見事だった。十二日の二度目の遊覧の歌は次のようにある。

十二日、布勢の水海に遊覧し、多祜《たこ》の湾《うら》に船泊《ふなは》てして、藤の花を望み見て各〻懐《おもひ》を述べて作る歌四首

藤波の影なす海の底清みしづく石をも珠とそわが見る（巻十九・四一九九、守大伴家持）
多祜の浦の底さへにほふ藤波をかざして行かむ見ぬ人のため（同・四二〇〇、次官内蔵縄麻呂）
いささかに思ひて来《こ》しを多祜の浦に咲ける藤見て一夜《ひとよ》経ぬべし（同・四二〇一、判官久米広縄）
藤波を仮廬に造り浦廻する人とは知らに海人《あま》とか見らむ（同・四二〇二、久米継麻呂）

家持の第一首は、多祜の浦に船を停泊させて、恐らく船上からその多祜の浜の藤の花を前方に見て、藤の花が海面に映るのを歌ったのであろう。浜に立っては藤の花の映る海面を見ることはむずかしい。物を水面に映して描くのは中国六朝末以来の詩の風であるとする指摘があるが、(注7)それもあろうが、川面に影をうつす花の美しさを歌った歌は他にもある。そして海の底まで澄み通って、底に沈んでいる石を玉と見たという発見は家持ならではの繊細鋭敏な感覚である。内蔵縄麻呂の第二首の「多祜の浦の底さへにほふ藤波」は、家持の第一首を「起」とすれば、「承」に当る。久米広縄の第三首は「転」である。海面に映る藤の花から離れて、その藤の花のもとで一夜を過ごそうという。山部赤人の「春の野にすみれ摘みにと来し我そ野をなつかしみ一夜寝にける」(巻八・一四二四)を思い浮かべたのだろう。久米継麻呂の第四首は前歌の「一夜経ぬべし」から「仮廬に造り」と歌い、船上から眺望する第一、二首をうけて「浦廻する人」と歌ったのだろう。旅行く都人を「海人とか見らむ」と歌うのは、旅の心を詠む慣用表現であった。遊覧を「旅」に置き換えた趣向である。立派な「結」になった。この久米継麻呂はどんな人か、なぜここにいるのか、全く分らない。

越中における一番の心遣《や》りの風景であった「布勢水海遊覧」の極め付きが、卯月四月の多祜の浦の藤の花盛りであった。

六　おわりに――宴の歌

宴で始まった越中の歌記録は、六年後、宴の歌で終る。記録的な歌の記録の年になった天平勝宝二年（七五〇）は、他の年にくらべると次の通りである。その年に宴席での歌が大変少ないのも特徴である。

	全歌数	伝誦記録の歌	越中での作歌	家持の歌	宴	宴歌	比率%
天平十八年	一九		一九	一一（長一）	三	一六	八四・二
天平十九年	五五	一	五四	三九（長八）	三	七	一三・〇
天平二十年	五四	八	四六	二八	四	二一	四五・七
天平二十一年 天平勝宝元年	六五		六五	五三（長一〇）	五	九	一三・八
天平勝宝二年	九三	三	九〇	七九（長一五）	五	八	八・九
天平勝宝三年	二五	八	一七	一〇	六	一四	八二・四
合計	三一一	二〇	二九一	二三〇	二六	七五	

＊伝誦記録の歌には、宴席で伝誦した歌は含まない。

＊比率とは、その年の越中での作歌に対する宴歌の比率である。

家持の越中初年度の天平十八年は八月から五ケ月、歌は八月の着任挨拶の宴と、十一月の池主の京より帰任の歓迎の宴の歌と、九月二十五日の弟書持急逝を哀傷する長歌一首反歌二首があるのみである。宴での歌が八四・二％を占めた。

天平勝宝三年は家持の越中最後の年になったのだが、八月五日までに右の表の通り、家持自身僅か一〇首しかない。正月二日と三日の二回の正月賀宴と、とんで二月二日に掾久米広縄が正税帳使として上京するのを送る餞宴があった。この年は、この宴席の歌合計一〇首でほとんど終ったかの如くで、あとには四月十六日に家持がひとり、ほととぎすのまだ来ないことを歌う一首（巻十九・四二三七）があるばかりである。そして越中大目高安種麻呂の伝誦したという、天平勝宝二年に任命され、この年にもまだメンバーの調整が行なわれていた第十次遣唐使（大使藤原清河、副使大伴古麻呂）関係の歌八首（長歌一首、短歌七首—長歌は天平五年の第九次の時の作）を記録するのみで、八月四日家持の少納言遷任上京出発前日、上京中の掾久米広縄の留守宅に残した別れを悲しむ歌二首（巻十九・四二四八、四二四九）まで三ケ月間作歌記録がない。

四月十六日の一首だけがどうしてそこにあるのか分らない。そのころこそ布勢水海の多祜や垂姫の藤の花がまっ盛りで、前年の感動を蘇らせるであろうのに、三月から八月まで他に一首もないのである。この謎解きは帰京後の家持の寡作と関わってくるだろう。

越中の最後は宴席が三つ続いた。家持への餞別の宴、惜別の宴であった。家持の予期せぬ宴が用意されていたり、思いがけない出会いがあったり、家持の越中六年間の幕引きは劇的で、見事であった。ここまでが「越中万葉の世界」である。

注1　尾山篤二郎『大伴家持の研究』（平凡社、昭和31・4）

2　賀茂真淵『冠辞考』に「おほよそ夷離《ヒナザカル》てふ語はひろく諸の国に冠らしめ、この志奈謝加流はたゞ越の国にのみいへり、然れは右の科坂在と書しを正《マサ》よみとして、階《シナ》坂ある越の国てふ意とすべし」とある。諸説あるが、福井久蔵『枕詞の研究と釈義』（新訂増補、山岸徳平補訂、有精堂、昭和35・2）は、「越国は都より幾山坂を隔て離るといふ続か。或は段々となれる坂有るの義か」とある。

3　『時代別国語大辞典上代編』（三省堂、昭和42・12）による。佐藤武義「『しなざかる』考」（『国語論究』6、平成9・7）に、シは風、ナは連体格助詞、サカルは隔てるで、「しなざかる越」は「風がへだてた穏かなすばらしい越の国」の意と見るべきだとの論がある。また、白井伊都子「家持における枕詞の方法」（『萬葉』第一五三号、平成7・3）は、家持の「しなざかる越」の歌の内容は都を志向するものでなく、むしろその歌の贈答の相手や座の人々を意識したものではなかったかというが、その用例のすべてには当てはまらない。

4　小野寛「越中布勢水海遊覧の歌」（『論集上代文学』第11冊、笠間書院、昭和56・6）。

5　巻十八の破損とその補修のことを明らかにしたのは、大野晋「万葉集巻第十八の本文に就いて」（『国語と国文学』昭和22・3、4）で、岩波古典大系『万葉集四』の「校注の覚え書」にまとめてある。

6　天平二十一年三月十五日（池主）、同十六年（家持）の往復歌詠のあと、五月五日までの間に都からの坂上郎女の二首（四〇八〇、八一）と家持の報歌三首（四〇八二〜八四）があって、その日付が明らかでない。四〇八四歌の左注が「四首（実在の歌は三首）」か、「四日」か、「四月」かと諸説分れ、伊藤博氏は『全注巻十八』にも『釈注』にも、ここに例の損傷（注5）があると説く。

7　鉄野昌弘「大伴家持―憧憬の歌人―」（『和歌文学講座第三巻　万葉集Ⅱ』勉誠出版、平成5・3）にその指摘がある。

天平十八年越中守家持

中川幸廣

序

天平十八年（七四六）三月十日従五位下大伴宿禰家持は宮内少輔《くないしょうふ》となった。宮内省の次席次官である。そして同年六月廿一日越中守に任じられた。

『日本暦日原典』(注1)によれば天平十八年の日数は三百八十四日であった。九月に閏月があったからである。ちなみに天平十九年は三百五十五日であった。ふつう私たちは一年を三百六十五日として暮らしている。それにならされて一年三百八十四日を、おやと思うのである。考えて見れば当然のことで太陽暦（三六五日）と太陰暦（三五四日）の差は約十一日である。日本が中国からとり入れたのは太陽太陰暦である。したがって三十二ケ月か三十三ケ月に一回閏月を入れないと季節（節気）が合わなくなる。

暦に深入りする気はないが、私たちが古代を考える時日常のこのような差異を知ることは大切だと思う。そしてまた私たちが家持を考えるとき、私たちは彼と視線を共有してしまうという問題がある。それは私たちが古典の中へ入るという意味で大事なことである。しかしそれだけだと見逃すものがあるはずである。

朝床に聞けば遙けし射水川朝漕ぎしつつ歌ふ船人（巻十九・四一五〇）

家持の立場でいえば北国にめぐって来た暖かくののどかな春の朝の一齣である。「舟人の地の声は、家持の聴覚に整えられることによって豊かなみやびを帯びた感がある(注2)」「『遙けし』の語は集中家持の語に限られる。」見事な鑑賞である。しかしと私は立ち止まる。おそらく艪の調子を整えるために歌い、流れを遡るために手にまめを作り、家族のために汗を滴らせている舟人の生活に守家持は思いを馳せているであろうかと。本来の守の役割はそこにあるはずではなかろうかと。

考えて見ると抽象的な「人間」というものは存在しない。家持とて所与の八世紀の具体的な歴史的社会的条件の中でしかその生涯の軌跡を描くことができなかった。そしておそらく文芸にかぎらず芸術全般において創造的な仕事は知性と感性の総合された生の全体的な深みから生み出されて来る。だから彼の芸術は彼をとりまく生活条件によって影響を受けざるをえない。歌をよむということからすれば隔靴掻痒の感なきにしもあらずであるが、まず大伴家持をとりまく歴史的社会的条件を見ることからはじめたい。

一　何故家持か

『続日本紀』（以下続紀と略す）によれば天平十八年（七四六）六月壬寅（二十一日）従五位下大伴宿禰家持は越中守に任じられた。

大宝令によれば国は五八国（三島）であり、延喜式では六六国（二島）であった。問題はその多くの国の中で何故に天平十八年という時点で越中守が家持でなければならなかったかにある。

養老六年（七二二）四月政府は良田百万町歩の開墾計画を発表し、翌七年四月「三世一身法」を提出する。そして天平十五年（七四三）五月「墾田永年私財法」を公布する。

岩波新日本古典文学大系『続日本紀二』の注によると、平安初期の和名抄でも、全国の田積は八十六万二千七百六十七町である。もし良田が上田を意味するとすれば一町の収穫は稲五百束、現在の換算で米十石。百万町で約一千万石となり、当時の人口五・六百万人の二年分となる。実行不可能の計画であった。しかし天平十五年の法は開墾した田は収公されることなく全て私有となった。とくに在地の首長たち、大領・少領三十町、主政・主帳の十町等の開墾の権利は実質的に大きな意味を持つ。在京貴族、大寺ももちろん大きな墾田所有の権利を得た。

その法は、右のような人々の土地所有への欲望を刺戟した。彼らは未開拓の良地を求めて血眼で一斉に走り出したのであった。

越の国は墾田開拓のフロンティアになった。ただ越後の国には蝦夷によるいさゝか治安に対する憂

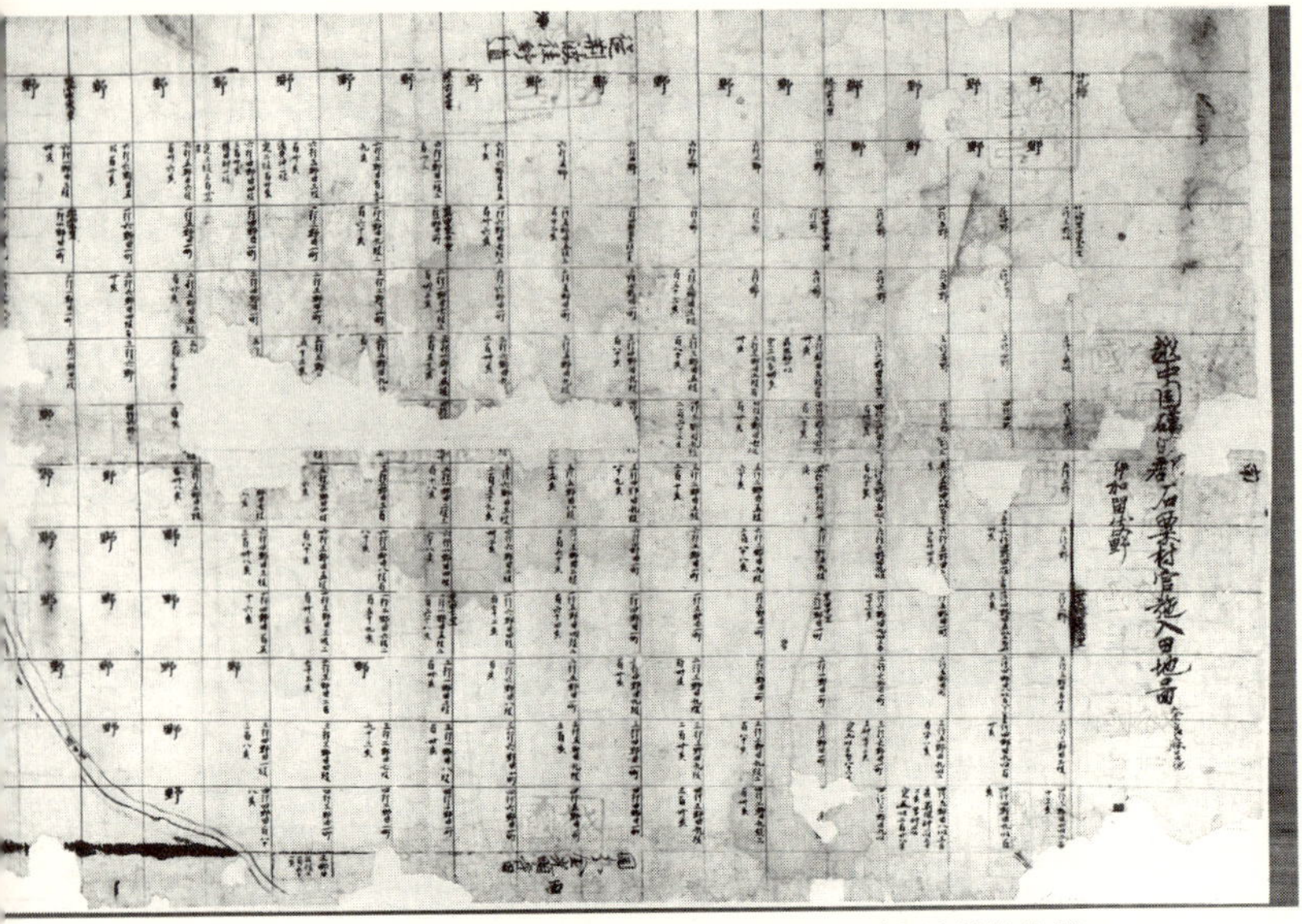

越中国礪波郡石粟村官施入田図（奈良国立博物館蔵）

えが残る。おそらく越前越中が中央貴族の利害の鋭く対立し錯綜するところとなった。越前では天平十七年（七四五）から天平勝宝元年（七四九）の四年間に国守が五人交替している。そこがいかに中央の権力者たちの角逐《かくちく》の場になっていたかの証である。

つまり中央貴族や諸寺が地方に墾田を所有しようとするばあい、国司がその律令的権力を充分に発揮して一定の手続きをなさなければ獲得できるはずがなかった。とすれば時の政権の担当者は彼らの権益を十分に獲得できる有能な人材を派遣しようということになる。

私たちの前に置かれた越の国の史料は多いとはいえないから実態は正確にはわからぬが、たとえば橘奈良麻呂が越中に

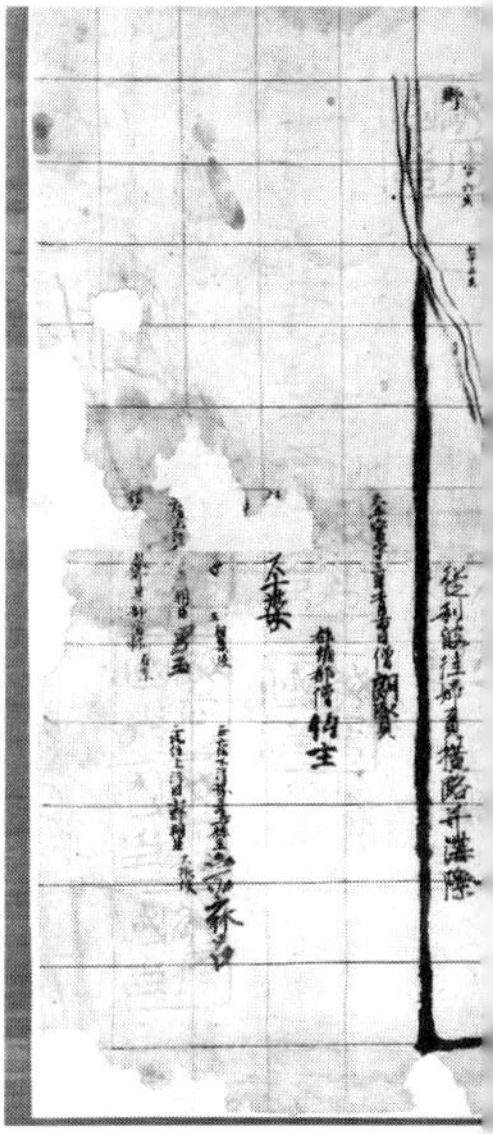

おいて墾田九六町を保有しそれが宝字元年のクーデターの失敗によって没収されたことは「越中国礪波郡石粟村官施入田図」[注3]によって知られている。おそらく家持の力によって獲得されたものである。そのほかの中央貴族官人層の墾田獲得、東大寺の一千町に及ぶ墾田占地のことは米沢康氏にくわしい[注4]、私もそのことについて、かつて書いたことがある[注5]。家持自身も越前国に墾田一百余町を所有していたことが知られている[注6]。これはおそらく彼が越中守時代にその律令的権限を十分にふるって隣国国司、在地豪族と結託して獲得したものであろう。

墾田一百町とはどれほどのものであろうか。青木和夫氏によると、一家族を十人の標準房戸（正丁二、小子一、緑児一、丁女三・老女一・小女一・緑女一）とする農業経営の単位を想定すると、田令の規定による口分田の総額は一町二段二百四十歩である[注7]。澤田吾一氏は資料にもとづき一千人単位で考える[注8]。細かい計算は省略に従うが、受田は一三九町三段三〇歩である。

つまり十人家族で一町二・三段がふつうであることがわかる。これは算術平均にすぎぬが百町の重みはある程度理解できる。

中央貴族のための墾田の獲得も彼の功績ではあったが、いまひとつ注目しておくべきことは在地豪族礪波臣志留志が天平十九年に東大寺に米三千碩《ごく》を献上している事実である。これも家持のはたらきかけによるものであろう。この巨大な寄進は聖武天皇を大いに喜ばせている。

天平十八年にこだわると前年（七四五年十一月）の公廨稲《くげとう》の設置は国司のあり方は大きく変質させる契機となった制度であった。それによって公出挙《くすいこ》の運営が国司の収入に直結する仕組みが完成し、彼らの運営次第では莫大な利稲を自分たちの手に残すことになる。国司の行政官から収税吏へ堕落のはじまりである。

良吏家持と川口常孝氏がいう。(注9) しかし見方によっては良吏が悪吏であることは一枚の紙の裏表の問題でもある。もちろん私は家持を貪婪《どんらん》な悪吏であると思ったことはないが、天皇が国司に対して詔の中でよく使う「朕の股肱《ここう》」という意味では立派な行政官であったであろう。

越中守大伴家持の前任者も後任者も知られていない。しかし彼は天平勝宝三年（七五一）七月まで足かけ六年間越中守の任を全うしている。聖武天皇と時の政権担当者橘諸兄の期待にそむかなかったといえよう。

今ひとつ武門の家大伴家の一員である家持の越中赴任には、越中が新羅戦略と蝦夷戦略の前線基地であったからとする考えがある。(注10) その可能性は十分にある。ただし緊張する東アジア世界全体の中で考えねばならない問題でもあるのでここでは深入りはしない。

ただいえることは家持がすぐれた行政官として認められ期待された故に、越中に赴任したということである。

二　道

大伴家持は越中守以後もいくつかの地方官を歴任する。そしてそこには落魄の影がある。しかし橘諸兄の政権に信任されて越中守に任命された若い家持にとっては前途は明るく、心踊るものであったはずだ。

任命の日が『続紀』と『万葉集』との間に齟齬があって、こちたき論議が古くから続くが正史の記事によって天平十八年（七四六）六月廿一日としておきたい。『仮寧令《けにょう》』によれば赴任までの準備期間は三十日である。七月七日の佳日を選んで出発したという説もあるが実際のところは不明である。令によれば七月廿日までに出発すれば良いからである。

川口常孝氏は越中国府までの距離を計算して総行程三五三キロメートルとしている。(注11) ちなみにJRの営業キロ数を時刻表によって算出して見ると、奈良―京都―湖西線―北陸線、氷見線を入れて伏木までは三一四・五キロメートルである。

『延喜式』（主計上）によると越中国への行程は上り十七日。下り九日。海路廿七日となっている。これは十世紀のものであるから奈良―京都の一日を加えての十日間となる。琵琶湖は船に乗ったであろう。北陸路は古くから海運の発達したところであるから敦賀から一部船に乗った可能性もある。(注12)

『公式令《くしきりょう》』によれば一日の標準行程は、馬七十里、歩《かち》五十里、車三十里である。『雑令《ぞうりょう》』によれば「五尺を歩《ぶ》とせよ。三百歩を里《り》とせよ」とある。和銅六年（七一三）に格《きゃく》が出て歩を高麗《こま》尺五尺から唐大尺六尺に改めている。しかし実際の歩の長さは同じであって、一里は五百四十メートルとなる。したがって馬七十里は約三十八キロメートル、歩《かち》五十里は二十七キロメートル、車三十里は一六キロメートルとなる。

家持は新任国司であるから駅馬《やくめ》ではなく伝馬《でんめ》を用いた。五位は伝符十剋すなわち伝馬十疋を与えられる。そして宿泊は郡司の館を利用する。

古代の道というと「山の辺の道」を想像するが、それとはずい分異なる。律令期に国家権力によって整備された道路は直線的であり、奈良時代の道路の幅は宮都周辺は約廿四メートル・駅路が十二メートル前後あったが、宝亀延暦以後は駅路も伝路も三メートルから六メートルになる。(注13)

私たちはアスファルトの清潔な道路を見なれているが古代の道はおそらく様相がちがう。たとえば『霊異記』(中四十二)の話がある。奈良九条二坊に貧しい女がいて穂積寺の千手観音に福を願った。ある日思いがけず妹が来て皮櫃《びつ》を預けていった。妹の足には馬糞が染みついていた。それを一向に取りに来ないので問い合わせると心当りがないという。皮櫃を開けて見ると銭百貫が入っていた。それで花や香や灯明を買って観音様に捧げに行くと観音像の足に馬糞がついていた。銭百貫は千手観音が下さったのである。天平宝字七年(七六三)のこととされている。奈良の都は歩くと馬糞だらけで足に染みつくほどであった。京中の道路に面した家は月ごとに掃除することになっていたし、人夫を雇って掃除もさせことになっている(『延喜式』四十二左右京)がそれでもきれいにするのはむずかしかったのであろう。

時代は下って平安京の話である。『今昔物語』（二十九巻三九語）に召使いの少女を供につれた若い女が日中、近衛大路の南小一条という所で土塀に向って小用を足し、蛇に魅入られた話がある。都大路でさえこういうことがなされていたのであった。また『伴大納言絵巻』を見ていると履物をはかない人々が多いのに驚かされる。検非違使の下部にも刀をさしたその仲間にも僧にも子どもにも大人にも跣《はだし》の人々がいる。応天門の中でさえそうである。

大伴家持は馬糞の炎天の駅路を彼自身は馬上して越中をめざしたのであろうか。いかなる人々が歩いていたのであろうか。続紀にはこうある。

「京に入る人夫・衣服破幣《やぶ》れて菜色猶多し」（霊亀二年（七一六）四月）

「百姓《はくせい》、物を運びて京に入り（中略）国に帰へる程《みち》の粮《かて》無きが為に、路に在りて極めて艱辛《かんしん》に難《なや》む」（養老四年（七二〇）三月）

「諸国司言《まう》さく、調を運ぶ行程遙遠にして百姓の労弊《ろうへい》極めて多し」（神亀五年（七二八）四月）

「仕丁の役おわりて郷に還《かへ》るに、始めて程粮を給ふ」（天平十年（七三八）十二月）。

さらに、「都の冬の市の周辺に飢えて寒く苦しんでいる人がいる。調べて見るとそれは調を運んで来た人夫で病になったり食粮がなくて故郷に還れないからだ」（宝字三年（七五九）五月）という記事があったり、「官物のうわまえをはねようとする役人がいて運送の人夫を足止めにしているので苦しんで逃げかえる、人民のためにならぬ。弾正《だんじょう》台にとりしまらせよ」という勅が出たりしている（天平勝宝八年（七五六）十一月）。

これでは途の半ばで行き倒れて苦しむ人もいたにちがいないのである。現に九世紀になるが次のような太政官符が出る。

「応レ収一養下在路飢病無レ由レ達レ郷并不能自存百姓等上事」（弘仁十一年（八二〇）五月四日）(注14)

路の途中で飢えたり病気をしたりして帰る術を失った人、一人で生きられない人を村里にあずけて恢復するまで養生を加えてやりなさいということである。その官符の冒頭でこれらの人を国郡司は当然法によって救うべきなのに実際には「収養医療未レ聞ニ其事ニ」と非難し、正税を用いることを指示している。

そして路のほとりで死ぬ人もいたのであろう。続紀の詔の中に「骼《かばね》を掩《おほ》ひて胔《ししむら》を埋み」ということばが三回ある。路上の野ざらしの骨と腐った死体を埋めてやりなさいというのである。

山川菊栄氏に『わが住む村』がある。(注15)現在は藤沢市になっている農村の戦前から戦時下にいたるまでの観察と聞き書きである。あるお爺さんが明治初期の東海道筋の話をする。

「人が死んだといえば名主から役場へ届ける、役場から人夫が来て、どこでもかまわない、穴掘って埋める。それだけです」

「戸塚の先に品野坂ってやはりひどい坂道があってね、そのそばに「投げ込み」って所がありますよ。それも野たれ死を投げ込むことになっていた所なんで、そんな名がついたんですよ」

八世紀には右のような措置さえとられないばあいがあったのであろうか。

ただ言えることは、私たちが現代の思想や感覚でそれを断罪してはいけないということである。現在の人類は人間を万の単位で一瞬に殺す武器を持ちかつそれを使用したことさえある。道は舗装され短時間で大量の輸送を易々とこなすが、傷つき損なわれやすい肉体と、強力なエネルギーを持つ金属の塊とが同一平面に平然と同居していて交通事故は身近なことだからである。後の世の人はその野蛮さを批判するであろう。

総じていえば、当時の人は今の私たちが考えるほど不幸だったとは言えない。そういう社会ではその状態がふつうで自然だからである。

ところで天平十八年（七四六）都の大路以外に街路樹があっただろうか。否である。天平宝字三年（七五九）に次のような太政官符が出ている。

「応㆔畿内七道諸国駅道両辺遍種《ううる》㆓菓樹㆒事」

内容は下記のごとし。「……道路百姓来去不㆑絶、樹在㆓其傍㆒、足㆑息㆓疲乏㆒、夏則就㆑蔭避㆑熱、飢則摘㆑子《み》噉之……。」

果樹が道の両側にあって緑陰を作っていたらどんなによかろう。はたしてこの施策がどこまで実行されたかは心許ない。北陸道には布施屋の設備があったのだろうか、冷たい清泉や井戸はどうなっていたかは分らない。

とにかく道は多勢の人々が利用した。京へ物を運ぶ運脚・役丁、青ざめ疲れて帰る人々、采女・仕丁・衛士・舎人・兵衛・商人（商旅の徒）・工人・馬の背に荷を乗せて駄賃を稼ぐ人・馬を飛ばす駅使。

その中をゆったりと騎乗して行く新任国司の家持がいた。彼の供には少なくとも政府から与えられた位分資人の廿人がついたし、馬従（馬子）四人[注16]、歴史と共に古くから続く豪家の棟梁には、仕事を補佐する譜代の家臣や身のまわりの世話をする忠実な従僕がついていたにちがいない。そして伝馬十疋である。おそらく一行の人数は三十人を越えていたであろう。

芭蕉なら、痩骨の肩にかかる物先《まず》くるしむと『おくのほそ道』の第一日目の末尾に、旅に持たざるをえないものを列挙するが、家持にはその煩いはない。郡家《ぐうけ》でのもてなしを受けながらの三百数十キロの十日の旅はそうきついものではない。ちなみに江戸時代の東海道五十三次、約五百キロを徒歩の旅人は平均十一泊か十二泊で踏破した[注17]。

家持は前途に希望をもって越中を目指した。ただ彼を悩ましたとすれば暦の上では秋だとしても暑熱の炎天であったであろう。七月廿一日出発したとすれば太陽暦では八月十一日になるからである。

三　国司

『朝野群載《ちょうやぐんさい》』に「国務条々事」という史料がある。いわば国司就任の手引きである。平安末期のものであるが、国司制度成立以来の知識経験の集積であろうから時代に応じての変化はあろうが八世紀の国司就任の時もそれと無関係であるとはいえない。そこには都を出発するに際しての注意から、道中の用心、国境での「境迎」、着任してからの儀式、「神拝」、国務の内容、民の馭し方、郡司の取り扱い方に至るまで四十二ケ条にわたって書かれている。

家持たちの一行も峠の上で郡司たちの出迎えを受けて越中の国に入って行ったであろう。

越中の当時の人口は澤田吾一氏の推計によると十三万六千人余である。(注18) 郡の数は八。郷の数は六八。上国の役人の構成は守一、介一、掾一、目一(越中は二か)史生三(国博士、国医師、国師を含まず)。その外事務関係十六、物品製作一五四、雑役二六〇、計四三七名。これが国府につとめる人数となる。郡司(大領、少領、主政、主帳)は八郡三十名。主な徭丁は六百八十一名。(注19)

守の職掌は行政・司法・軍事その他全般にわたる。(注20) 藤原広嗣は地方官でありながら一万騎の兵を集めて反乱をおこしえた。檀興《せんきょう》律にほしいままに兵を発したばあいの罰則が設けられているが、適用除外例として国郡司が、大がかりな狩のために兵をつかうことが入るのである。(注21) 乱用があるために制限の禁令が出されたほどである(天平二年九月・天平十三年二月)。

また司法ではこんな例がある(天平七年(七三五)九月)。美作守阿部帯麻呂が四人を殺害した。親族は国庁には告訴できず直接中央に訴え出たが事件は受理されず放置された。それが弾正台の調査で発覚し職務怠慢の罪で刑部省が処罰を決定したが、詔があって許された。国守の処置は不明であるが天平十六年(七四四)九月乙酉の詔によれば国郡司らが事実のとおり答えたならその罪が死罪にあたるものであっても皆許せ、とあるからこの守は大した罪には問われなかった可能性がある。民は教化される対象ではあっても権利を主張すべき主体ではない。

国郡司らの全てが令にしたがって行政をおこなえば民は今少し苦痛が軽減されているはずである。行き倒れの所でふれたが国郡司が「戸令」の規定を守っていれば太政官符を改めて出す必要はなかっ

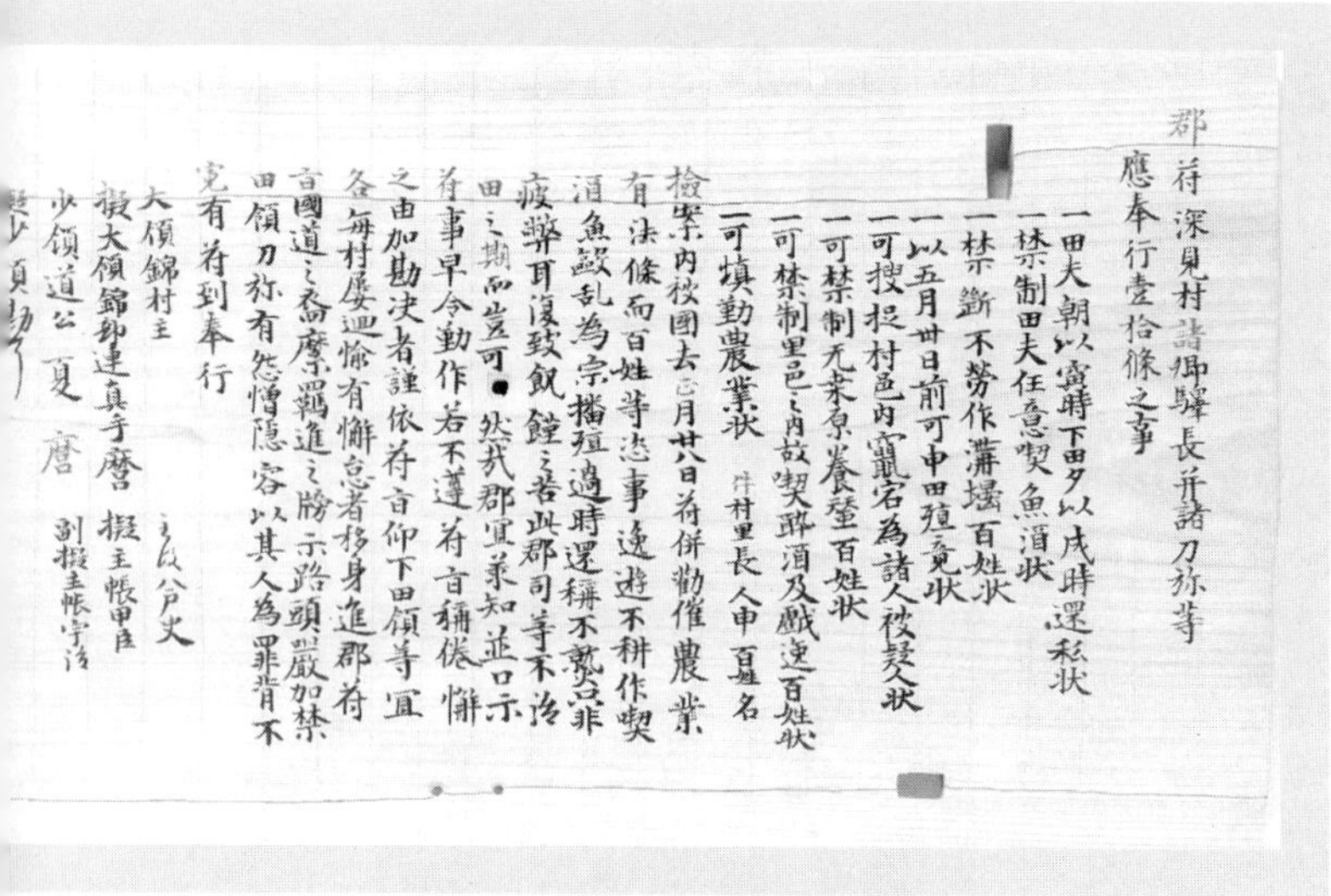

加茂遺跡出土牓示札（復元複製）
「復元複製　国立歴史民俗博物館所蔵」（原品は石川県埋蔵文化財センター所蔵）

たのである。国守は知事であるより領主に近かったのではなかったか。律令の権化のような道《みちの》君首名《きみおびとな》のような人物を除けば恣《ほしいまま》に振るまうことが多かったにちがいない。国家財政の根幹は地方からの税によるから地方財政の弛緩は困ることであった。

次々に出される詔は悲鳴にも聞こえる。

「朕、卿等を選び任《ま》けて国司とす。条章遵《したが》ひ奉れるは、僅《わづか》に一両人のみ有り」（天平七年（七三五）十一月）

「国郡司等、公事《くじ》に縁《よ》るに非ずして、人を聚《あつ》めて田獵《でんりょう》し、民の産業を妨げて損害実に多し」（天平十三年（七四一）二月）

「諸国《くにぐに》の司《つかさ》ら旧《もと》の館《たち》に住まずして、更に新しき舎を作らむこと……禁断す」（天平十五年（七四三）五月）

「諸の国郡の官人ら法令を行はずして、空し

く巻中に置けり。憲章を畏るること無く、檀《ほしきまま》に利潤を求む。公民歳《とし》ごとに弊《つひ》え、私門日に増す」（天平十六年（七四四）九月）

挙げて行けば限がない。そして国郡司たちも民人に対してさまざまの命令を下しているにちがいない。石川県津幡町の加茂遺跡から出土した古代のお触れ書き（牓示札《ぼうじさつ》）(注22)は、日常生活に対して具体的な八項目の禁制を掲げ田夫（農民）に命令を下していて、その一端を証している。そこは万葉集の深見村（巻十八・四〇七三序・四一三二）にあたり、その地の郷長駅長に宛てた郡司の命令である。時代は九世紀になるが八世紀にもそのような物があったことを推測させる。

天平十七年（七四五）九月十五日、聖武天皇は「三年の内、天下の一切の宍《しし》を殺すことを禁断」し、同月十九日、勅《みことのり》を発して「諸国をして有《も》てる鷹、鵜を並び放ち去らし」めている。

家持に「放逸せる鷹を思《しの》ひて夢《いめ》に見、感悦《よろこ》びて作れる歌一首并せて短歌」（巻十八・四〇一一―一五と左注）がある。天平十九年（七四七）九月二十六日の作である。家持はおそらく前年から鷹狩りをしている。三年の内とは天平廿年九月迄である。彼は聖武天皇の命令を無視している。法令行なわずである。あるいは自分はこの勅の採外にあると考えている。

「儀制令」（11）によれば郡司らは自分より位階の低い国司に対しても下馬の礼をとらねばならない。まして守は天皇の名代・天皇の股肱として任国に来ている。その経済的特権も大きい。

家持はこの卓越した地位にいて歌を作るのである。もちろん芸術は本質的に生命の側にある。彼がすぐれた歌を作るときには、行政官として立場をつきぬけ、孤として、一人のただの人間として己れの魂の本然に立ちかえり心や物を見ている。さもなければ秀れた作家でありうるわけがない。

家持は豪家の当主として、自らを貴種としそれを誇りとする、貴族としてのふつうの感覚の持主であったであろう。富と閑暇と時代が彼に新しい海彼の文芸の知識をも十分に身をつけさせる。任国にあっても彼は文芸に身を入れる余裕があった。それが守というものであろう。

四　就任の宴

八月七日の夜、守《かみ》大伴宿禰家持の館《たち》に集《つど》ひて宴《うたげ》せる歌

秋の田の穂向き見がてり我が背子がふさ手折《たを》りけるをみなへしかも（巻十七・三九四三）1

右の一首、守大伴宿禰家持作る

をみなへし咲きたる野辺を行きめぐり君を思ひ出たもとほり来ぬ（巻十七・三九四四）2

秋の夜は暁《あかとき》寒ししろたへの妹が衣手着むよしもがも（巻十七・三九四五）3

ほととぎす鳴きて過ぎにし岡傍《をかび》から秋風ふきぬよしもあらなくに（巻十七・三九四六）4

右の三首、掾《じよう》大伴宿禰池主作る

今朝の朝明《あさけ》秋風寒し遠《とほ》つ人雁が来鳴かむ時近みかも（巻十七・三九四七）5

天離《あまざかる》鄙《ひな》に月経《へ》ぬしかれども結《ゆ》ひてし紐を解きも開けなくに（巻十七・三九四八）6

右の二首、守大伴宿禰家持作る

天離る鄙にある我をうたがたも紐解き放《さ》けて思ほすらめや　（巻十七・三九四九）7

右の一首、掾《じょう》大伴宿禰池主

家にして結《ゆ》ひてし紐を解きさけず思ふ心を誰か知らむも　（巻十七・三九五〇）8

右の一首、守大伴宿禰家持作る

ひぐらしの鳴きぬる時はをみなへし咲きたる野辺を行きつつ見べし　（巻十七・三九五一）9

右の一首、大目《だいさくわん》秦忌寸八千島《はだのいみきやちしま》

古歌一首大原高安真人作る、年月審らかならず。ただし、聞きし時のままに、ここに記載す。

妹が家に伊久里の森の藤の花今来む春も常かくし見む　（巻十七・三九五二）10

右の一首、伝誦するは僧玄勝これなり

雁がねは使ひに来むと騒くらむ秋風寒みその川のへに　（巻十七・三九五三）11

馬並めていざ打ち行かな渋谿《しぶたに》の清き磯廻《いそみ》に寄する波見に　（巻十七・三九五四）12

右の二首、守大伴宿禰家持

ぬばたまの夜は更けぬらし玉くしげ二上山に月傾《かたぶ》きぬ　（巻十七・三九五五）13

右の一首、史生《ししゃう》土師宿禰《はにしのすくね》道良《みちよし》

次のような文章を書いたことがある。(注23)

和歌の根底には相和することを歓び合う社交の機能が存在する。しかし、その一方和歌は人間の生の奥底に至り、言葉によって生のリズム、生の根源のゆらぎをとらえ表現するという純粋な文芸の機能をもあわせ持っているのである。万葉人は、個性という概念を持ってはいない。が、私という生存の絶対性から聞えて来る声に耳を傾けたばあい、そこには自ずから孤であらざるをえない魂の嘆きや呻きが多いのである。この二つ機能がぶつかり合って文芸創造のダイナミックな力となるさまを大岡信は次のように見事にとらえる。「現実には、「合す」ための場のまっただ中で、いやおうなしに「孤心」に還らざるを得ないことを痛切に自覚し、それを徹して行なった人間だけが、瞠目すべき作品をつくった。しかも、不思議なことに、「心」だけにとじこもってゆくと、作品はやはり色褪せた」(『うたげと孤心』)。

大岡氏はこの事実を日本の文芸全体を貫く性格と見ている。本稿に関していえば、越中でのこの八月七日からはじまる大伴家持と大伴池主の心の交流によって作り出されて来る作品の様相をもよくとらえ得ている。

天平十八年(七四六)八月七日。この日は越中万葉にとって輝かしい出発の日である。太陽暦によれば八月二十七日にあたる。日中の残暑はまだ厳しかったであろうが守の館(あるいは客館)が、字東館の伏木測候所のあたりに存在したと考えれば標高約二十メートルの高台に位置するこのあたりには涼やかな風が吹き過ぎて爽やかな秋を感じさせる夕暮れであった。

越中守が最初に部下の国司たちに行なう就任挨拶の宴会であった。彼らはたとえ史生であっても、郡司等とはいわば種別を異にする国家官僚なのである。この日の会には介と小目の歌が見えない。その理由は不明である。ただし歌の場からいえば守の歌に最初に和するのが介の役割と考えてよい。しかし最初に和したのは掾大伴池主である。おそらく介はここには居ず彼がこの日の客の筆頭であったのであろう。二人は旧知の間柄で同族であった。

天平十年（七三八）冬十月十七日に「橘奈良麻呂、集宴を結べる歌十一首」がある。そこでは若い貴族たちが右大臣橘諸兄の旧宅で奈良麻呂と久米女王を中心として、散り行く黄葉をテーマとして歌を展開させる風雅な宴を催している。時に奈良麻呂十八歳、家持内舎人二十一歳、弟の書持も参加していた。そして池主、彼は家持より幾分年長であったと思われる。その時の池主の歌。

十時雨《かむなづきしぐれ》に逢へる黄葉の吹かば散りなむ風のまにまに　（巻八・一五九〇）

その池主の歌をついだ次の家持の歌をもって宴を閉じている。

黄葉の過ぎまく惜しみ思ふどち遊ぶ今夜は明けずもあらぬか　（巻八・一五九一）

彼らは美しくはかなく散る黄葉を愛惜し、過ぎ行く青春の刹那をいとおしんだのである。宴によって心を交流させ、その昂揚した友情を歌によってさらに深め確かめる。家持も池主もその歓びを知っていた。

天平十八年八月七日はその八年後の異土での風雅の場の再開となった。

1の歌は、宴に興を添える目的で美しい女郎花《をみなへし》をたくさん摘んで来てくれた池主への挨拶である。をみなへしは集中十四例、奈良に都が移った頃から貴族たちにその美しさを賞美された風流の花であった。遠藤宏氏に好論があるが(注24)、手土産に用いられたこの花が実用的価値を有するものではなくて、風雅の素材、野の秋風を表わすものであることが家持を喜ばせたのである。己れを知る者が鄙《ひな》にもいたという喜びである。

家持が内舎人《うちどねり》であった天平十年の冬と違うとすれば、喜びを国守の立場で歌う姿勢を保つだけの貫禄と余裕があったことである。「秋の田の穂向き見がてり」がそれである。令によれば国司が農桑のことに配慮するのは大事な仕事であった。つまり池主に対して職責を全うする立派な国司であることを褒めることばから始めている。

天平十年の歌には主人奈良麻呂が無位であったことにもよろうが、官職は内舎人の県犬養宿禰吉男と大伴宿禰家持についているのみである。ここではしっかりと守、掾と官職名をつける場である。上国守は従五位下。掾は従七位上である。

2・3・4の池主の歌の中で2は家持の歌に応える挨拶の歌である。「我が背子」と歌いかけられたことに対してこちらも「君」と女性の立場で応じる。恋愛表現をもって親愛の情を示す万葉後期の歌の典型的なあり方をしている。「あなたを思いながら女郎花を求めてさ迷いました」というのであ

をみなへし（高岡市万葉歴史館提供）

る。この挨拶の交換の後、文芸のあそびの場に入る。3・4と5・6、そして7と8は、池主と家持の唱和である。歌の構造については森淳司氏の論(注25)がある。

鄙にあって秋風が吹きはじめ、ひとり寝の身にそぞろ寒気がしのびよる。そして都の妻が恋しい。妻の衣手は着るよしもなく、結んだ紐を解かないという表現のうちにあるのは妻と暖かく添寝をしたいという思いである。衣手や紐は性の場の雰囲気を濃厚に持つ相聞的なことばである。そして雁は雁信の故事によって遠くから恋しい人の消息をもたらすものとしてとらえられることが多い。森氏は5の「遠つ人」を都の妻と考えている。

もちろん、雁が都から越中へ、すなわち秋に南から北に向うとするのは無理だとする奥村和美氏の説(注26)もある。しかし「とほつ人」が都にいる妻だと考える人はまだいる。山口博氏(注27)である。氏は家持の歌のあり方全体に中国閨怨詩の影を見てこの一連の中にもそれを見る。六朝の閨怨詩では洛陽に居る妻と北辺の塞に居る夫の間を雁信が結ぶからである。時は秋八月、雁は北から南に飛ぶ。越に居る家持がそれより北に居る誰かの雁信を待つことはあり得ないと氏はいう。つまり妻の立場で詠んだとするのである。雁の飛ぶ方向は森説と反対である。しかしながら次の6の天離る鄙の歌は家持の立場・夫の立場でしかよめない。したがって二首一連の一貫性に欠ける。

またとほつ人は基本的には遠くにいる人ではあっても「まつ（松＝待つ）」「かり、雁」にかかる枕詞である。とほつ人は雁の形容ではあっても妻そのものではない。雁は、もし妻の立場に立てば家持のたよりを届けてくれる鳥である。とほつ人は家持にならざるをえない。

5と11は雁によって関連する。『伊藤釋注』は11の雁を佐保川の川べりに騒ぐ妻の使者に見立てた。この一連は場に即して考えれば、5と11の歌は、季節の風物としての雁を詠み、かつ家持・池主が互いに相手の心情を思いやりつつ自らの思いを歌ったとするのが穏やかな解釈であろう。しかしはじめから「わが背子」と歌いかけ「君」とこたえ、それぞれ自らを女に仮構して始まる歌の場を、あまりにも事につきすぎて解釈するのは、いささか窮屈かも知れない。

家持に「更に大伴宿禰家持の坂上大嬢に贈れる歌十五首」（巻四・七四一―七五五）がある。これは『遊仙窟』を出典とする歌を冒頭に据え、『遊仙窟』出典の歌で棹尾を飾った、自らの恋の事実を基にしながら一篇のロマンスに仕立て上げた歌群である。フィクションの世界を自らの世界として生きようとしている。（注28）おそらく家持は、フィクションが真実をよりリアルに表現できると考えたからである。

山口氏の説には矛盾があるけれども、家持と池主の歌に閨怨詩的雰囲気と遊びがあることは認めたい。5・11の歌が妻の立場でもありうるような多義的に解釈できる余地をいささかでも残しておきたい気がするのである。

8までの歌はあまりにも家持・池主だけの世界にのめりこみ過ぎた。それを現地への関心に引き戻したのが9・10の歌である。大目は従八位上。僧玄勝は僧尼の監督・諸寺の監査、経論の講説などを行なう国師であろう（上国二人）。国分寺の僧とする説もあるが正式な国家の組織の一員である方がこの場にはふさわしい。

12は9の「行きつつ見べし」や10の「常かくし見む」を受けて作られている。この歌には酒宴によって打ち解けあえたよろこび、歌のやりとりによって心を通じあえた心躍りがある。『橋本全注』は「次の歌によればまだ夜は明けていないが、今にも出発しそうな明るいリズム」を指摘している。この歌の元には

秋風は涼しくなりぬ馬並《な》めていざ野に行かな萩の花見に　（巻十・二一〇三）

がある。巻十は家持にとって自家薬籠中のものであったろう。

13は夜が更け月が傾いたことを歌うことによって閉宴を告げる歌となる。

奥村和美氏（注29）はこの一連の家持と池主の歌に、六朝初唐の詩文の節物のとりあわせと共通するものを

渋谿《しぶたに》の磯（高岡市雨晴海岸）

見て、高度の方法と風雅の高さを指摘する。そしてこの一連に、翌年から始まる漢詩文を含めての中国文学に傾きながら、自分たちの文芸を交流させ深めて行く契機を見ている。

大目秦忌寸八千島の館に宴する歌一首
奈呉《なご》の海人《あま》の釣する舟は今こそば舟棚《ふなだな》打ちて
あへて漕《こ》ぎ出《で》め（巻十七・三九五六）
右、館の客屋は居ながらにして蒼海を望む。仍りて主人此の歌を作れり。

この歌には日付がない。しかし伊藤博氏[注30]の考察によれば日付のある前の歌に従属することになる。したがって『伊藤釋注』は家持の館で夜を過した一同は翌日の朝方渋谿観望に打って出てその帰途「奈呉の海」の見える大目八千島の館に立ち寄ったのではないかと推測する。あるいは『橋本全注』のいうように、席を八千島の館に移して二次会的宴を続けて早朝に及んだか、仮眠して一息入れて改めて家持を招いたかであろう。釣は日の出前の白々明けの時間帯がふつう一番よい。とすれば橋本説が理にかなっているかも知れぬ。

八千島の館の位置の考察は川口常孝氏の(注31)著書にくわしい。八千島は眺望絶佳の客館を有していたらしい。客人のために釣船よ早く出でよという気持がよく表現されている。

ここまでの一連の歌から家持の越中時代の歌がはじまる。万葉集に残された家持の歌（四七三首）の約半数がここからはじまる五年間の越中守時代に作られている（二百二十二首）。文芸に身を入れて力を注ぐことのできた充実の時代への記念すべき出発が天平十八年八月七日であった。

五　弟　書持

長逝せる弟を哀傷《かな》しぶる歌一首 并せて短歌

天離《あまざか》る　鄙治《ひなをさ》めにと　大君の　任《ま》けのまにまに　出でて来し　我《わ》れを送ると　あをによし　奈良山過ぎて　泉川　清き河原に　馬止《と》どめ　別れし時に　ま幸《さき》くて　我《あ》れ帰り来む　平けく　斎《いは》ひて　待てと　語らひて　来《こ》し日の極《きは》み　玉桙《たまほこ》の　道をた遠み　山川の　へなりてあれば　恋しけく　日《け》長きものを　見まく欲り　思ふ間に　玉梓《たまづさ》の　使の来《け》れば　嬉しみと　我《あ》が待ち問ふに　逆言《およづれ》の　狂言《たはこと》とかも　はしきよし　汝《な》弟の命　なにしかも　時しはあらむを　はだすすき　穂に出づる秋の　萩《はぎ》の花　にほへるやどを 言ふこころは、この人、人となり花草花樹を好愛《め》でて、多に寝院の庭に植う。故に「花薫へる庭」といふ。 朝庭に　出で立ち

平《なら》し　夕庭に　踏み平《たひら》げず　佐保の内の　里を行き過ぎ　あしひきの　山の木末《こぬれ》に　白雲に　立ちたなびくと　我《あれ》に告げつる佐保山に火葬す。故に「佐保の内の里を行き過ぎ」といふ。　（巻十七・三九五七）

ま幸くと言ひてしものを白雲に立ちたなびくと聞けば悲しも　（巻十七・三九五八）

かからむとかねて知りせば越の海の荒磯《ありそ》の波も見せましものを　（巻十七・三九五九）

右は、天平十八年の秋の九月二十五日に、越中守大伴宿禰家持、遙かに弟の喪を聞き、感傷《かな》しびて作る。

この歌は平明でありながらそくそくと悲しみを伝えて来る。そして『伊藤釋注』がいうように「この挽歌は、その長歌を、亡き弟自身が死の報せを告げに来たようにうたっているのが最大の特色」なのである。人麻呂は「泣血哀慟歌」（巻二・二〇七―二二三）で愛する妻の魂がまだあたかもすぐ近くにいるかのように歌う。古代の人は魂の有無について思い悩むことはない、魂の存在は疑いようのない事実だからである。それにくらべて私たちの時代では魂の存在を心から信ずる人は少ない。だから現代の解釈は、弟の死は使者が私に告げたことにならざるをえないのである。

しかし兄家持には弟書持が文と共に来ているように感ずるのである。どの注釈がいかなる解釈しているかは岡野弘子氏（注32）にくわしいが、要は汝弟の命の語をどう受けとるかによる。「汝」とはこの場合親愛の呼びかけのことばである。客観的叙述ならばわが弟であろう。「命」についても岡野氏に論（注33）があるが、ここでは死者に対す敬意のことばであろう。したがって弟の死は確実に受けとめられている。にもかかわらず面前にいるかのよう語りかけているのは「はしきよし」という愛惜の切なる思いのほとばしりと同時に書持が身近かにいるという古代的な感覚であろう。

「なにしかも　時しはあらむを」(死ぬ時はこれからいくらもあろうに、どうして)という詰問のことばは「告げつる」弟にかかると考えるべきであろう。使の者に詰問して一体何になろうか。今の私たちから考えて歌の作り方が混乱しているように見えるとすれば、それは私たちが古代的な感覚を失しなっているからではなかろうか。

今少し言えば「玉梓の使」とは、稲岡耕二氏(注34)のいうように本来喜びの感情をもって迎えられる相聞的情緒を荷う詞句である。しかるにそのうれしい筈の妻の便りにあったのは信じがたい突然の弟の死去の知らせである。家持の面影に立つのは泉川まで馬を並べて見送ってくれた弟であり、歌をやりとりし、自分の歌に関与し刺激を与えてくれた弟であり、「花薫へる庭」を愛した弟であった。異界との境はいまだ閉ざされていないと感じて当然のようにも思える。

この歌には推敲や伝誦の過程を示すものではない二つの割注がある。憶良の手法に習ったものであろう。しかし川口氏が指摘するように歌句に説明が加上されなければ作者の真意が通じないとすればその表現は未熟であるということである。(注35)にもかかわらずこの方法をあえてとったのは、弟書持を彼を知らない人々にも伝えたいという思いである。

時代は挽歌を公的なものから実用を離れた私的な悲しみを表現する文芸に形を変えて行く。家持の書持に対するこの歌はそれの典型的な姿を示している。

天平十年秋十月の橘諸兄の旧宅での黄葉の宴についてはすでにふれた。家持二十一歳、書持は亡妻悲傷歌へかかわりを考えると二歳位年下か。歌は次のようであった。

あしひきの山の黄葉《もみちば》今夜もか浮かび行くらむ山川の瀬に　(巻八・一五八七)

全き想像の世界での清らかでありながら華やかなイメージである。黄葉のテーマは共通してはいても、周囲に対する挨拶なしの、場を離れて成立する歌といえる。彼の歌は合わすための場のただ中で孤心に還るあり方をしている。古今集ならば次のように歌うであろう。

見る人もなくて散りぬるおく山のもみちは秋の錦なりけり　(貫之　巻五・二九七)

書持の歌には錦のような人工物に譬喩するような古今集の修辞法はない。伊藤博氏が指摘するように、もみちは川を「天為のままに流れる」(注37)のである。彼が植物を愛でるばあいは「折りかざすことなどせず、地に在るがまま、地に生い育つままを見る」のである。そうでありながらもさらに書持は全き想像の中で現実より美しい黄葉を讃美したのである。新しい文学の表現と態度である。新文学は新しい文学的態度の確立に裏づけられて成立してくる、さもなくば質的な充実が保証されないからである。

家持にとって書持の夭折《ようせつ》は愛する肉親を失った悲しみと共に新しい文学を目ざす歌友を失った悲しみでもあったのである

六　池主との再会

相歓ぶる歌二首　越中守大伴宿禰家持作る

庭に降る雪は千重しくしかのみに思ひて君をあが待たなくに　（巻十七・三九六〇）

白波の寄する磯みを漕ぐ舟の楫《かぢ》とる間なく思ほえし君　（巻十七・三九六一）

右は、天十八年の八月をもちて、掾《じよう》大伴宿禰池主、大帳使《だいちようし》につきて京師《みやこ》に赴き向ふ。しかして同じき年の十一月に、本任に還り至りぬ。よりて詩酒の宴を設け、弾糸飲楽す。この日白雪たちまちに降り地に積むこと尺余。この時また、漁夫の船海に入り瀾《なみ》に浮けり。ここに守大伴宿禰家持、情を二眺に寄せ、いささかに所心《おもひ》を裁《つく》る。

この二首は掾池主が本任に還って来たことに対する守家持の歓迎の宴の歌である。集える人々は八月七日と重なるか。降る雪と海に浮かふ舟が歌の素材である。見通しの良い、海の見える北国の真冬の家は厳重な雪囲いなしでは吹雪の日には粉雪が忍び込む。したがってこの日の尺余の雪は静かにしんしんとして降り積むぼたん雪であったろう。にもかかわらず、直接に雪と海に対していて、霏霏《ひひ》として降る雪景色の海に浮かぶ舟を眺めて楽しむのである。冬はまだ浅いにしても風雅の志は深い。

この二首の歌、もし題詞・左注なくば女の恋歌と見られる。八月七日の歌と同じ趣向である。家持は恋歌の型を踏まえて再会の喜びを表現したのである。

池主は大帳使になって都に上り十一月に帰着した。彼は少なくとも三ケ月（九月・閏九月・十月）以上任国を不在にしたことになる。家持は翌年正税使となって上京している。出発は五月の初旬であろう（巻十七・四〇〇八―四〇一〇）。次に歌が見えるのは九月二十六日である（巻十七・四〇一一―四〇一五）。出発帰任の日付は正確ではないが、不在はやはり三ケ月以上にわたると思われる。掾久米広縄は天平二十年に朝集使となり翌年閏五月に帰る。彼の出張は半年以上になる。

彼らの不在がかくのごとく長期であっても、国府の日常の業務は遅滞なく進捗するらしい。彼らは区々の業務にとらわれる必要はないようである。彼らの優雅な歌はこのような私たちの時代とは異なる時間の流れと精神の余裕の生活から生み出されている。

天平十八年の歌はここで終る。なれない者には北国の冬の生活は厳しい。家持は猛烈な季節風と吹雪に閉じ込められて病を得ることになる。

七　女たち

大伴宿禰家持、閏《うるう》七月を以て、越中国守《こしのみちのなかのくにのかみ》に任《ま》けらえ、即ち七月を取りて任所に赴く。

時に、姑《をば》大伴氏坂上郎女、家持に贈る歌二首

草枕旅行く君を幸《さき》くあれと斎瓮《いはひへ》するゑつあが床の辺に（巻十七・三九二七）1

今のごと恋しく君が思ほえばいかにかもせむするすべのなさ（巻十七・三九二八）2

　更に越中《こしのみちのなか》の国に贈る歌二首

旅に去《い》にし君しも継ぎて夢に見ゆあが片恋の繁ければかも（巻十七・三九二九）3

道の中国つみ神は旅行きもし知らぬ君をめぐみたまはな（巻十七・三九三〇）4

　平群《へぐり》氏女郎、越中守大伴宿禰家持に贈る歌十二首

君により吾《わ》が名はすでに立田山絶えたる恋の繁きころかも（巻十七・三九三一）1

須磨人《すまひと》の海辺常去らず焼く塩の辛き恋をもあれはするかも（巻十七・三九三二）2

ありさりて後も逢はむと思へこそ露の命も継ぎつつ渡れ（巻十七・三九三三）3

なかなかに死なば安けむ君が目を見ず久ならばすべなかるべし（巻十七・三九三四）4

隠《こも》り沼《ぬ》の下ゆ孤悲《こひ》あまり白波のいちしろく出でぬ人の知るべく（巻十七・三九三五）5

草枕旅にしばしばかくのみや君を遣りつつあが恋ひ居らむ（巻十七・三九三六）6

草枕旅去《い》にし君が帰り来む日月を知らむすべの知らなく（巻十七・三九三七）7

かくのみやあが恋ひ居らむぬばたまの夜の紐だに解き放けずして（巻十七・三九三八）8

里近く君がなりなば恋ひめやともとな思ひしあれぞ悔しき（巻十七・三九三九）9

万代《よろづよ》と心は解けて我《わ》が背子がつみし手見つつ忍びかねつも（巻十七・三九四〇）10

鶯の鳴くくら谷にうちはめて焼けは死ぬとも君をし待たむ（巻十七・三九四一）11

松の花花数にしも我《わ》が背子が思へらなくにもとな咲きつつ（巻十七・三九四二）12

右の件の歌は、時々に便使《べんし》に寄せて来贈《おく》れり。一度に送れるにはあらず

姑《をば》、大伴氏坂上郎女は家持の叔母・妻の母である。最初の二首は家持の出発に際して贈られ、後の二首は越中到着のすぐ後に彼の手に渡るように贈られている。波紋型の四首一連の形をとっている。

鈴木武晴氏は「坂上郎女が家持を想う坂上大嬢の立場に立って歌詠を織り成し、そこに郎女自身の家持への想いをもこめている」[注37]と、とらえている。しかし少なくとも坂上郎女の名のもとで歌が贈られているとしたら、彼女の思いが主となっていて、娘の思いをも十分にこめているというべきではなかろうか。それが題詞というものの重みである。

1・4の歌は、神とつながる者、霊力を持つ女、「祭神歌」（巻三・三七九・三八〇）を作り氏神を祭る者という立場で神に祈ったとおぼしい。大伴「氏」と題詞に書くのも、坂上郎女が家門を代表する女性として意識されたからであろう。

2・3の歌は恋の歌である。ここには家持の妻である娘大嬢の思いも十分にこめられている。女たちのやさしさと深い思いが男に勇気と力を与える。家持はヲバの力イモの力に守られ、氏神に加護を与えられて旅立ち、国つ神に見守られて異土の生活をはじめるのである。家門の栄誉をになって出発する男に贈られるにふさわしい歌であり、さらに現地においても受けとるべき古代的なものを残した祈りの歌である。

平群氏女郎の歌は左注によると数回にわたって送られて来ている。『伊藤釋注』は四首一連三回と推測している。

彼女はおそらく家持の妻の一人であったであろう。八世紀の高級貴族の家を継ぐべき彼が坂上大嬢のみを妻としていたと考えるとすれば、それは私たちが今の社会の婚姻のあり方に足をとられているからであろう。第一、家持自身が父旅人が九州で失った妻から生まれたのではなく、旅人の若い妻から生まれている。彼の母は天応元年（七八一）に没した（続紀）。家持は時に六十四歳であった。継ぐに足るだけの貴種の家は血統をつなぐ必要がある。若い妻は私たちの社会では愛人とか妾と呼ぶ。古代にあっては、妻の地位の軽重は、彼女の出自や男の彼女への愛や彼女の才能や子のあるなしによっておのずからあったと思われる。しかし社会的にはおそらく全て等しく妻とされたであろう。たとえば『選叙令』における嫡子と庶子の蔭位の差はわずかに一階である。そして家持は嫡子の扱いを受けている。法体系の中でさえ嫡妻のみが妻であった訳ではない。

5の歌は巻十二・三〇二三の歌と重なる。2の歌には下三句が重なる歌が二首ある（巻十一・二七四三、巻十五・三六五三）。古歌は、個性などというものに価値を置かない時代の彼女らの共有の財産であった。しかし全くそのまま使うとすれば自らの才の無さを示すし、あまり独自性がきわだつとすれば王朝風の優雅な作法に欠けることになる。その結果2の歌となり5の歌となる。

5の歌は重出歌とも見えるが、一つの工夫がなされている。それは恋が「孤悲」という表記に変えられていることである。こひをひとりかなしむと表記したのは彼女の発明ではないが彼女の思いはここにこめられる。家持はこの歌をもらって以後自らの歌に孤悲と表記することが多くなる。彼女の思いが受け止められたのである。

6の歌、旅にしばしばやるという表現は妻の立場を示している。遣るとはいやいやながら送り出すことだからである。久邇（恭仁）へ難波へ此の度は越中へと、ひとり留守を守る立場の女性の苦悩の物言いである。9の歌は6のつづきである。やっと都が落ちついて、あなたとゆっくり逢えると思っていたのに今度は越中に行かれるとはの嘆きである。

10の歌は手をつまむという仲睦まじい男女のたわむれの行為をよんでいる。(注38)『伊藤釋注』は「平群氏女郎や笠女郎の歌から実際の関係の様相を示すと見るのは素樸にすぎ、危険でさえある」と見る。たしかに時代の文芸思潮はフィクションを好み文芸としての恋の物語を楽しむ傾向に傾いていた。だからと言ってこの類例のないリアルで濃密な関係とよめる歌までを否定していいものとは思えない。『窪田評釋』はこの歌を魅力あるものと高く評価し、家持以外に見せる気がないゆえに憚《はばか》りなく言いえたと評している。親密な関係のゆえの歌であろう。

12の歌も、松の花という特異な素材をもって自らの譬喩としている。あなたにとって私は花ともいえぬ存在なのに思いつづけていますという自らを謙虚につつましくとらえているが一途な女の情熱を感じさせる。

彼女と家持の恋の行方は知るよしもない。が一つの参考として坂上郎女を考えて見る。彼女は、はじめ穂積皇子に嫁し、そこでおそらく今城王を生み、(注39)藤原麻呂と結ばれ、離別の後大伴宿奈麻呂と結婚し家持の妻となる女性をもうける。

古代の女性たちはそう窮屈に生きていた訳ではないのである。

編集がおそらく歌の制作順序によるのであろうが、家持の越中守時代の歌の幕開けが女たちの歌から始まるのは倭歌が公のものから私のものへと移って行くことを象徴する事実のようにも思われる。

注1 内田正男編著 雄山閣 '75・7。
2 伊藤博『萬葉集釋注十』集英社 '98・12
3 「越中国礪波郡石粟村官施入田図」奈良国立博物館蔵 縦五六・七・横一〇九・七『東大寺のすべて』朝日新聞社 '02・4
4 「越中万葉十考」『越中万葉』北日本新聞社 '71・5。
5 「越中守としての家持」『万葉集の作品と基層』'93・2。
6 「意見十二箇条」(三善清行)日本思想大系『日本古代政治思想』岩波書店 '79・3
7 『奈良の都』中央公論社 '65・4
8 『奈良朝時代民政経済の数的研究』(復刻)柏書房 '72・8
9 「良吏家持」『大伴家持』桜楓社 '76・11
10 山口博『万葉集の誕生と大陸文化』角川書店 '96・9
11 「北への道」川口注9
12 万葉集 巻三・三六六(題詞)。三六八(左注)参。10世紀以後北陸道は海上交通が主体になる。
千田稔『埋れた港』小学館 '01・2 木下良『国府』教育社 '91・12。

13　中村太一『古代道路を探す』平凡社　'00・5。金坂清則氏によれば石川県津幡町の加茂遺跡の奈良時代の道路遺構は測溝のある9メートル幅のものであった。（木下良編『古代道路』吉川弘文館　'96・4）
14　『類聚三代格』（牧宰事）
15　『わが住む村』　岩波文庫　'83・6
16　天平十八年四月己酉条（二十八日）
17　森川昭『東海道五十三次』三省堂　'97・6
18　澤田吾一　注8
19　山中敏史・佐藤興治『古代の役所』岩波書店　'85・6。15頁16頁参照。大郡小郡の等級・郷の数は『延喜式』による。
20　「職員令」・「戸令」
21　律逸文『律』国史大系。
22　平川南監修・石川県埋蔵文化財センター編『発見！　古代のお触れ書き』大修館　'01・10、国立歴史民俗博物館編集『古代日本文字のある風景』朝日新聞社　'02・3。平川南『古代地方木簡の研究』吉川弘文館　'03・2。
23　中川幸広「宴と独詠」『萬葉集の作品と基層』桜楓社　'93・2。
24　「天平十八年八月七日の家持」『論集上代文学第十三冊』　'84・3
25　「万葉集宴席歌考」「美夫君志」二十六号　'82・3
26　「秋風と雁」「萬葉」百六十四号　'98・10。
27　「越中時代の生涯」中西進編『大伴家持』桜楓社　'85・10

28　「青春時代の生涯」注27。のち「青春」と題を改めて注23『萬葉集の作品と基層』に入れた。
29　「馬なめていざうち行かな」『万葉の歌人と作品第八巻』和泉書院　'02・5
30　『万葉集の構造と成立　下』塙書房　'74・11。
31　「国府と国衙」『大伴家持』注9
32　「弟書物を哀傷する歌」『万葉の歌人と作品第八巻』和泉書院　'02・5
33　「「命」考」「万葉」百十号　'82・6
34　「人麻呂「反歌」「短歌」の論」『万葉集研究　第二集』塙書房　'73・4
35　「死者の生」『大伴家持』注9。
36　「地に在るがままに」『万葉集の歌群と配列下』塙書房　'92・3
37　「家持に贈る歌」「万葉」百四十号　'91・3。
38　時代はずっと下るが『古本説話集下』の第六十二話に、吉祥天に恋した男のとった態度が次のように載る。「かき抱きたてまつり、ひきつみたてまつり、口吸う真似などして云々」この歌もいさ、かきわどいが、性の場面を感じさせる。
39　竹内理三・山田英雄・平野邦雄編『日本古代人名辞典』（吉川弘文館　'58・5）による。但し山田英雄『万葉集覚書』岩波書店　'99・6によれば、今城王が穂積親王の子であることはない、という。

（使用万葉集は基本的には『萬葉集』桜楓社を使用したが私見によったところもある。）

家持の天平十九年

関　隆司

一　はじめに

天平十九年（七四七）の歌は、万葉集の巻十七に収められている。長歌十二首、短歌四十二首、漢詩二首を数えるのだが（注1）、このうち大伴家持の作は長歌八首、短歌三十一首、漢詩一首に及ぶ。残る長歌四首と、短歌九首、そして漢詩一首は大伴池主の作である。二人以外の歌はわずかに二首しかなく、しかも一首は池主が伝誦したものである。

天平十八年（七四六）六月二十一日に越中守に任じられた大伴家持は、七月下旬には越中国府に到着していたと考えられるが、家持の越中初作は「八月七日の夜に、守大伴宿祢家持の館に集ひて宴する歌」十三首の頭に置かれた歌で、この宴で家持は六首、池主は四首の歌を詠んでいる。十三首中十首が二人の歌なのであった。

家持はこの八月の宴の後、十二月までの四ヶ月間に、長歌一首・短歌四首しか歌を残していない。

しかもその五首は、九月二十五日に弟の死を悲しんだ長歌一首・短歌二首と、大帳使として上京していた池主が帰国した十一月某日の宴での短歌二首で、万葉集に残された天平十八年の家持の歌は、わずか三日分しかないのである。

天平十九年に詠まれた家持の歌と漢詩はどのような時のものが記されているのか。まず万葉集巻十七の天平十九年にあたる部分を示してみる。なお、歌は本文を省略して番号と長歌のみを分かるようにし、家持の作歌日を□で囲んだ。

忽《たちま》ちに枉疾に沈み、殆《ほとほ》と泉路に臨む。仍《よ》りて歌詞を作り、以て悲緒を申《の》ぶる一首　并せて短歌

三九六二（長）、三九六三、三九六四

右、天平十九年春二月二十日に、越中国守の館《むろつみ》に病に臥して悲傷し、聊《いささ》かにこの歌を作る。

守大伴宿祢家持、掾大伴宿祢池主に贈る悲歌二首

（書簡）

三九六五、三九六六

二月二十九日、大伴宿祢家持

（書簡）

三九六七、三九六八

沽洗二日、掾大伴宿祢池主

更に贈る歌一首并せて短歌

（書簡）

三九六九（長）、三九七〇、三九七一、三九七二

三月三日、大伴宿祢家持

七言、晩春三日遊覧一首　并せて序

（書簡）

（漢詩）

三月四日、大伴宿祢池主

（書簡）

三九七三、三九七四、三九七五

三月五日、大伴宿祢池主

（書簡）

七言一首

（漢詩）

短歌二首

三九七六、三九七七

三月五日、大伴宿祢家持、病に臥して作る。

恋緒《れんしょ》を述ぶる歌一首　并せて短歌

三九七八（長）、三九七九、三九八〇、三九八一、三九八二

右、三月二十日夜裏に、忽ちに恋情を起こして作る。大伴宿祢家持

立夏四月、既に累日を経ぬるに、由《なほ》し未だ霍公鳥の喧《な》くを聞かず。因りて作る恨みの歌二首

三九八三、三九八四

霍公鳥は、立夏の日に、来鳴くこと必定なり。また越中の風土は、橙橘のあること希《まれ》らなり。これに因りて、大伴宿祢家持、懐《おもひ》に感発して、聊かに此の歌を裁る。三月二十九日

二上山の賦一首　この山は射水郡にあり

三九八五（長）、三九八六、三九八七

右、三月三十日興に依りて作る。大伴宿祢家持

四月十六日夜裏《よのうち》に、遙かに霍公鳥の喧くを聞きて、懐を述ぶる歌一首

三九八八

右、大伴宿祢家持作る

大目秦忌寸八千嶋の舘にして、守大伴宿祢家持に餞する宴の歌二首

三九八九、三九九〇

右、守大伴宿祢家持、正税帳を持ちて京師に入らむとす。仍りてこの歌を作り、聊かに相別る る嘆きを陳《の》ぶ。四月廿日

布勢の水海に遊覧する賦一首并せて短歌　この海は射水郡の旧江村にあり

三九九一（長）、三九九二

右、守大伴宿祢家持作る。四月二十四日

敬みて布勢の水海に遊覧する賦に和《こた》ふる一首　并せて一絶

三九九三（長）、三九九四
右、掾大伴宿祢池主の作　四月二十六日追和
四月二十六日、掾大伴宿祢池主の舘にして、税帳使の守大伴宿祢家持に餞する宴の歌　并せて古歌四首
三九九五
右一首、大伴宿祢家持作る。
三九九六
右一首、介内蔵忌寸縄麻呂作る。
三九九七
右一首、守大伴宿祢家持和ふ。
石川朝臣水通橘歌一首
三九九八
右一首、伝誦するは、主人大伴宿祢池主なりと云ふ。
守大伴宿祢家持の舘に飲宴する歌一首　四月二十六日
三九九九

立山の賦一首　并せて短歌　この山は新川郡にあり

四〇〇〇（長）、四〇〇一、四〇〇二

四月二十七日に、大伴宿祢家持作る。

敬みて立山の賦に和ふる一首　并せて二絶

四〇〇三（長）、四〇〇四、四〇〇五

右、掾大伴宿祢池主和へたり。四月二十八日

京《みやこ》に入ること漸《やくや》く近づき、悲情撥《はら》ひ難くして、懐を述ぶる一首　并せて一絶

四〇〇六（長）、四〇〇七

右、大伴宿祢家持、掾大伴宿祢池主に贈る。四月三十日

忽ちに京に入らむとして懐を述ぶる作を見るに、生別は悲しく、腸を断つこと万廻《よろづたび》なり。怨むる緒《こころ》禁《とど》め難し。聊かに所心《おもひ》を奉る一首　并せて二絶

四〇〇八（長）、四〇〇九、四〇一〇

右、大伴宿祢池主の報へ贈りて和ふる歌。五月二日

放逸せる鷹を思ひ、夢に見て感悦して作る歌一首　并せて短歌
四〇一一（長）、四〇一二、四〇一三、四〇一四、四〇一五
右、射水郡の古江村にして蒼鷹を取獲る。…中略…　守大伴宿祢家持、九月二十六日に作る。

万葉集に残された天平十九年の家持の歌は、一年を通して十五日分しかないのである。

二　枉疾《わうしつ》に沈む

天平十九年の歌は、二月二十日の「忽ちに枉疾に沈み、殆と泉路に臨む。仍りて歌詞を作り、以て悲緒を申ぶる」長歌一首・短歌二首から始まっている。

長歌冒頭に、

大君の　任《まけ》のまけまに　ますらをの　心振り起し　あしひきの　山坂越えて　天ざかる　鄙に下り来　息だにも　いまだ休めず　年月も　幾らもあらぬに　うつせみの　世の人なれば　うちなびき　床《とこ》に臥《こ》い伏《ふ》し　痛けくし　日に異《け》に増さる…　（三九六二）

と、病気であったことが詠まれている。

「枉疾」が漢籍に見えない語句のため、どのような意味で使っているのか正確にはわからないのだ

が、「枉」にまがった・よこしまな等の意があるため、注釈書の中には「一筋縄ではなおらない疾病」や「悪病」などと解釈するものもある。

家持が六十八歳まで生きたことから、この時にかかった病気は慢性疾患や再発進行するものではなく、さらに当時の治療水準からすると自然治癒する病気であったはずと推察して、①肺炎あるいは扁桃腺炎を併発した風邪②急性肝炎③肋膜炎④腹部の疾患のどれかであったろうとする佐々木博氏の診断がある。(注2)「忽」とあることからすれば、急性の病気であったことは確実だが、(注3)「枉疾」とは、おそらく病気の症状を指しているのではない。

小学館古典全集本が、「枉」に「無実の罪」という意味があることや、巻五に見える山上憶良の「沈痾自哀の文」に、

嗟乎《あ》媿《はづか》しきかも、我何の罪を犯せばかも、この重き疾《やまひ》に遭へる。〈未だ、過去に造れる罪か、もしくは是現前に犯すところの過なるかを知らず、罪過を犯すことなくは、なにしかこの病を獲《え》む、と謂ふ〉

と見えることから、奈良時代には、病気が過去か現在に罪を犯したせいだという考え方があったのだろうとして、「枉疾」は「思い当たるような原因のない病気の意か」と解釈しているのが穏当なところだと思われる。「枉疾」は、漢籍に見える「枉死」が「横死」と同様に不慮の死を意味することな

どからヒントを得て、家持が「不慮の病・思いがけない病」の意味で造語したと想像しておきたい。

さて、病気によって死線をさまよい、歌が作れるまでに回復したのが、作歌日の二月二十日である。前年十一月某日以降この日までの歌が不在なことから、年末には病気であったとの考え方もあるのだが、正月元日の歌がないことが、そのまま宴に参加していなかった、さらには病気であったということには結びつけられない。確かに元日の宴は、儀制令に、

凡そ元日には、国司皆僚属郡司を率ゐて、庁に向ひて朝拝せよ。訖《おは》りなば長官賀受けよ。宴設くることは聴《ゆる》せ。其れ食には、当処の官物及び正倉を以て充てよ。須《もち》ゐむ所の多少は、別式に従へよ。

と規定されており、たとえば万葉集巻二十の最後の歌には、

（天平宝字）三年春正月一日、因幡国の庁にして、饗《あへ》を国郡の司等に賜ふ宴の歌

新《あら》しき年の始めの初春の今日降る雪のいや重け吉事（四五一六）

右の一首、守大伴宿祢家持作る。

と題詞が記されており、儀制令に規定された通りの元日の宴が開かれていたことがわかる。

当然、越中においても同じような宴が開かれ、家持が毎年歌を詠んだと想像されがちであるが、実際にはそうではない。

越中国庁での正月元日の宴歌は、家持赴任後四度目の正月である天平勝宝二年（七五〇）まで記録されていない。しかもその宴は、

天平勝宝二年正月二日に、国庁に饗を諸《もろもろ》の郡司等に給ふ宴の歌一首

あしひきの山の木末《こぬれ》のほよ取りてかざしつらくは千年ほぐとそ（巻十八・四一三六）

右一首、守大伴宿祢家持が作

と、二日なのである。翌天平勝宝三年の正月も、

天平勝宝三年

新しき年の始めはいや年に雪踏みならし常かくもがな（巻十九・四二二九）

右一首の歌、正月二日に、守《かみ》の館《むろつみ》に集宴す。ここに、零《ふ》る雪殊に多く、積みて四尺あり。即ち主人大伴宿祢家持この歌を作る。

と、やはり二日なのであるが、この年は国庁ではなく守館での宴となっている。小学館古典全集本の

頭注は、この宴を「国庁賀正の宴会であろう」とするが、なぜ守館で行われたのかは説明していない。

この二例の宴がなぜ正日でなく二日なのか説明できる史料はないのだが、この歌が詠まれた理由は想像できる。四二二九番歌の左注には、雪が四尺（約百二十cm）降ったから歌を詠んだとある。四一三六番歌は、歌の内容から宴の場にホヨ（寄生木）があったことが想像される。つまり、そこに歌を詠む特別な素材があったから詠まれたのである。先に触れた因幡の歌も、その日雪が降っていたから詠まれた歌なのである。

問題は、その歌が特別な歌であるために万葉集に残されたということも考えられることにある。たとえば、正月元日の宴は歌を詠む場としては意味あるものであったろうが、元日の儀が制度化していることからすれば、宴ではすでに何年にもわたって多くの歌が詠まれており、詠まれた歌すべてが記録するに値するものであったかどうか疑わしい。むしろ、多くは平凡で類型的な歌が詠まれているからこそ、雪が降っていたり、歌の素材になるような特別な物があったりする場合に詠まれた歌だけが記録され、後に万葉集に残されたと想像することも許されるだろう。

天平十九年の正月の歌がないことは、宴がなかったということを意味しない。さらに補足すれば、『続日本紀』には、天平十八年から天平二十一年（天平勝宝元年）の正月元日は、天皇が大極殿で百官の賀を受ける「朝賀の儀」をしなかったとある。天皇への朝賀の儀が停止された場合に、各国庁はどう対応したのか、あるいは対応することができたのかを想像する手段はないのだが、その中止された十九年には、天皇が南苑で宴をしており、二十年は五位以上を内裏で宴し、それ以外は朝堂で饗を賜わったと記されている。儀式と宴は別のものであるのだろう。

天平十九年正月一日に、家持は部下や越中諸郡の郡司たちを率いて奈良に向かって拝礼をし、その後家持自身が賀を受け、宴が催されたはずであった。たとえ家持が病気であったとしても、宴は開かれていたはずである。

家持が池主に送った二月二十九日の書簡には、

忽ちに枉疾に沈み、累旬痛み苦しむ。


とある。「累旬」は短く見ても二十日以上というところだろうか。とすれば、家持が枉疾に沈んだのは二月以前とまでは言えるだろう。しかし、正月の歌がないことを、単純に家持の病気に結びつけることもできない。

ともかく、一月のある日病に倒れ、遙か遠い奈良にいる母や妻や子供たちを思い出し、「悲緒」を申べる歌を作ったのである。

そして、池主からの見舞いがあったようである。(注4)それに答えたものが二十九日の家持の書簡と和歌であり、二人の贈答が続く。歌の内容や語句から、先学の指摘に従って各歌の対応関係を示せばつぎのようになる。

二月　二十日　家持「悲緒を申ぶる」

　　？日　（池主から見舞い）

　二十九日　家持　三九六五、三九六六

三月　二日　池主　三九六七、三九六八

　　三日　家持　三九六九、三九七〇、三九七一、三九七二

　　四日　池主　漢詩

　　五日　池主　三九七三、三九七四、三九七五

　　　　家持　漢詩、三九七六、三九七七

病いを契機とした家持の作歌日数は四日になり、その間に詠まれた歌は十一首にもなるのだが、池主と関係なく詠まれた歌は、二月二十日の三首だけである。日数こそ四日にわたるのだが、池主の存

在がなければ、一日分の歌が残されただけであったに違いない。

三　恋情を起こす

池主との贈答歌ののち、十五日間をおいて「恋緒を述ぶる歌」長歌一首・短歌四首が詠まれている。この四首には、奈良にいる妻への思いだけが詠まれている。長歌に短歌を四首付すのは、家持の歌では初めてのことである。

『増補日本暦日便覧』（湯浅吉美）によれば、この年の立夏は三月二十一日であるが、小学館全集本三九八三番歌の頭注は、太陽暦五月三日にあたるこの三月二十日が立夏であったろうと記している。ただし、この日付は古写本間に異同があり、万葉集巻十七を伝える写本のうちもっとも古い「元暦校本」にのみ「二十五日」とある。近年刊行された注釈書はすべて底本（西本願寺本）通りに「二十日」をとっており、全集本も三九八三番歌の頭注では「そのいずれが正しいか不明」と記していたのだが、新編古典全集では「二十五日」をとり、その日が太陽暦五月十二日で立夏なのだという。この前後の日付に注が乏しいのだが、三九六八左注の「沽洗二日」を全集本は四月十五日とし新編全集本は四月十九日としており、どこかで五日のずれが生じているようである。何を根拠にして五月十二日を立夏としたのかの説明がなく、全集本の頭注に比べて不親切であるが、どちらにしても、家持は暦の上の立夏に刺激を受けて、短歌四首も付す長歌を詠んだのであろうか。

しかし、内容は「恋情」なのである。二月二十日の病の「悲緒」を申べた長歌（三九六二）では、自分を待つ母や妻子に使いを遣ることもできず病に嘆き伏している自分を嘆き、短歌（三九六四）では妻に会えず嘆いている自分の「悲傷」（三九六四左注）を詠んでいたのだが、この日は、あくまで妻への「恋情」（三九八二左注）を詠んでいるのである。長歌には、

…ほととぎす　来鳴かむ月に　いつしかも　早くなりなむ　卯の花の　にほへる山を　よそのみも　振り放け見つつ　近江道に　い行き乗り立ち…

とあり、ほととぎすの鳴く四月になったら上京することが示されている。事実、この後には家持が税帳使となって上京するための宴の歌がある。土屋文明『私注』は、「税帳使に決定したので、急に都が恋しくなつたのかも知れぬ」と言う。

税帳使は、律令の定めでは本来二月三十日までに書類を中央官庁へ提出しなければならない。しかし、この長歌が詠まれたのは三月である。すでにこの時点で期限を過ぎており、しかも、家持は五月二日にまだ越中にいるのである（四〇一〇番歌左注）。出発の遅れた最大の原因は、家持の病気と考えられている。

病気とはいえ、二ヶ月も遅れていることに関しては、十一世紀初頭にまとめられた『政治要略』に、越中など八ヶ国の提出期限が四月末とされていることを根拠にして、すでに天平十九年には四月末締め切りになっていたと考え、五月に出発したとしても、結果的に数日の遅れですんでいるのだと

考える説もある。

しかし、天平勝宝三年（七五一）に税帳使となった久米広縄は、二月二日に送別会をしており（巻十九・四二三八）、『政治要略』の記す四月末締め切りを、家持の時代にまで溯らせるのは不安が残る。また、家持以外の国司が上京しても良かったのではないのかという疑問は消えない。病み上がりでも、国守が上京しなければならない理由があったのだろうか。

提出期限を、規定通りに二月末だと考えたらどうなるだろうか。

十八年八月七日の宴には、「大目」秦八千島の名前が見えるので、この時の越中国司は守・介・掾・大目・少目の五人体制であったことがわかる。少目秦石竹の名前は、遅れて天平感宝元年五月九日にその館で宴があった際に登場する（巻十八・四〇八六題詞）。

国司五人のうち、八月七日の宴に介内蔵縄麻呂と少目秦石竹の二人の姿が見えないことは、家持より後に任じられたか、上京していたと考えるのが一番素直だろう。いわゆる四度使《よどのつかい》のうち、税帳使の滞京時期が家持の越中下向時にあたっているので、どちらかがその任で上京中であったのは間違いないだろう。残る一人は家持の後に赴任したと考えるのが穏やかであろうか。

池主ともう一人は年内にそれぞれ一度上京。一人は新任であるとすれば、次の四度使は家持と八千島のどちらかだろう。提出日は二月末である。一月下旬から二月上旬には担当者が決定していたはずである。その時家持は病に臥していたのだ。残された国司たちがどのようなことを協議していたのか想像するすべはないが、二月末提出なら八千島が上京していたはずである。

そもそも病床の家持の歌に、上京ができなくなった嘆きはまったくうたわれていない。上京する気配はまったく見えないのである。それが、突如三月二十日の「恋緒を述ぶる歌」(三九七八)で上京の予定をうたったのである。やはり四月末が提出期限であったと考えるべきなのであろうか。もしそうならば、『私注』の言うように三月二十日(あるいは二十五日であっても)に家持の税帳使が決定したと考えてもよいだろうと思う。

三月五日をもって病床の家持と池主の贈答歌は終わっている。その後数日で公務にもどったのかも知れない。それから二週間ほど様子を見ての税帳使決定ということであろうか。

四　立夏四月

いま仮に、三月二十日に家持の税帳使が決定したとすると、以下の歌が上京までの歌となる。

①三月二九日　立夏四月、既に累日を経ぬるに、由し未だ霍公鳥の喧くを聞かず。因りて作る恨みの歌　(家持)
②三月三十日　二上山の賦　(家持)
③四月十六日　夜裏に、遙かに霍公鳥の喧くを聞きて、懐を述ぶる歌　(家持)
④　二十日　大目秦忌寸八千嶋が舘にして、守大伴宿祢家持に餞する宴の歌　(家持)
⑤　二四日　布勢の水海に遊覧する賦　(家持)

⑥　二六日　敬みて布勢の水海に遊覧する賦に和ふる　(池主)
⑦　二六日　掾大伴宿祢池主が舘にして、税帳使の守大伴宿祢家持に餞する宴の歌
(家持、縄麻呂、池主伝誦)
⑧　二六日　守大伴宿祢家持が舘に飲宴する歌　(家持)
⑨　二七日　立山の賦　(家持)
⑩　二八日　敬みて立山の賦に和ふる　(池主)
⑪　三十日　京に入ること漸く近づき、悲情撥ひ難くして、懐を述ぶる　(家持)
⑫五月　二日　忽ちに京に入らむとして懐を述ぶる作を見るに、生別は悲しく、断腸万廻にして、怨緒禁め難し。聊かに所心を奉る一首　(池主)

①②③⑤⑥⑨⑩の題詞を見ると、上京とは無関係の歌のように見える。
①は、立夏を過ぎてもホトトギスの声を聞くことができない恨みの歌である。

立夏四月、既に累日《るいじつ》を経るに、由《なほ》し未《いま》だ霍公鳥《ほととぎす》の喧《な》くを聞かず。因《よ》りて作る恨みの歌二首
あしひきの山も近きをほととぎす月立つまでになにか来鳴かぬ　(三九八三)
玉に貫《ぬ》く花橘《はなたちばな》を乏《とも》しみしこの我が里に来鳴かずあるらし　(三九八四)
霍公鳥は、立夏の日に、来鳴くこと必定なり。また越中の風土は橙橘《ぢやうきつ》のあること希《まれ》らなり。

これに因りて、大伴宿祢家持懐《こころ》に感発して、聊かにこの歌を裁る。三月二十九日

家持が越中に赴任したのが七月下旬であれば、その年にほととぎすの声は聞けなかったはずで、この夏が、家持の越中で迎えるはじめてのほととぎすの季節なのであった。越中で初めてのほととぎす詠は、山の近くに住んでいるのになぜ鳴かないのかと問いかけ、橘がないためなのだろうと、都と比較してその理由を考えているわけである。これより先、家持は弟とつぎのような歌を詠んでいる。

霍公鳥を詠む歌二首

橘は常花《とこはな》にもがほととぎす住むと来鳴かば聞かぬ日無けむ（巻十七・三九〇九）

玉に貫く楝《あふち》を家に植ゑたらば山ほととぎす離《か》れず来《こ》むかも（三九一〇）

右、四月二日に、大伴宿祢書持、奈良の宅より兄家持に贈る。

橙橘初めて咲き、霍公鳥翻《かけ》り嚶《な》く。この時候に対《むか》ひ、詎《あに》志を暢べざらむ。因りて三首の短歌を作り、以ちて鬱結《うつけつ》の緒《こころ》を散らさまくのみ。

あしひきの山辺《やまへ》に居ればほととぎす木の間立ち潜《く》き鳴かぬ日はなし（三九一一）

ほととぎす何のこころそ橘の玉貫く月し来鳴きとよむる（三九一二）

ほととぎす楝の枝に行きて居《ゐ》ば花は散らなむ玉と見るまで（三九一三）

右、四月三日に、内舎人大伴宿祢家持、久迩の京より弟書持に報へ送る。

天平十三年の作である。聖武天皇に供奉して久迩京にいる家持の許へ、奈良にいる書持から歌が届いた。歌は、橘がいつまでも咲いていたらほととぎすの声を毎日聞けるのにというのと、庭に楝を植えたらほととぎすがずっとやって来るだろうかというのである。家持は、山に囲まれた久迩京でほととぎすの声が毎日聞けることを喜びながらも、一方で、なぜ四月しか鳴かないのか、いつまでも聞いていたいのにという気持ちを詠んでいる。家持がほととぎすの鳴き声に執着することは有名であるが、天平十八年八月七日夜の宴でも、

ほととぎす鳴きて過ぎにし岡辺《をかび》から秋風吹きぬよしもあらなくに（三九四六）

と池主がほととぎすを詠んでおり、席上で話題にしたことが想像される。（注5）家持は二上山麓の越中国庁や国守館でほととぎすの声が聞こえることを知り、楽しみにしていたことは十分に考えられるのである。その上、この時のほととぎすの鳴き声は、近江道に乗って上京する合図でもあった（前掲三九七八番歌）のである。

②は、その翌日の作である。「二上山の賦」と題して、長歌を中国の韻文の形式名である「賦」と

呼んでいる。長歌一首・短歌二首からなり、左注に「興に依りて作る」と記す。何がきっかけとなって二上山を詠もうと思ったのか、題詞や左注から推測することはできないが、長歌は、春花と秋のもみじを対比し、山裾の渋谿に寄せる波を詠みこんで、「絶ゆることなく」「かけてしのはめ」とする、伝統的な讃歌である。反歌一首目は、長歌の内容を引き取って、渋谿に寄せる波から「いやしくしくに古《いにしへ》思ほゆ」と結んでいる。どちらも二上山を見ながらの作であるかもしれないが、いわゆる叙景歌ではなく、あくまで頭の中で作られた讃歌である。反歌二首目は、

玉くしげ二上山に鳴く鳥の声の恋しき時は来にけり（三九八七）

とあり、一見実景を描いているように見える。しかし、家持はこの時点では、まだ二上山に鳴くほととぎすの声を聞いていない。上二句は頭の中で作られた情景である。すでに指摘されている通り(注6)左注に「興に依りて作る」と記すのはこういう作歌状況を意味するのである。「二上山の賦」は、赴任当初に作られたわけではなく、上京前のこの時期に詠まれたということから、都へのみやげとして作られたと考える説もあるが、わざわざ二上山を詠んだ理由が何かあるはずで、それはおそらく、暦の上で四月になることではないだろうか。上京することが刺激にはなっているかも知れないが、二上山を詠んだきっかけは、あくまでほととぎすの「声の恋しき時」がやってきたという事実ではないだろうか。「興に依りて」上京へみやげを作るということではないはずである。

②と③の間は十六日間もの空白がある。にもかかわらず③は、

　ぬばたまの月に向かひてほととぎす鳴く音遙けし里遠みかも　(三九八八)

と、ほととぎすの声が聞こえたことをうたっている。左注に記された日付を見ない限り、この②③の間に十六日間もの空白があるとは思えないが、その間の歌は残されていないのである。何らかの理由で歌を詠める状態ではなかったのだろうと考えられる。それでもほととぎすの鳴き声には反応しているのである。万葉集中に詠まれたほととぎすの例から、ほととぎすは回想の鳥であり、死者と深く結ばれた鳥とも考えられていたとして、家持のこのほととぎすは「夢幻の書持」であるとする説がある。(注7)ならば、やはりこの歌も都への意識の中でうたわれたものと言えるかもしれないが、純粋にほととぎすに心ひかれる家持の歌と捉えて何ら問題はない。

④は、上京を前にしての送別会である。その送別会から四日後に⑤「布勢《ふせ》の水海《みづうみ》に遊覧する賦」長歌一首・短歌一首がある。題詞をそのままにとれば、この日実際に遊覧したことになるだろう。なぜ都への出発を急がず、布勢で遊覧などしているのだろうか。

この歌は、ほとんど実景を描写しない「二上山の賦」と違って、布勢の実景を詠んでいる。

　もののふの　八十伴《やそとも》の男《を》の　思ふどち　心遣《や》らむと　馬並《な》めて　うちくちぶりの　白波の　荒磯《ありそ》

に寄する　渋谿の　崎たもとほり　松田江の　長浜過ぎて　宇奈比川　清き瀬ごとに　鵜川《うかは》立ち
か行きかく行き　見つれども　そこも飽《あ》かにと　布勢の海に　舟浮け据ゑて　沖へ漕ぎ　辺に漕
ぎ見れば　渚《なぎさ》には　あぢ群騒き　島廻《しまみ》には　木末《こぬれ》花咲き　ここばくも　見の清けきか　玉くし
げ　二上山に　延《は》ふつたの　行きは別れず　あり通ひ　いや毎年《としのは》に　思ふどち　かくし遊ばむ
今も見るごと（三九九一）

歌中に二度見える「思ふどち」とは、仲間に呼びかけている言葉で、その仲間同士で「心遣らむ」ため、気晴らしに馬を走らせ、渋谿や松田江の長浜に行ってもの足らず、布勢の水海まで行って船遊びをして見た景色がなんともすばらしく、毎年このように遊ぼうという歌である。

何かの気晴らしに、布勢へ出かけたのである。歌を見る限り、送別会でもなく、上京を待ちわびる姿もない。何かの「心遣り」に布勢まで来たのである。

天平二十年三月に、都から田辺福麻呂が来越した際にも、布勢の水海へ案内している（巻十八・四〇三二など）のは、布勢の水海は、都にはない、都の人々に対して誇れる場所として位置づけられているからだと思われる。

また、長歌冒頭の「もののふの　八十伴の男の　思ふどち」は、ここでは越中国庁の仲間の官人たちを指している。家持と同行したと思われる国司一同の歌は残されていない。⑤は、その遊覧したその場で詠んだものではなく、あとで構成した可能性が大きい。ならば、何かの心遣りに出かけたという歌の内容も、家持がそういう風に作ったということも十分に考えられるのである。

池主の⑥「敬みて布勢の水海に遊覧する賦に和ふる」歌が二日後の追和であることを考えると、後日国司たちの宴で披露されたと考えるべきであろうか。

しかし、その⑥の日付は、⑦と同日なのである。⑤⑥⑦はどういう関係になるのか改めて考えてみなければならない。家持⑤をあらかじめ池主に渡しておき、⑥とともに⑦の場で披露されたと考える説もある。しかし⑤⑥どちらの題詞・左注にそのような宴の様子を想像させる記述はない。

家持と池主の二人だけの贈答歌があることはすでに見ている。⑤⑥も、二人だけのやりとりを考えることも可能であろう。三月の病床でのやりとりには書簡が付していたのに、ここには書簡がないのは、家持が病気の時は使いを立ててそれぞれの館へ歌が届けられたために書簡が必要だったのだと考えて、⑤⑥は書簡の必要のない直接のやりとりを想像すれば良いだろうか。伊藤博『釈注』は、⑦宴の日の朝早くか昼間に国庁内で池主から家持に届けられたのではないかと具体的に推測する。

しかし、池主の歌も長歌一首・短歌一首で、しかも長歌は家持の賦より二十句も長いのである。家持から⑤を渡された池主が、その日のうちに和したと考えるのは無理であろう。家持が詠んだ当日か翌日に池主に渡り、その翌日に池主が家持に返したと考えるのが穏当である。

そしてその⑥⑦が詠まれた二十六日には、守館でも宴が開かれ、⑧が詠まれている。

都辺《みやこへ》に立つ日近づく飽《あ》くまでに相見て行かな恋ふる日多けむ　(三九九九)

家持が飽きるまで見ようと思っているのは、宴への参加者のはずである。そこに居並ぶ「思ふどち」の顔であろう。

この宴を⑦の宴の二次会と考え、⑤と⑥は家持と池主の間で作られたもので、⑦の宴とは関係なく、その二次会において披露されたのだと考える説(注8)もある。首肯される意見である。

そして翌日に⑨の「立山の賦」が詠まれている。布勢水海に対する立山として作られたものと考えられているが、「立山の賦」は「二上山の賦」と同様に観念的である。

越中国庁が置かれていた伏木では、現在でも建物などに視界が遮られない限りどこからでも立山連峰を望むことができる。おそらく、家持は現在よりもはっきりと立山連峰を見ていたことは間違いがない。しかし、布勢の水海とは違って、家持はまだ実際にその裾野まで行っていないはずである。そこにどのような川が流れ、どのような風景が広がっているのかを、人から聞いてはいるだろうが、実景としてまだ見ていない。

家持は、立山を「皇神《すめ》の　領《うしは》きいます　新川の　その立山に　常夏に　雪降り敷きて」と讃め、「帯ばせる　片貝川の　清き瀬に」と描いている。「二上山の賦」の「射水川　い行きめぐれる　玉くしげ　二上山は」「神からや　そこば貴き　山からや　見が欲しからむ」と同じ讃歌の手法である。「立山の賦」が、「二上山・布勢水海の賦」と異なるのは、「万代の　語らひ草と　いまだ見ぬ　人にも告げむ　音のみも　名のみも聞きて　羨《とも》しぶるがね」と結んでいる点である。

「いまだ見ぬ人」は都にいる人を指しているだろう。その人たちがうらやましがるようなすばらしい立山であると讃美しているのである。この歌ははっきりと都の人々に披露されることを前提としている。都にいる人への披露を考えた作歌であれば、それは送別会での披露を想定しなくてもよいのではないかと私は考える。気の合った者にだけ内々に見せることはあるだろうが、それを宴の場に限定する必要はないと思うのである。

家持の⑨に対して、池主の⑩は、たった一日で和している。池主は、家持の詠んだ片貝川を、長歌で「峰高み　谷を深みと　落ちたぎつ　清き河内に」と描写し、短歌にも、

落ちたぎつ片貝川の絶えぬごと今見る人もやまず通はむ（四〇〇五）

と詠む。池主は実際に片貝川を見たことがあるに違いなく、実際に見たその激しい流れを思い出して詠んだのだろう。

⑨⑩の贈答は中一日である。家持に立山周辺の話をしたのは池主だろうか。池主は自らが話をした内容を参考にした歌が詠まれてきたので、すぐ和することができたのではないだろうか。

以上、題詞に直接上京と関る語句が記されていない歌を見てみた。家持の送別の宴にはさまれているため、全部の歌を上京と関わらせて解釈してしまいがちなのだが、必ずしもそう考える必要のない歌も含まれていた。

当然のことだが上京することだけが作歌動機ということではないのである。

五　悲情撥《はら》ひ難し

④⑦⑧⑪⑫の家持送別の宴の歌にはどのようなことが詠まれているだろうか。最初の送別の宴は大目の館でのものだが、この日は「恋緒を述ぶる歌」(三九七八〜八二)を詠んでからちょうど一ヶ月目に当たる。

奈呉の海の沖つ白波しくしくに思ほえむかも立ち別れなば　(三九八九)
我が背子は玉にもがな手に巻きて見つつ行かむを置きて行《い》かば惜《を》し　(三九九〇)

④は、家持の二首が記されているだけである。一首目は、大目の客館がいながらにして奈呉の海を見ることのできる場所であった(巻十七・三九五六左注)から、眼前の白波を素材にしたのである。二首目は、玉ならば持っていきたいと、まるで恋人に贈るような表現である。宴の歌の一般的なあり方として、館の主人に向けて詠まれたものと考えられているが、正確にはわからない。玉が詠まれているのも何か理由がありそうだが、この歌だけではわからない。どちらも、主賓の歌として儀礼的なものであろう。しかし、儀礼的な歌であればこそ、主人の応えた歌があるべきではないか。

家持の歌しか記されていない理由を、『釈注』は大胆に、この宴で「二上山の賦」が披露されたために話題がそちらに集中して他の歌が詠まれなかった、とするのだが、右の二首と「二上山の賦」に詠まれた内容を比較すれば、少なくとも同時に披露された歌とはとても考えられない。

三九九〇番歌には、主人の応える歌の存在を想像してよいだろう。歌が詠まれなかったのではなく、記録されなかったということであろう。

⑦⑧も同じことが言えそうである。⑦は掾館での宴で、家持の送別会では最多となる四首の歌を記す。天平十九年で、家持と池主以外の歌を唯一記しているのがこの宴である。

玉ほこの道に出で立ち別れなば見ぬ日さまねみ恋しけむかも（家持、三九九五）
我が背子が国へましなばほととぎす鳴かむ五月はさぶしけむかも（縄麻呂、三九九六）
我なしとなわび我が背子ほととぎす鳴かむ五月は玉を貫《ぬ》かさね（家持、三九九七）
我がやどの花橘を花ごめに玉にそ我が貫く待たば苦しみ（石川水通。池主伝誦、三九九八）

守家持の挨拶歌に対して、介縄麻呂がほととぎすを詠んだことから、家持がそれに応え、池主がそれにふさわしい歌を伝誦してまとめている。おそらく古歌を紹介したのであろうが、池主自らの歌は記されていない。この宴は、池主の館で開かれたものである上に、三九九八番歌の左注「右一首、伝誦するは主人大伴宿祢池主なりと云ふ（原文「云爾」）」の「云爾」が、池主が家持に贈った詩序にも見えることから、この四首は池主が記録したと想像できるので、ここに池主自身の歌が記録されていないことは、作らなかったからだとみてよいだろう。宴席での歌は、自作の歌を誦しても古歌を誦してもよかったのである。

一方⑧は、⑦と同日の守館での宴で詠まれた歌で、前掲の「飽くまでの相見て行かな恋ふる日多けむ」（三九九九）の歌である。主賓の家持がそこにいる皆の顔を見て行きたいと詠んでいるのだから、当然応える歌があってもよいはずなのに一首も記されていない。これを誰も応えなかったからとは考えにくい。これは、記録されなかったからと見る方が穏やかである。しかし、ある宴では記され、ある宴では記されないなどということがどうして生じるのであろうか。

例えば池主は、家持の送別会で自分の歌を一首もうたっていないのである。前年八月七日夜の宴では家持とともに多くの歌を作り、家持の病床時にも多くのやりとりをし、家持の賦にも十分に応えている池主が、宴では一首もうたわなかったなどということがあるだろうか。あくまで、記録されなかっただけと考えるのが自然であろう。

無論、例えば『釈注』のように、巻十七の編纂資料を、家持が推敲した歌稿・家持が浄書して控えた歌稿・池主資料・その他の資料という具合に四種類も想定すれば、記されなかったのではなく、どこかの時点で削除されたということも考慮しなければならなくなるのだが、池主の歌に関しては、記されていないのは、その時うたわなかったからだと考えた方がいいのではないかと思うのである。

家持が自分の歌だけを記して池主の歌を記さなかったとは考えられない。私はここまで、歌がないのは詠まれなかったのではなく、記されなかっただけだと繰り返してきたのだが、池主の歌はたとえ宴の場で記し忘れたとしても、あとで直接聞くことができたはずである。

さらに、池主がうたわなかった理由として、縄麻呂の同席ということも考えられる。守の送別会に上官が参加していた場合、家持の歌を池主がすべて引き取って応えるなどということは考えられないのではないだろうか。主賓の歌に応えるべきは主人であろう。主人でなければ上位の役職からではないか。主人といえども、守・従五位下、介・従六位上、掾・従七位上、目・従八位という差に大きな意味を見る人物であれば萎縮してしまって詠めなかったかも知れない。

⑦だけが、家持以外の歌も記録されているわけだが、それは主人が池主だからこそなのである。そもそもどの宴も、主賓である家持の歌を中心に記録されていることは間違いない。しかし、考えてみれば、ある館で催された宴の席上で詠まれた歌を記録するのは誰であろうか。本来は、その館の主人か、その書記に当たる人物が記すべきではないだろうか。池主は、自らが主人を務める宴の歌だからこそ⑦をきちんと記録し、家持に渡せたのではないだろうか。

この⑦も、家持の三九九五番歌だけを記して終わりにすることもできるはずである。そうすれば、他の宴と同じ形である。ではなぜ、そうならなかったのかと言えば、家持の和歌（三九九七番歌）が存在するためだと思われる。三九九七番歌を記すためには、三九九六番歌を記さねばならないのである。

偶然かもしれないが、介館で開かれた天平勝宝三年正月三日の宴では、やはり掾である久米広縄は家持と縄麻呂の贈答の後に、自らの歌でなく、第三者の歌を伝誦している。上官二名の歌のあとに、その内容にふさわしい古歌を披露することは、歌が上手でなければできないことである。

以上述べてきたところをまとめれば、三月二十日以後の歌作には、ほととぎすの鳴き声を聞きたいという思い以外には、上京による「思ふどち」たちとの別れの悲しみを儀礼的に詠むだけで、上京に向けての期待や、興奮をみてとることはできない。

家持の上京への喜びが素直に現れているのは、三月二十日の「恋緒を述ぶる歌」だけである。『私注』の言うように、この日に上京が決まったと考えるのが、もっともわかりやすい。

そしていよいよ出発である。⑪⑫は宴席の歌ではない。
⑪の題詞に見える「撥ひ難」い悲しみは、送別の宴をひらいてくれた「八十伴の緒の思ふどち」でも、越中との別れでもない。長歌には、

…はしきよし　我が背の君を　朝去らず　逢ひて言問ひ　夕されば　手携《てたづさ》はりて　射水川　清き河内《かふち》に　出で立ちて　我が立ち見れば…

とあり、「我が背の君」と一日中いっしょにいたことを詠んでいる。「我が背の君」は池主一人を指す。本当はもっと一緒にいたいのだが、

…天皇《すめろき》の　食《を》す国なれば　命《みこと》持ち　立ち別れなば　後れたる　君はあれども　玉ほこの　道行く我　は　白雲の　たなびく山を　岩根踏み　越え隔《へな》りなば　恋しけく　日の長けむぞ　そこ思《も》へば　心し痛し…

天皇の領国であるから命令によって出発すると、後に残る君は寂しくないかもしれないが、私は途上恋しくて仕方ないだろうとうたい、

…ほととぎす　声にあへ貫《ぬ》く　玉にもが　手に巻き持ちて　朝夕《あさよひ》に　見つつ行かむを　置きて行かば惜し

と結ぶ。玉ならば持っていって一日中見ていたい、置いて行くのがつらいと詠む結句を家持はすでに使っている。四月二十日の八千島館の宴の④である。反歌も、

我が背子は玉にもがもなほととぎす声にあへ貫き手に巻きて行かむ（四〇〇七）

と、玉ならば持って行きたいとある。時期的にも、ほととぎすが宴の話題に出ているのだろう。これに対して池主は、

あをによし　奈良を来離れ　天ざかる　鄙にはあれど　我が背子を　見つつ居れば　思ひ遣《や》ることもありしを…

とうたい始める。先に越中に下っていた池主も家持の登場によって心慰められていたのである。その家持が行ってしまったら、

…群鳥の　朝立ち去なば　後れたる　我や悲しき　旅に行く　君かも恋ひむ

と、残る者と旅立つ者とどちらが悲しいかわかりませんよと応え、神に無事を祈りつつ、

…月立たば　時もかはさず　なでしこが　花の盛りに　相見しめとそ

と、来月なでしこの盛りの時期にまたお会いしましょうと結ぶ。反歌一首目は、家持の無事を祈る歌で、二首目は、

うら恋し我が背の君はなでしこが花にもがもな朝な朝《さ》な見む（四〇一〇）

である。玉なら持って行こうという家持に対して、なでしこなら毎朝見られるのにと応える池主の歌は、守・掾という立場を越えてあまりに私的ではないか。家持と池主には、このような歌のやりとりができる場があったのである。⑪⑫は最後に置かれているためか、あるいは歌の内容のためか、宴で

披露されたと考えられたことはないようだが、これ以外の家持と池主のやりとりは、宴で披露されたと考えられている。しかし、並び方はあくまで作成日の順なのであり、家持と池主のやりとりは、必ずしも宴での披露ということを考えなくてもよいと思うのである。

六　恨みを却《す》つる

家持の、上京直前の歌は四月三十日作、池主の歌が五月二日作である。家持の出発はその日か翌日ぐらいであろうか。歌の題詞や日付から家持の行動を推測する限り、出発の遅れが病気のためとはとても考えられない。

土屋『私注』の三九六九番歌「作者及作意」に、「正倉院文書中に存する正税帳の日附は二月、四月、七月、十二月等一定して居ない様に見える」という指摘がある。これ以降の万葉研究ではあまり省みられていないようであるが、関根真隆氏によれば、(注9)正税帳の日付の明らかな八例の中で、二月末日に間に合っていないものが、四月五日（和泉）と七月三日（周防）の二例あるという。関根氏はその理由についての考えを明記していないのだが、文章の流れからすると、煩雑な書類作成が終わらなかったためだと考えているようである。

正税帳は、何万何十万という穀・稲などを計算をした上で、現在高、収支の項目、さまざまな支出などを記さねばならず、簡単に作成できるものではない。『政治要略』によれば、正税使の提出する書類は十三種にも及んでいる。実務を担当しているのは目や史生である。国司はわずかな人数であるから、守・介・掾も書類作成に携わったとしても、おそらく連日書類作成に追われていたはずである。「布勢の水海遊覧の賦」が作られた四月二十四日の、「思ふどち」が「心遣り」を必要としたのは、そういう仕事のはけ口であったと考えてもおもしろいであろう。

何枚もの紙に書き継がれて作成された正税帳の継ぎ目には、その裏側に史生などの名が墨書され、巻末に、「守従五位下大伴宿祢家持」以下の国司の署名が入れられるのである。そして軸・表紙・紐などがつけられ、巻子本に仕立てられて完成である。このような作業のどこかが④や⑦の宴のあった日なのかも知れない。小学館新編古典全集の三九〇番歌頭注は、④と⑦の間が六日間であることに触れて、「当時一般に、官人は六日を一周期として休日があったと考えられる」と、休日での宴を想定している。この想定に狂いがなければ、二十日に大目館で始まった送別の宴は、次の休日に掾館で開かれ、五月二日出発と、ぴたりと一致する。

それにしても、この煩雑な仕事は律令制定以来毎年行われていたわけで、この年だけが特別なわけではない。それでも例年になく、出発が五月までずれこんだのには理由があるはずである。おそらくそれは、今回の税帳報告がいままでのものとは一線を画すものであることによると思われる。

家持が越中に赴任する前年の天平十七年十月に、初めて諸国の出挙する正税稲の定数がそれぞれ定められ、十一月には公廨稲が設置されたのである。この時定められた正税稲は、大国四十万稲、上国三十万稲、中国二十万稲などである。公廨《くげ》稲は、正税の中からその分を割いて出挙に回し、そこから得られた利稲から、正税の不足や官物の欠損を補い、必要な物をまかなった残りが国司の取り分とされた。平安時代の弘仁式に記された越中国の正税稲は二十万稲であるが、能登国も二十万稲となっている。天平十七年当時は、能登も越中に含まれていたので、越中は上国三十万であったのではないかと思われる。

正税稲が定められたことにより、それまで任意であった正税出挙が強制貸付け的な性格を持たざるを得なくなり、また公廨稲の余りは国司たちのボーナスとなるわけであるから、国司たちの出挙への力の入れ具合も変化したであろうが、それ以上に、書類仕事が煩雑になったであろうことは容易に想像されるのである。今回の家持の税帳使は、この新しい税制および国司優遇政策施行後、最初の報告にあたるわけである。

わずかな人数で、元本三十万稲に利稲を合わせた数の報告書を作るのであるから、どのくらいの手間がかかったのか想像するにあまりあるが、とにかくその報告書の完成を待って家持は都へ向かったのであろう。それが五月はじめのことである。都に到着し、正税帳を太政官に提出、民部省などの検査を受けて帰国が許されたのは、いつのころになるであろうか。八月には大帳使が上京の途につくので、それ以前には帰国したのかも知れない

それにしても、家持の上京途上、上京中、帰路、帰国後のどの歌も万葉集には残されていない。家持帰還の宴は開かれたのかも知れないが、その歌は残されていない。すでに指摘されている通り、家持が上京中に池主の転出が決まり、家持が帰国したときにはすでに池主の姿はなかったのであろう。(注10)家持帰国の宴自体開かれなかったかも知れない。

次に記されている家持の歌は、九月二十六日の「放逸せる鷹を思ひ、夢に見て感悦して作る歌」長歌一首・短歌四首である。作歌事情を詳しく記す左注によれば、飼育係が誤って逃がした家持の愛鷹「大黒」を求め続け、神祇に祈ったところ夢に乙女が現れ、一週間以内に帰ってくると告げたことを喜び、「恨みを却《す》つる歌」である。長歌は全百五句。「陸奥国に金を出だす詔書を賀く歌」（巻十八・四〇九四）の百七句につぐ長さである。

家持は自分の鷹を、「これをおきて　またはありがたし　さ馴《なら》へる　鷹はなけむと　心には　思ひ誇りて　笑まひつつ」と詠んでいる。大変気に入ってかわいがっていたのである。その鷹を、飼育係の不注意で失ったのであるから、家持が「恨み」を抱いたのは理解できるのであるが、家持の歌は恨みを詠んだものではない。左注に記すところによれば「恨みを却つる歌を作り、式て感信を旌《あらは》す」とある。乙女のお告げに喜んで、飼育係への恨みを忘れるための歌なのである。

天平十九年最初の歌である三九六二番歌題詞には「悲緒を申ぶる」とあった。「申」は、「述」ではない。「申」は開き広げようという意味で、悲しみの心を晴らすということなのである。(注11) 池主に送った書簡には、池主の書簡と漢詩を見て「一たび玉藻を看るに、稍《やくや》く鬱結を写《のぞ》き、二たび秀句を吟《うた》ふに、已に愁緒《しうしよ》を蠲《のぞ》きつ」とある。池主の書簡によって鬱結が晴れ、池主の詩を口ずさんで憂いが消えたという。「この眺翫《てうぐわん》に非すは、孰か能く心を暢べむ」と続く。素晴らしい歌によってしか心を晴らすことはできないということである。一方、都に残してきた家族を思う歌（三九七八）は、「恋緒を述」（三九七八題）とあり、上京直前に池主との別れを悲しんだ歌（四〇〇六）は、「悲情撥ひ難し懐を述」とある。この二首は、その気持ちを歌で晴らそうというのではなく、思いを直接にうたっているのである。だから「述」なのである。

「放逸せる鷹を思ひ、夢に見て感悦して作る歌」の百七句に対して、「悲緒を申ぶる歌」五十七句、「恋緒を述ぶる歌」六十五句、「悲情撥ひ難し懐を述ぶる歌」五十三句は、一見短く見えるのだが、「二上山の賦」の二十九句、「布勢の水海に遊覧する賦」の三十七句、「立山の賦」の三十一句に比べてはるかに長いのである。越中の風土を詠んだ歌よりも、自分の思いを詠んだ歌の方がどれも長いというところに、天平十九年の家持の歌の特徴が現れていると思う。

七　おわりに

天平十九年の家持の歌を、歌を作った場を基準にして分類すると次のようになる。

独詠　二月二十日、三月二十日、三月二十九日、三月三十日、四月十六日、九月二十六日

対池主　二月二十九日、三月三日、三月五日、四月二十四日、四月二十七日、四月三十日

宴　四月二十日、四月二十六日（二度）

宴はわずかに二日。独詠と対池主は、日数だけを見れば同じだが、池主とのやりとりは、病床でのやりとりを一まとめとし、上京を契機としたものを一まとめとすれば、わずか二度のやりとりとなってしまう。天平十九年の歌は、独詠歌が多かったということになる。

越中赴任二年目を迎えた家持は、病に倒れ、楽しみにしていたほととぎすはなかなか鳴かず、秋に

は大切にしていた鷹も失ってしまった。その失意はすべて歌に残されている。

この年一番の喜びは、約一年ぶりに都の土を踏み、家族に会えたことであろう。しかし、その喜びの歌は何も残されていない。

すでに右に引いているのだが、天平十三年の家持の歌の左注に次のようにある。

橙橘初めて咲き、霍公鳥翻《かけ》り嚶《な》く。この時候に対《むか》ひ、詎《あに》志を暢べざらむ。因りて三首の短歌を作り、以ちて鬱結《うっけつ》の緒《こころ》を散らさまくのみ。

歌を作って鬱結の思いを散らそうというのである。家持は歌を作って心を晴らす人であった。

天平十九年は、病の悲しみをひとり歌で晴らそうとした時に、池主の見舞いを受けて、歌や漢詩を作ることにより元気になり、ほととぎすの鳴き声が聞けず悲しんでいた時には上京の大役が回ってきたのである。久しぶりの都では、歌を作る暇もないほど楽しい日々を過ごし、越中へ戻ったのではないだろうか。

越中へ戻ると、昨年同様ほととぎすの季節は終わっており、楽しみにしていた鷹狩りは、係の不注意で行えない状態である。布勢の水海に遊びにゆくことはあったかも知れないが、越中の冬は早く、水面を渡る風の冷たさのため、舟を浮かべられる季節はすぐに終わってしまったことであろう。

冬もまた、国司たちにとっては忙しい季節であったはずである。十一月一日期限の朝集使と十一月末期限の貢調使を立てなければならないからだ。それに加えて、この年の十一月七日には、国分寺造営を督促する聖武天皇の詔が出され、三名の特使が選定されて各国に派遣され、寺地を検定させている。越中までやって来たのが年内とは限らないが、その詔には「国司、使と国師と与に勝れたる地を簡ひ定め、勤めて営繕を加ふべし」ともあり、家持たちが立ち会ったことは間違いないだろう。

これより前、九月二日に越中国の豪族礪波臣志留志が、東大寺に三千石の献米をして外従五位下を授かっている。この時、銭千貫を寄進して同じく外従五位下を授かった河内国の者もいるのだが、この越中・河内の国守が大伴家持・大伴古慈斐であることから、単なる偶然ではなく、橘諸兄との関係を考えなければいけないとの論がある。(注12) とすれば、志留志の献米には家持が積極的に関わっていたことになるのだが、手がかりになるような史料は、まったくない。

家持の越中二度目の冬はどんなであったのか、仕事の合間や休日に、心遣りを求めてどうしていたのか。正月はどう迎えたのか。万葉集には何も記されていない。

天平十九年の家持に歌を作らせたのは、病や上京、ほととぎすが鳴かぬことなど外的要因ばかりである。まだ越中の自然は都との対比でしか見ていないのである。

家持が越中の風土に目を向け、歌に詠み始めるのは、天平二十年の春の出挙を待たなければならない。

注1　確実に天平十九年作とわかる四〇三五番歌の後に、三国真人五百国が伝誦した高市黒人の歌（四〇一六）が

あり、その後ろに天平二十年正月二十九日の四首（四〇一七～四〇二〇）が置かれている。黒人は藤原宮時代の歌人であるし、伝誦歌であることから考えても、四〇一六番歌が天平十九年の作ではありえないと考えて本論からははずした。歌に「すすき押しなべ降る雪」とあることと伝誦時を同時と考えれば、家持が天平十九年内に聞き書きした可能性は十分に残る。そうであれば、短歌の総数は四十三首となる。黒人の越中の歌があることや、三国五百国のことも含めて、他日を期したい。

2　『大伴家持　光と影』（北日本新聞社　昭和六十年十二月刊）

3　これを「たちまち」と訓みながら「はからずも・思いがけず」と解釈する注釈書がある。しかも、万葉集中のこの例だけをそう解釈している。万葉集の「忽」は二六例あるが、どれも「たちまち（突然・急に）」の意である。いま、家持の例のみを原文のまま掲げておく。

…白雪忽降積地尺余（巻十七・三九六一左）
…夜裏忽兮起恋情作（三九八二左）
…至于六月朔日忽見雨雲之氣仍作雲歌一首短歌一絶（巻十八・四一二三題）
…于時忽起風雨不得辞去作歌（四一三八題）
…廿三日之暮忽思霍公鳥暁喧声作歌二首（巻十九・四一七一題）
…既満六載之期忽値遷替之運（四二四八題）
…小雷起鳴雪落覆庭忽懐感憐聊作短歌一首（巻二十・四四七一題）

なお、巻三に「…惟以天平七年乙亥忽沈運病既趣泉界」（四六一左）と、病気になる例がある。

4　小野　寛「大伴家持の漢詩文」（『上代文学と漢文学』汲古書院　昭六一年九月刊　所収）に詳説されている。

5　拙稿「自然の音」（『音の万葉集』笠間書院　平成十四年三月刊　所収）で詳しく説いた。

6　小野　寛「家持の依興歌」（『大伴家持研究』笠間書院　昭和五五年三月刊　所収）

7　中西　進『大伴家持3　越中国守』（角川書店　平成六年十二月刊）

8　小野　寛「越中における家持の一面」（『大伴家持研究』笠間書院　昭和五五年三月刊　所収）。伊藤博『釈注』も同じである。

9　関根真隆『万葉流転—寧楽史私考—』（教育社　昭和五七年五月刊）

10　前掲注8の小野論。

11　小野寛「あに志を暢べざらめや—家持の歌を作る意識—」（『万葉集歌人摘草』若草書房　平成十一年三月刊　所収）

12　川崎庸之「大仏開眼の問題をめぐって」（『記紀万葉の世界　川崎庸之歴史著作選集1』東京大学出版会　昭和五七年十月刊　所収）

補記　時代は下って、中世の上杉謙信（越後）や柴田勝家（越前）も上洛をあきらめたように、冬季に北陸地方から京へ出るのは基本的に無理なのである。北陸自動車道ができた現在でも、近江から若狭。若狭から越前。越前から越中へ抜ける山間部だけが雪ということがあり、事故も多い。

富山県内で豪雪地域として知られる五箇山の平村の高校に勤めた経験のある川崎重朗研究員によれば、昭和五十年代まで、冬期運休となる上平村へのバスは五月の連休ごろまで開通しなかったそうである。高岡の二上山万葉ラインでさえ四月初めまで通行止めになることがある。人が歩いて越える場合は、もっと早く通行できるが、それでも通行時期は限られる。家持の時代も、国境から通行可能かどうかの報告は来ていたであろう。雪が深ければ出発の延期ということもあったと想像するのだが、これも史料がない。

越中諸郡巡行の歌をめぐって

――家持の天平二十年――

鉄野昌弘

天平二十年（七四八）は、大伴家持の越中赴任後三年目、萬葉集末四巻のいわゆる家持「歌日誌」の上では、巻十七の四〇一七歌から、巻十八の四〇七三歌までにあたる。

ただし、四〇一七～四〇二〇歌の左注に、「右四首、天平廿年春正月廿九日、大伴宿祢家持」とあるのによって、始まりは明確であるが、最後の三首（四〇七〇～二）は、「庭中の牛麦花《なでしこ》を詠む」四〇七〇歌から、晩夏・初秋のナデシコの咲く頃と知られるばかりで、はっきりとした制作の日付がわからない。しかもその次の大伴池主からの来贈歌（四〇七三～五）は、三月十五日付であるから、翌天平二十一年の歌ということになり、この間半年近くの空白があることになる。これはおそらく家持の歌作の問題ではなく、萬葉集巻十八が、伝来の過程で大きく破損したことによるのだろう。巻十八は、他にも歌が誤脱したと見られる箇所、破損を後代に修復したと見られる箇所が指摘されている（古典大系本など）。

したがって、四〇七三歌の後に、それらの歌が作られた日付や、それ以降天平二十年中に作られた別の歌が本来あった可能性が強いのである。

かくて天平二十年の越中萬葉を論ずることには、最初から不利な条件が存する。その上、病臥した天平十九年（巻十七・三九六二～七七）、「陸奥国出金詔書」をことほいだ天平二十一年（改元して天平感宝元年、更に天平勝宝元年。巻十八・四〇九九～四一〇〇）という、作歌を喚起する大きな出来事のあった二つの年にはさまれて、天平二十年は、家持にとって、比較的事の少ない年であった。しかし、それだけに、そこには、越中守家持の平穏な日常が歌われているはずだ、とも言えよう。以下、巻十七巻末近くに置かれた、越中諸郡巡行の歌群（巻十七・四〇二一～九）を読みつつ、この時期の家持歌の特質を考えてゆきたい。

一 「巡行諸郡」

天平二十年の春、家持が越中国内の巡行に出た折、「当時当所の属目《しよくもく》」によって作ったと記す九首の歌が残されている。まず、この歌群の題詞・左注を掲げよう。

①礪波《となみ》郡雄神《をかみ》河辺にして作る歌一首（四〇二一題）

②婦負《めひ》郡にして鸕坂《うさか》の河の辺を渡る時に作る一首（四〇二二題）

③鸕を潜《かづ》くる人を見て作る歌一首（四〇二三題）

④新川《にひかは》郡にして延槻《はひつき》河を渡る時に作る歌一首（四〇二四題）

⑤気太《けた》神宮に赴《おもぶ》き参り、海辺を行く時に作る歌一首（四〇二五題）
⑥能登郡にして香島《かしま》の津より船を発し、熊来《くまき》村を射《さ》して往く時に作る歌二首（四〇二六〜七題）
⑦鳳至《ふげし》郡にして饒石《にぎし》川を渡る時に作る歌一首（四〇二八題）
⑧珠洲《すず》郡より船を発し、太沼郡に還る時に、長浜の湾に泊まり、月の光を仰ぎ見て作る歌一首（四〇二九題）
⑨右の件の歌詞は、春の出挙《すいこ》に依りて、諸郡を巡行し、当時当所にして、属目《しょくもく》し作る。
大伴宿祢家持（四〇二九左注）

一見して目立つのは、それぞれの題詞の冒頭に越中国内「諸郡」の名を置いていることである。当時の越中は、能登を含んでいた（天平十三年に併合、天平宝字元年〔七五七〕に再び分立される）。歌群の前半即ち礪波・婦負・新川郡が旧越中国、後半の気多神宮（羽咋《はくひ》郡）と能登・鳳至・珠洲郡が旧能登国に属する。最終四〇二九歌題詞の「太沼郡」のみは、『和名抄』に該当の郡が見えず、不審である。しかしこの部分は、元暦校本に「治布」、類聚古集に「治郡」、細井本などに「太治郡」とあり、本文が乱れている。もと国府の意で「治府」あるいは「治部」とあったのが誤られたか、とする推測もある（沢瀉《おもだか》『注釈』など）。仮にそれに従えば、⑧に見える「長浜」は、越中国府近くの「松田江の長浜」（巻十七・三九九一など）であり、越中国府のある射水《いみづ》郡も歌われていることになる。義理堅く一郡につき一首乃至二首を残しているのは偶然でなく、部下の全郡を経巡《へめぐ》ったことを、このような形で表現しているのであろう。
家持は、全体にかかる左注⑨に、巡行の目的を「春の出挙」と述べている。「出挙」は、稲の貸付の意で、公に行われる「公出挙《くすいこ》」は、天平十七年から、正税（租）として納められた頴稲《えいとう》を、春夏に強制的に貸し付け、五割の利息とともに回収して、国衙《こくが》財政にあてる、一種の雑税として機能するようになっていた。つまりこの旅は、公務出張だったのである。
部下を巡行することとは、令に定められた国守の職務である。
凡《およ》そ国の守《かみ》は、年毎に一たび属郡に巡り行《あ》きて、風俗を観《み》、百年を問ひ、囚徒《しゅうず》を録し、冤枉《えんおう》を理《おさ》め、詳《つまび》らかに政刑の得失を察、百姓の患《うれ》へ苦しぶ所を知り、敦《あつ》く五教を喩《さと》し、農功を勧め務めしめよ。部内に好学・篤《とく》道・孝悌・忠信・清白・異行にして、郷閭《ごうりょ》に発し聞こゆる者有らば、挙して進めよ…（「戸令」岩波思想大系『律令』による）
今に残る各国の正税帳の内、但馬・駿河など六カ国には、国司の部内巡行の細目が収められている。その種類は様々であるが、正税出挙は六カ国すべてに見え、しかも他の項目が掾《じょう》以下の下僚に委ねられることが多いのに対して、ほとんどの場合、国守がことに当たっていることに注意される。国家の財政に直接関わる出挙の管理は、国守の重要な職掌なのであった。(注1)
しかし出挙は、建前としては、国家による農民への勧農行為であり、先の令文の「農功を勧め務めしめよ」に相当する。国守巡行の規定は、中国からほぼそのまま継受されたものである。
諸州刺史は、年毎に一たび属県に巡り行いて、風俗を観、百姓（『旧唐書《くとうじょ》』には「百年」とある）

を問ひ、囚徒を録し、鰥寡《かんか》を恤《じゅつ》し、丁口を閲し、百姓の疾苦を知り、農桑を勧課し、敦く五教を諭せ。部内に篤学・異能にして、郷閭に聞こゆる者有らば、挙して進めよ…

（唐「戸令」、仁井田陞《おさむ》『唐令拾遺』による）

文、農功を称す。故に知る、巡行は必ず春時を以て為すと。史伝に所謂、太守春に行《ある》き、人に農桑を勧む、是なり。

「農功を勧め務めしめよ」の日本令文に対して、『令義解《りょうのぎげ》』は、

と注する。「史伝に所謂、太守春に行き」云々は、『後漢書』鄭弘《ていこう》伝の「太守第五倫行春」の注として、『続漢書』（晋司馬彪《ひょう》撰）を引いて、

太守常に春を以て主《つかさど》る所の県を行き、人をして農桑に勤めしめ、乏絶《ぼうぜつ》を振救す。

とあるのなどを指すのだろう。更に遡って『礼記』月令「季春之月」の条には、

天子、徳を布《し》き恵みを行ひ、有司に命じて倉廩《くら》を発《ひら》き、貧窮に賜ひて乏絶を振るふ。

とある。春、倉を開いて出挙することは、農民を助け、農事に向かわせる名分を持っているのであり、「農功を勧め務めしめ」ることは、「敦く五教を喩し」や「好学・篤道・孝悌・忠信・清白・異行」などと同様、古くからの中国的な礼教的政治観に基づいているのである。(注2)

ただしこのような部下巡行の際の歌とはっきりわかるものは、萬葉集中に必ずしも多くない。任地へ赴く別れ際の歌、そこへの往還途上の歌と思しきものは珍しくないが、任地の景物や、それに触れての感慨を歌う歌は、家持以前に案外稀なのである。その中で注目されるのは、父大伴旅人《たびと》を始めと

する、大宰府官人たちの歌であろう。山上憶良が、旅人と思われる、某上官に奉った三首に付けられた書簡文には、「巡行部下」の語が見える。

憶良聞く、方岳《はうがく》諸侯と都督刺史《ととくしし》とは、並《ならび》に典法に依りて、部下を巡行し、その風俗を察ると。意内に端多く、口外に出だすこと難《かた》し。謹みて三首の鄙歌《いやしきうた》を以て、五蔵の欝結《うつけつ》を写《のぞ》かむと欲《おも》ふ。その歌に曰く、

松浦潟《まつらがた》　佐用《さよ》姫の児が　領巾《ひれ》振りし　山の名のみや　聞きつつ居らむ（巻五・八六八）

足日女《たらしひめ》　神の尊《みこと》の　魚《な》釣らすと　み立たしせりし　石を誰見き〈一に云ふ「鮎釣ると」〉（八六九）

百日《ももか》しも　行かぬ松浦道《まつらぢ》　今日行きて　明日は来なむを　何か障《さや》れる（八七〇）

天平二年七月十一日に、筑前国司山上憶良謹みて上《たてまつ》る。

歌は、先行する「松浦河に遊ぶ」序及び「蓬客」と「娘等」の贈報歌（巻五・八五三〜六〇、次節に後掲）を受けて、その遊覧に参加しえなかったことを恨み、羨望を述べるものである。ただし、「意内に端多く、口外に出だすこと難し」（言いたいことは多々ありますが、言葉にするのは難しい）と言う、この書簡の意味するところは判然としない。

これを土屋『私注』は、

憶良が中国に於ても地方官は部下を巡行して風俗を察するといふ法令があると聞きますと、中国

のことを引いて、自分も今其の巡行中ですがといふ意を含ましめたのである。

と解する。

日本の現行の典法について言つて居るのではない。国守の現任者が日本の現行法について『憶良聞』などと言ふべき筈がない。従つて、此等の句を以て帥旅人が巡行することとしたのは当らない。

と言うのである。これに従えば、「鄙歌」と称する憶良の三首こそが、巡行中の歌ということになる。

確かに「方岳諸侯」は、諸注指摘のように、『尚書』周書「周官」に「王乃時《さき》に巡り制度を四岳に考し、諸侯各方岳に朝して大いに黜陟《ちゅつちょく》を明らかにす」とあるのに基づくものであり、「都督」「刺史」は、ともに中国における地方の長官である。「都督」は、『晋書《しんじょ》』職官志に「魏文帝黄初三年、初めて都督諸州軍事を置き、或いは刺史を領す」などとあって、諸州の軍事を管掌する。一方、「刺史」は『後漢書』百官公卿表に「武帝元封五年、始めて部刺史を置き、詔條を奉じて州を察することを掌《つかさど》らしむ」云々とあり、隋以降は、州（郡）の「太守」の別名となった。「憶良聞く」の内容は、『私注』の言うとおり、中国の「典法」の規定であろう。前述のように、「巡行」は、中国の政治観に基づく職務であった。

しかし中国法を引用するだけでは意味がないわけで、いずれにしろそれを継受した日本の官を暗示していると考えねばならない。その際、『私注』の説くように、憶良自身を、「諸侯」「都督」（「刺史」はともあれ）などに引き当てたとは考えにくい。ここはやはり通説のごとく、大宰帥《そち》旅人を初めとする大宰府官人たちをにおわせていると見るほうがよいだろう。後の文献ではあるが、『朝野群載《ちょうや》』（一一一六年成立）に、大宰大弐《だいに》を「都督」とし、『拾芥抄《しゅうかい》』（鎌倉中・末期）では、大宰帥を「大宰府都督」「大都督府都督尹」、大弐を「都督長史」「都督大卿」などとし、国守を「刺史」としている（『注釈』）。新羅と境を接する西海道九ヵ国三島を管轄する大宰府の長は、「都督」と呼ぶに相応しい官である。なお大宰帥には「戸口の簿帳のこと、百姓を字養せむこと、農桑を勧め課せむこと…」といった国守と同様の職務があり（職員令）、「巡行」も国守に準じて行うものとされていた（戸令集解）。

松浦河遊覧の歌自体には日付が見えない。しかし、四月六日付の吉田宜《きちだのよろし》宛書簡に載せられたらしいことから（七月十日付けの宜の返書にそのことが見える）、四月初めには出来上がっていたことがわかる。序に「柳の葉を眉の中に開き、桃の花を頰の上に発く」とあり、歌に「春されば」（八五九）「若鮎釣る」（八五七・八）などとあるのも、春の作であることを示す。「巡行」に相応しい時期である。それは、七月十一日付の憶良書簡に記された事柄が、数ヶ月前の遊覧に際しての作品を、改めて披露されての感想であったことを意味する。よって『私注』の言うように、自分が今巡行中で遊覧に加われない旨を述べたとするのは、やはり当たらない。「巡行部下」は、旅人らの松浦河行きを指しているのである。

その上で、あらためて憶良が中国の「典法」云々を持ち出して、後の言葉を濁した理由を考えるとすれば、おそらく『全注』巻五（井村哲夫氏）の次のような見方が当を得ているだろう。

以上、在筑紫大宰府の御歴々を指して、これもオーヴァーにもったいを付けて称したのであろう。そこに親しい仲での揶揄まじりの気分も感じられるわけで、「それにつけても、その巡察の成果が、松浦仙媛との艶福譚であったとはねえ、他に何か見るものはなかったのかねえ」と言うわけか。

（「方岳諸侯・都督刺史」語釈）

和歌大系本（稲岡耕二氏）脚注に、「こうした法の規定による巡察と、『遊松浦河序』に記された旅人一行の『巡察』の成果とがずれていることを誇張する意図が憶良にあっただろう。」と記すのも、同様に核心を突いていると思われる。つまり、憶良は、遊覧に参加できなかった腹立ち紛れに、「大事な巡行の職務中に何をやっているのですか、ちゃんと『風俗を察』て下さい」、という非難を、「巡行」の本義を中国古代にまで遡って正すことで、してみせたのであろう。無論、本気で怒っているのでないことは、続く三首の歌の内容から明らかであるが、憶良に言わせれば、「巡行」の歌にはもっと相応しいあり方がある、ということになる。実際、憶良は神亀五年七月二十一日、嘉摩《かま》郡において、「三綱を指示し、更に五教を開き」という国守の職務規定通りの言葉を持つ「惑へる情を反さしむる歌」に始まる三部作（巻五・八〇〇～五）をものしたのであった。

さて、前年の春を病床に送った家持にとっては、天平二十年の巡行は初めての経験であったと思われる。当該の諸歌は、そのような政務の途上の作であること、そして「巡行」の前例として、以上のような大宰府でのやりとりがあったことを考慮して、読まれねばなるまい。前年の病臥中の歌以来、家持は憶良を始めとする、いわゆる「筑紫文学圏」の歌々に対する傾倒を深めていた。二年後の天平勝宝二年三月、家持は再び「出挙の政」の道中の作を残している（巻十九・四一五九〜六五）が、そこには「嘉摩三部作」や「沈痾の時の歌」（巻六・九七八）など、憶良の歌が、大きく影を落としている。

二　「雄神《をかみ》川　紅《くれなゐ》にほふ」

①礪波《となみ》郡の雄神河の辺にして作る歌

雄神河　紅にほふ　娘子《をとめ》らし　葦付《あしつき》［水松《みる》の類］取ると　瀬に立たすらし（四〇二一）

第一首に歌われた「雄神河」は、現在の庄川。岐阜県北部の烏帽子岳に源流があり、「礪波郡」すなわち富山県西部を流れて、高岡市と新湊市の間で富山湾に注ぐ。

歌は、その「雄神河」が真赤に照り輝いている、「娘子」たちが「葦付」を取るというので、瀬に立っていらっしゃるのだろう、と歌う。「葦付」は、念珠藻属に属する、いわゆるアシツキノリとするのが通説である。小石に付着し、寒天質で食用になる。ただし家持が自注に記す「水松の類」（ミル科の海藻）には該当しない。またアシツキノリが繁殖するのは夏季で、春の巡行では早すぎる。そのため、ここに歌われた「葦付」は、カワモズクではないかという異説もある。（注3）

しかし季節のずれは、もともと歌自体に含まれているのかも知れない。それは、婦負《めひ》郡で歌われた第三首とも関わる。

③鸕《う》を潜《かづ》くる人を見て作る歌一首

婦負川の　早き瀬ごとに　篝《かがり》さし　八十伴《やそとも》の緒《を》は　鵜川立ちけり（四〇二三）

「婦負川」（現在の神通川か）の早瀬では、どこでもかがり火を焚いて、「八十伴の緒」が鵜飼をしているのだった、の意。この「鵜川立ちけり」について、古典全集本は、「ここは太陽暦の三月十日ごろで、鵜飼に適当な時期か否か、疑問」と注する（全集本は配列から二月の巡行を推定する。なお新編全集本にも同様の注がある。後述）。『全注』（橋本達雄氏）は、これを受けて、詳しく次のように述べる。

鵜飼は一般に夏から秋にかけて、鮎を対象に行われるものと思われるが、他の魚を対象に季節にかかわらず行う場合もあったのであろうか。その点不明だが、この鵜飼は例外的なものと思われ、家持に随行した官人たちが旅の慰めとして遊び興じているのか、国守を歓迎し、旅の一夜を慰めようとして郡司たちが特別に催して家持に見せているのかのどちらかであろう。「八十伴の緒は」という、ことごとしい言い方は、鵜飼をする人たちに対する謝意をこめた挨拶の語ともとることができるので、後者かと思われる。

前者・後者いずれにしろ、漁としての鵜飼には時期的に早すぎるので、遊戯・遊覧のために特にしつらえたものと推測するわけである。

これに対して、実際には、この時、鵜飼が行われていたのではないとする見方もある。古典集成本は、①の歌に注して、「以下四首は、川の景を歌うがやや幻想を働かせている。」と言う。目に映った現実そのままを詠じたのではなく、想念に浮かんだ景を叙した歌と言うのである。このように解すれば、①の「葦付」も現在言うところのアシツキノリで構わないことになろう。

日付を持たないため、この巡行の時期については、二月説と三月説とが対立している。全集本や集成本が二月説に立つのは、この後の「鶯の晩《おそ》く哢《な》くを恨むる歌」（四〇三〇）より前と見ることによる。決定は難しいが、日付の無い歌々に厳密な先後を考える必要は無く、後の出挙の歌（天平勝宝二年三月九日）からしても、三月の巡行を想定することはできると思う。天平二十年の三月一日は、陽暦四月三日にあたる。アシツキノリはともあれ、この時期になれば、鵜飼は可能である由である（高岡市万葉歴史館主任研究員新谷秀夫氏の教示による）。

しかし、左注⑨に「当時当所にして、属目し作る」とありながら、これらの歌が虚構をはらむとされる所以は、①の「をとめら」や、③の「八十伴の緒」にもある。

①には、次の類歌が指摘されている。

黒牛の海　紅にほふ　ももしきの　大宮人し　漁《あさ》りすらしも（巻七・一二一八）

「黒牛の海」は、和歌山県海南市の黒江付近。紀伊行幸の際の歌と見られる。そこが真赤に照りかがやいているのは、大宮人たちが漁りをしているからであろう、と歌う。この「大宮人」は、赤裳を

身に付けた女官たちであろう。山部赤人が、難波宮行幸に際して、

大夫《ますらを》は　み狩に立たし　未通女《をとめ》らは　赤裳裾引《あかもすそび》く　清き浜びを（巻六・一〇〇一）

と歌った、海岸の情景である。

家持が歌ったのも、同様の「をとめら」による華やぎである。しかし大きく違うのは、そこにいるのが「大宮人」ではなく、夷《ひな》の地越中の「をとめ」たちであろうことである。彼女たちもまた、赤裳を裾引いて「葦付」を取っていたのであろうか。中西進氏は、家持が越中で歌う「くれなゐ」や「をとめ」はおよそ望京の幻想であり、当該歌の「をとめら」は、実在するにしても、その背後にそうした都風の美女の幻想を背負い込んでいる、と説いた。(注4)神堀忍氏は、さらにそれを承けて、家持は越中に来向する〈春の神〉を幻視しているのであり、「をとめら」はその神に仕えているのだと見ている。(注5)

一方、③の「八十伴の緒」は、家持の愛用語と言ってもよい。

ア…吾が大君　皇子の命《みこと》　もののふの　八十伴男《やそとものを》を　召し集《つど》へ　あどもひ給ひ　朝狩に　鹿猪《しし》踏み起こし　夕狩に　鶉雉《とり》踏み立て…（巻三・四七八、天平十六年）

イもののふの　夜蘇等母乃乎《やそとものを》の　思ふどち　心やらむと　馬並《な》めて…（巻十七・三九九一、天平十九年）

ウ…もののふの　八十伴雄《やそとものを》を　まつろへの　むけのまにまに　老い人も　女童《をみなわらは》も　しが願ふ　心足らひに　撫でたまひ　治めたまへば…（巻十八・四〇九四、天平感宝元年）

エ…吾が大君の　天の下　治めたまへば　もののふの　八十友之雄《やそとものを》を　撫でたまひ　ととのへたまひ　食《を》す国も　四方《よも》の人も　あぶさはず　恵みたまへば…（巻十九・四二五四、天平勝宝三年）

オ…やすみしし　吾が大君の　神ながら　思ほしめして　豊の宴《あかり》　見《め》す今日の日は　もののふの　八十伴雄《やそとものを》の　島山に　あかる橘　うずに挿し　紐解きさけて…（巻十九・四二六六、天平勝宝四年）

それが意味するのは、天皇に仕える諸々の氏族の男たちである。しかし如上の例で指示されているのは、いずれも家持自身を含みうる官人の集団である。アでは安積皇子の狩に付き従う者たち、オは天皇の賜宴に列席する臣下。イは、京から下ってきた越中の国司たちが、「思ふどち心やらむ」として遊覧することを歌う歌。そしてウやエでは、「八十伴の緒」が、その他の老人・女子供、或いは「四方の人」と区別されている。

また鵜飼は、越中時代の家持が、たびたび歌うところであった。

カ…宇奈比《うなひ》川　清き瀬ごとに　鵜川立ち　か行きかく行き…（巻十七・三九九一、前掲イ）

キ…春されば　花のみにほふ　あしひきの　山下響《とよ》み　落ちたぎち　流る辟田《さきた》の　川の瀬に　鮎子さ走る　島つ鳥　鵜飼ともなへ　かがりさし　なづさひ行けば…

（「潜鸕歌」巻十九・四一五六、天平勝宝二年）

ク…叔羅《しくら》河　瀬を尋ねつつ　我が背子は　鵜川立たさね　情《こころ》なぐさに

（「水鳥を越前判官大伴宿祢池主に贈る歌」巻十九・四一九〇、同）

カ（「布勢水海に遊覧する賦」）に代表されるように、これらはいずれも国府の官人たちによる遊戯的な鵜飼である。しからば当該歌の場合も、自らを含む官人たちを「八十伴の緒」と呼び、自分たちが鵜飼をしていることを言うのか、と言えば、それでは「鸕を潜くる人を見て作る歌」という題詞と違背する。題詞からすれば、キに「鵜飼ともなへ」と歌われるような、現地の鵜飼部による鵜飼を見ていると取る他はない。しかも『全注』のように、国守接待のための模擬的な鵜飼が郡司たちによって催されたと見るのも無理だろう。「か行きかく行き」や「なづさひ行けば」といったカ〜クの表現によれば、当時の鵜飼は、移動しながら行うもののようで、そのような鵜飼が、「篝さ」す夜間に、観覧に供されたというのは、想定しにくいのである。結局、現地で漁撈に携わる鵜飼部たちが「八十伴の猪」と表現されていると考えざるを得ない。実際にその時鵜飼をしていたかどうかを別にしても、また「見て作る歌」と題詞にありながら、やはり何らかの虚構が確かに存在するのである。

このような、言わば、夷の地に、都ぶりの人物を出現させる表現は、「越中秀吟」と称される巻十九巻頭歌群（天平勝宝二年）にも見られる。

ケ春の苑　紅にほふ　桃の花　下照る道に　出で立つ嬬嫣《をとめ》（四一三九）

コもののふの　八十《やそ》嬬嫣《をとめ》らが　汲みまがふ　寺井の上の　堅香子《かたかご》の花（四一四三）

ケは、明らかに①の歌を踏襲している。しばしば樹下美人図に例えられるように、桃の花と唐風に装った美女が春の苑を紅に輝かせているのだろう。一方、コの「八十嬬嫣ら」は、③の「八十伴の緒」を女性にした趣である。「寺井」の水を汲むという作業に従事しているのは、①の歌との共通点である。そして「嬬嫣」と記されたこれらの「をとめ」は、柿本人麻呂が、伊勢行幸を思いやって、

嗚呼《あ》見《み》の浦に　船乗りすらむ　嬬嫣《をとめ》らが　玉裳の裾に　潮満つらむか（巻一・四〇）

と歌った、宮廷の女官を想起させる。(注6)「黒牛の海」の歌（一二一八）に出るような「大宮人」にこそ相応しい表現なのである。

ただし先の家持の歌々の景を、一口に幻想と言ってしまうのでは、事の半面しか見ていないことになろう。「桃李の花を眺矚《ちょうしょく》して」（ケ題詞）や「堅香子の花を攀《よ》ぢ折る」（コ題詞）も、虚辞とは言えない。同様に、雄神川の葦付は、自注を施しているように、越中の特産なのであろうし、婦負川の鵜飼も、そこで盛んに行われているものなのであろう。家持が巡行している時期に、行われていたかどうかは定かでない。しかし、家持はまさに「風俗」（「戸令」）を歌っているのだと言い得る。家持は、

言わば現実のそれぞれの場所を理想化して歌うのであり、それが方法化して行くのである。
そこに示唆を与えたのが、他ならぬ「松浦河に遊ぶ」歌群なのではあるまいか。

余、暫《たまさか》に松浦の県に往きて逍遙し、聊《いささ》かに玉島の潭《ふち》に臨みて遊覧するに、忽《たちま》ち魚を釣る女子等に値《あ》ひぬ。花の容《かほ》双《なら》びなく、光りたる儀《かたち》匹《たぐひ》なし。柳の葉を眉の中に開き、桃の花を頰の上に発く。意気雲を凌《しの》ぎ、風流世に絶えたり。僕問ひて曰く、「誰が郷誰が家の児らそ。けだし神仙ならむか」といふ。娘等皆笑み答へて曰く、「児等は漁夫の舎《いへ》の児、草の庵の微《いや》しき者なり。郷もなく家もなし、何そ称《あ》げ云ふに足らむ。ただ性水に便《なら》ひ、また心山を楽しぶ（中略）」時に、日は山の西に落ち、驪馬《りば》去なむとす。遂に懐抱を申《の》べ、因りて詠歌を贈りて曰く

あさりする　海人《あま》の子どもと　人は言へど　見るに知らえぬ　貴人《うまひと》の子と（巻五・八五三）

答ふる詩に曰く

玉島の　この川上に　家はあれど　君をやさしみ　顕《あら》はさずありき（八五四）（下略）

玉島川の鮎釣りは、神功皇后の事跡にちなんで、四月上旬に女性によって行われることが、記紀・肥前国風土記に等しく載せられている。当地の「風俗」だったのである。神事であろうから、女性たちは美しく装われていたかも知れない。しかし「花の容双びなく……」云々と、『遊仙窟』を踏まえながら、それを「神仙」の如き「貴人」に仕立て上げて行くのは、無論虚構である。[注7] それによって、玉

島川に「風流絶世」の空間を現出させたのであった。

川での漁撈を歌うところにも、①や③との共通性を認めることができる。しかしそれ以上に、巡行にあたって、夷の地を都ぶり或いは唐風に描き、現実を理想化してゆく点にこそ、両者の影響関係を見たい。端的に言って、それは望京の念の表現方法であろう。(注8)

ただし、家持は、旅人のように、「風俗」を神仙譚化したわけではない。前述のように憶良はそれを揶揄し、自身は「鎮懐石《ちんかいせき》」の歌(巻五・八一三〜四)や「松浦佐用嬪面《さよひめ》」の歌(同・八七一〜五)のように、当地の伝説そのままを対象化し、それへの感慨を歌ってゆく。家持は、そうした憶良の見方を承けた上で、それともまた違う方向に向かいつつあると言うべきかも知れない。

三　「立山の雪し消《く》らしも」

旅人とも憶良とも異なる、家持なりの部下巡行の歌い方とは、まずは「属目し作る」ということに求められるだろう。前節に見た二首も、実際に見たのかどうか、現実そのままかは別にして、嘱目の景を捉えるという態度で歌われていることは確かである。「紅にほふ」とか「篝さし」といった光や色彩の叙述に、感覚性を顕わに見て取れよう。

②婦負《めひ》郡にして鸕坂《うさか》の河の辺を渡る時に作る一首

鸕坂川　渡る瀬多み　この我が馬《ま》の　足掻《あが》きの水に　衣濡《きぬ》れにけり(四〇二二)

④新川郡にして延槻《はひつき》河を渡る時に作る歌一首
立山《たちやま》の　雪し消《く》らしも　延槻の　川の渡り瀬　鐙浸《あぶみつ》かすも（四〇二四）

といった渡河の歌では、その感覚性は、水の冷たさを感じ取る皮膚感覚に広がっている。

②は、鸕坂川（現在の神通川）の渡る瀬が多いので、今自分の乗る馬の歩みに撥ねる水で、上着が濡れてしまったと歌う。鴻巣『全釈』によれば、実際、鵜坂（婦中町）の辺りでは、神通川の川幅は広く、その間に幾筋もの流れがあるのだと言う。一方、④の延槻川は、現在の早月川。立山の北の大日嶽に発し、滑川・魚津市の間を流れて富山湾に注ぐ。歌は、鐙を浸からせる水から、立山の雪が消えていることを思う（「来らしも」と取る説もある）。古典集成本は「この季節の越中は、実際にはまだ雪消に早い」と述べ、これも幻想を含むとするが、前述のように三月の巡行だとすれば、家持が渡る時、雪解け水を実感させる冷たい水が、滔々と流れていたと見ることも可能であろう。

こうした写実性、またより全身的な感受性によって、この二首は高く評価されてきた。総じて家持作歌に点の辛い土屋『私注』ですら、「巻七、（一一四一）の『武庫川のみをを早みか赤駒の足掻くたぎちに濡れにけるかも』が先に存したとしても、これはこれで或る程度認めてよいだらう。」（②）、「此のクラシモは欠陥であるが、調の徹つた歌である。」（④）と、一定の評価を与えている。

野田浩子氏は、擬都的風流世界に遊んだり、夷《ひな》の景物を物珍しげな目で取り上げていた家持が、④で、雪消の水に圧倒され、自然に包容されることで、初めて異土として、越中の風土を歌い得たのだと言う。更に氏は、こうした感触の世界、文芸意識ならぬ無意識下の世界こそが、家持の混沌とした真の詩心であり、やがて「絶唱」第三首（巻十九・四二九二）の如く、景と情との分かちがたい独自の歌境を開くのだ、と見通している。(注9)

たしかに人々のわざを描出する①③に比べて、②や④は越中の自然に対してより純粋に向き合っていると言えよう。しかし当然のことながら、「雪消の水に圧倒され」るのは、家持が都人であり、越中が異土であるが故である。その点で、家持は一貫しているとも言える。そして、「渡る瀬多み」という理由づけや、「雪し消らしも」という想像は、家持が自らの感触と感慨とを、知的に組織しようとしていることを示すだろう。歌に表現されたところは、必ずしも混沌ではない。

水の感触に喚起される感慨とは、やはり異土で春を迎えたことであろう。冬、雪に鎖される越中で、立山の雪も消えてゆく春は、ありがたいものに違いない。都人にしてそこに暮らす家持にとっては、一入《ひとしお》であろう。古典集成本は、②歌の「衣濡れにけり」に、「干してくれる妻への思いがひそむ」と注する。それは認められてよいけれども、一方で「明るく颯爽とした姿を想像させる」（『全注』）という評も当たっていよう。広々とした川に対して、『私注』の挙げる類歌（一二四一）と同種の賛嘆があるのであり、馬の撥ね散らす水で衣が濡れるのは、旅に疲れた身に爽快に感じられているのだろう。④でも、馬の鐙を浸すほどの水は、危うさを感じさせたはずである。しかし一方、水に快い春を感じ、濁流渦巻く奇観に、神の山、立山への畏敬の念が含まれていることも確かである。いずれに重きを置くにしろ、肝心なのは、家持の感銘が、そこが異土であるという点に由来することであると考える。賛嘆すべき地であることは、自己に馴染みのない場所であることをも意味するのである。

事情は、「能登郡にして香島の津より船を発し、熊来村を射して往く時に作る歌」と題する⑥の二首で、更に明らかになろう。第一首

とぶさ立て　舟木切るといふ　能登の島山　今日見れば　木立繁しも　幾世《いくよ》神《かむ》びぞ　(四〇二六)

は、七尾湾内の能登島を歌う。香島の津（七尾市内。所在は未確定）から熊来村（七尾湾内の最奥部、現在の鹿島郡中島町の中心部）への航海中、右手に大きく見える景観である。

「とぶさ」は、大木を切った後、山の神を祭るために、切り株に立てる、葉の茂った枝であると言う（山田『講義』、巻三・三九一の項）。それを立てて、舟の用材にする巨樹を伐採するということを、噂に聞いていた。今日見てみると、まことにそのような木々が茂っている。それはいったい何代を経た神々しさだろうか、と歌う。

旋頭歌体になっているのは、巻十六所載の「能登国歌」

はしたての　熊来酒屋に　まぬらる奴《やつこ》わし　さすひ立て　率《ゐ》て来なましを　まぬらる奴わし　(三八七九)

など、熊来に関わる歌謡を意識したものか（『全注』）。しかし噂に聞いていたものを今日見た、というのは、完全に旅する者の表現である。

鳴神の　音のみ聞きし　巻向の　桧原の山を　今日見つるかも（巻七・一〇九二、人麻呂歌集）
音に聞き　目には未だ見ぬ　吉野川　六田《むつた》の淀を　今日見つるかも（巻七・一一〇五）

家持は、能登島の茂る木立を、神としての来歴を感じ取ることで讃えている。それは、越中の風土への、家持の対し方として、一つの型をなす。

…玉くしげ　二上山《ふたかみやま》は…神からや　そこば貴《たふと》き　山からや　見が欲しからむ…　古《いにしへ》ゆ　今の現《をつつ》に
かくしこそ　見る人ごとに　かけて偲《しの》はめ（巻十七・三九八五、「二上山賦」、天平十九年）
磯の上の　つままを見れば　根を延《は》へて　年深からし　神さびにけり
（巻十九・四一五九、天平勝宝二年）

またそれは、赤人の「不尽《ふじ》山を望む歌」（巻三・三一七〜八）の

天地の　分かれし時ゆ　神さびて　高く貴き　駿河なる　不尽の高嶺を…

といった表現にも通じていよう。赤人が「…語り継ぎ言ひ継ぎ行かむ不尽の高嶺は」と結ぶのも、夷の地にある山であるが故である。繰り返して言えば、馴染みの無い地であるからこそ、新鮮な感動があり、讃える価値も存するのである。

羇旅歌は一般に、旅先の景に対する讃美と、家郷への思慕との、二つの大きな類型を持つ。(注10) それは言わば、異郷にある者が、外界と内面との双方向に目を向けた結果なのであろう。ここでの家持も、第一首の讃美から、第二首

香島より　熊来を指して　漕ぐ船の　楫《かぢ》取る間無く　京《みやこ》し思ほゆ（四〇二七）

の望京へと容易に転じている。この歌は、「属目し作る」歌とは言い難い。第一首と組をなして意味を持つのであり、ここだけが二首構成になっている理由も、そこにあるだろう。外界の賛嘆に応じて現れた望京の念は、さらに次の⑦「鳳至《ふげし》郡にして饒石《にぎし》川を渡る時に作る歌一首」（「饒石川」は、現在の仁岸川。能登半島西岸、門前町で日本海に注ぐ）の

妹に逢はず　久しくなりぬ　饒石川　清き瀬ごとに　水占《みなうら》はへてな（四〇二八）

という妻への恋緒に続いている。

越中の風土は、家持にとって、両義的であった。(注11)

大君の　遠の御門《みかど》そ　み雪降る　越と名に負へる　あまざかる　夷《ひな》にしあれば　山高み　河とほしろし　野を広み　草こそ繁き…（巻十七・四〇一一、天平十九年）

越中こそが、「大君の遠の御門」として、家持に委ねられた地である。そこには、夷ならではの雄大で荒々しい自然が広がっている。②や④の歌に見たように、家持はそれに深く魅了されている。「すめろきの神の命の聞こし食す国の真秀《まほ》ら」（巻十八・四〇八九、天平感宝元年）とまで歌うこともあった。

帥大伴卿遙かに芳野離宮を思ひて作る歌一首
隼人《はやひと》の　湍戸《せと》の巌《いはほ》も　鮎走る　芳野の滝に　なほ及《し》かずけり（巻六・九六〇）
帥大伴卿次《すき》田温泉に宿り鶴の喧《な》くを聞きて作る歌一首
湯の原に　鳴く葦鶴《あしたづ》は　吾が如く　妹に恋ふれや　時分かず鳴く（巻六・九六一）

父旅人は、九州の風土に触れても、昔馴染みの吉野の方が勝るとか、亡き妻を思うとかの反応しか示していない。家持はそれと大きく異なっている。「属目し作る」という道を選んだ所以でもあろう。しかし、だからといって、家持が越中に馴染み、そこに安住しえたかと言えば、そうではない。一方では、次のようなことを繰り返し歌っている。

…撫子《なでしこ》が　その花妻に　さ百合花　後《ゆり》も逢はむと　慰むる　心し無くは　あまざかる　夷に一日《ひとひ》も　あるべくもあれや

（巻十八・四一一三、天平感宝元年）

…行きかはる　年の緒長く　しなざかる　越にし住めば　大君の　敷きます国は　都をも　ここも同《おや》じと　心には　思ふものから　語りさけ　見さくる人目　乏しみと　思ひし繁し　そこ故に情なぐやと　秋づけば　萩咲きにほふ　石瀬野《いはせの》に　馬だき行きて…

（巻十九・四一五四、天平勝宝二年）

都人家持は、その自意識のために、夷の地では決して満たされない。越中の風土は、異土であるが故に、慰めになる。しかし裏を返せば、慰めにしかならない。景に慰められることが、かえって満たされないことを自覚させるだろう。その意味では、越中の自然を捉えた歌も、望京・妻恋の歌、或いは前節に見た、夷にみやびを現出させるような歌と連続的なのである。

四　「月照りにけり」

⑤気太《けた》神宮に赴き参り、海辺を行く時に作る歌一首

志《し》雄《を》道《ぢ》から　直《ただ》越え来れば　羽咋《はくひ》の海　朝なぎしたり　船楫《ふなかぢ》もがも　（四〇二五）

能登国の側の最初の歌の題詞に、家持は気太神宮に参詣したことを記している。ただし歌はそのこととは関連しない。「志雄道」は、現在の氷見《ひみ》市から西方向、羽咋郡志雄町へ出る山道である。「羽咋の海」には、外海日本海を指すとする説（武田『全註釈』、窪田『評釈』、『私注』など）と、現在よりずっと広大であったと見られる潟湖邑知《おうち》潟であるとする説（鴻巣『全釈』、『注釈』、古典全集本、『全注』など）とがある。いずれにしろ道中を歌ったものである。

それにも関わらず、まず気太神宮参詣を題に述べるのは、そこが旧能登国の一ノ宮であり、そこを祭るのが家持の職務だったからであろう。諸国の国守の「掌《つかさど》らむこと」の第一に挙げられるのが、「祠社のこと」であった（職員令）。ここでも父旅人らの例を想起することができよう。

冬十一月、大宰の官人等、香椎《かしひ》廟を拝み奉り、訖《を》はりて退《まか》り帰る時に、馬を香椎の浦に駐めて、各懐を述べて作る歌

帥大伴卿の歌一首

いざ子ども　香椎の潟に　白たへの　袖さへ濡れて　朝菜摘みてむ（巻六・九五七、下略）

大宰府の官人が、仲哀天皇と神功皇后を祭る香椎廟を十一月に参拝することは、天平宝字四年（七六〇）以降、慣例と決められたが、旅人が帥であった時期、既に行われていたと見られる（新編全集本）。巡行とは異なるが、これも大宰帥以下の職務であったろう。

その帰途、旅人たちは香椎の浦に遊んでいる。それに比べれば、家持は真面目である。しかし、⑤の歌における家持は、やや旅に倦《う》んでいるかに見受けられる。「直越え来れば」には、山道をひたすらたどってきたことが窺われよう。平穏な海に出てほっとしたところで出た疲れが、船に乗りたいと言わせるのである。

最後の一首もまた同様である。

⑧珠洲《すず》郡より船を発し、太沼郡に還る時に、長浜の湾に泊まり、月の光を仰ぎ見て作る歌一首

珠洲の海に　朝開きして　漕ぎ来れば　長浜の浦に　月照りにけり（四〇二九）

「珠洲」は、能登半島の最先端の地。実際に巡行の終点でもあったろう。「長浜の湾」は、第一節に触れたように、諸説あるが、射水郡の「松田江の長浜」（現在の氷見市内）のことだとすれば、珠洲から海上約六〇キロメートル。朝五時くらいに出発して、到着は夜八時頃だったか（新編全集本）。ようやく停泊したところで長い航海を振り返り、疲れを感じながら、しかし清く照った月の光を浴びてリフレッシュしている趣である。

第一節に述べておいたように、全体がまさに「巡行」の歌なのであった。九首のほとんどが、自己が移動することを述べている。今見た⑤⑧や⑥の第二首の舟行、②や④の渡河は無論のこと、③や⑦の「速き瀬ごとに」「清き瀬ごとに」にも、川沿いをたどりながら進んでいることが示されているの

だろう。

「属目」されている人の姿も、自然の景も、広い意味で越中の「風俗」なのであろう。ここに演出されているのは、「大君のまけのまにまに、しなざかる越を治めに出でて来」（巻十七・三九六九、天平十九年）て、その職務を忠実に果たす「良吏家持」である。[注12]「長浜の浦に月照りにけり」には、巡行を終えた充実感を見て取ることもできよう。天平二十年、三十一歳の家持（養老二年〔七一八〕出生説に従う）は、まだ志に溢れている。

しかし見てきたように、望京の思いは、時に潜在し、時に露である。日本の戸令国守巡行条は、第一節に引用した部分の後に、唐令にない、郡司を監督し評定する職務を規定している。そのあり方において、家持は天皇の代行者であり、現地の豪族である郡司層を含めた夷の地の人々全体が服属・支配の対象である。職務に忠実であればあるほど、その地が異土であることを感じさせ、志が高ければこそ、本来自分のいるべき場所が思われるのである。

そしてその思いは、現在の自分と同様に、都を思いながら夷に暮らした、父旅人や憶良のことを想起させている。しかし「属目」しながら巡行している時の家持は、旅人のような、共に創作し、共に遊覧する仲間を持っていない。越中の「風俗」に向かい合う家持は、彼等よりも孤独であった。

そうした孤独感、或いはその具体的な表れとしての望京の念や、妻への恋緒は、言ってみれば私情である。しかし、少なくとも「歌日誌」において、家持の私は、公と別々にあるのではない。その私情は、公用に携わる中からこそ、しみ出て来るものなのである。

注

1 亀田隆之『日本古代用水史の研究』付篇第二、吉川弘文館、昭和四十八年

2 注①亀田論文

3 和田徳一「越中万葉植物考」『富山女子短大研究報告』昭和四十一年十一月

4 「くれなゐ」『万葉史の研究』第三章、桜楓社、昭和四十三年

5 「国守大伴家持の巡行」『国語と国文学』平成六年七月

6 注④中西論文

7 小島憲之『上代日本文学と中国文学』中、第七章（塙書房、昭和三十九年）に詳しい。

8 高木市之助「玉島川」『古文芸の論』岩波書店、昭和二十七年

9 『万葉集の叙景と自然』第三部、新典社、平成七年

10 神野志隆光「行路死人歌の周辺」『柿本人麻呂研究』、塙書房、平成四年

11 参照、拙稿「『二上山賦』試論」『萬葉』平成十二年五月

12 川口常孝『大伴家持』桜楓社、昭和五十一年

（使用テキスト：塙書房萬葉集CDロム版　ただし表記を私に改めたところがある。）

天平二十一年の家持

吉村　誠

一　はじめに

越中守時代の大伴家持の天平二十一年（七四九）という年は、五月から六月にかけて非常に作歌の旺盛な時期を含んだ年にあたる。天平十八年（七四六）六月に越中守として任地に赴任して三年目に当たる年であり、妻坂上大嬢が下向したとも推定されている年でもある。

そこで天平二十一年の家持の歌についての問題を取り上げるにあたり、まず時代背景を整理しながら彼の作歌活動を概観し、その中から問題点を取り上げて詳述していきたいと思う。

二　家持の作歌状況

天平二十一年の最初の歌は、日付が明記されていないために誤認するおそれがある。多く指摘があるように損傷したことが原因であると考えられるが、今その始まりのあたりの題詞・左注を示すと以下のようになる。

A　四月一日掾久米朝臣廣縄之舘宴歌四首　（巻十八・四〇六六題詞）
右一首守大伴宿祢家持作之　（同・四〇六六左注）
右一首遊行女婦土師作之　（同・四〇六七左注）
右一首守大伴宿祢家持作之　（同・四〇六八左注）
右一首羽咋郡擬主帳能登臣乙美作　（同・四〇六九左注）

B　詠庭中牛麦花歌一首　（同・四〇七〇題詞）
右先國師従僧清見可入京師　因設飲饌饗宴　于時主人大伴宿禰家持作　此歌詞送酒清見也
（同・四〇七〇左注）

C　右郡司已下子弟已上諸人多集此會　因守大伴宿祢家持作此歌也　（同・四〇七一左注）

D　右此夕月光遅流和風稍扇　即因属目聊作此歌也　（同・四〇七三左注）

E　越前國掾大伴宿祢池主来贈歌三首　（同・四〇七三題詞）
以今月十四日到来深見村　望拝彼北方常念芳徳　何日能休　兼以隣近忽増戀　加以先書云　暮
春可惜　促膝未期　生別悲兮　夫復何言　臨紙悽断奉状不備
三月一五日大伴宿祢池主　（同・四〇七三序）
一　古人云　（同・四〇七三題詞）

一　属物發思　（同・四〇七四題詞）
一　所心歌　（同・四〇七五題詞）
F　越中國守大伴家持報贈歌四首　（同・四〇七六題詞）
一　答古人云　（同・四〇七六題詞）
一　答属目發思兼詠云遷任舊宅西北隅櫻樹　（同・四〇七七題詞）
一　答所心即以古人之跡代今日之意　（同・四〇七八題詞）
一　更矚目　（同・四〇七九題詞）
三月十六日　（同・四〇七九左注）
G　姑大伴氏坂上郎女来贈越中守大伴宿祢家持歌二首　（同・四〇八〇題詞）
H　越中守大伴宿祢家持報歌并所心三首　（同・四〇八二題詞）
I　別所心一首　（同・四〇八四題詞）
右四日附使贈上京師　（同・四〇八四左注）
J　天平感寶元年五月五日饗東大寺之占墾地使僧平榮等　于時守大伴宿祢家持送酒僧歌一首
（同・四〇八五題詞）

この中で日付の入っている題詞・左注に注目すると、Aにおける四月一日は、それ以前の四〇三三番歌の題詞に天平廿年とあるところからの続きであるという見方は衆目の一致するところであり、天平二十年と考えて間違いないであろう。とするとE、Fが三月になっており、作歌年代順になっている家持歌巻の配列からすると天平二十年ではあり得なく、翌天平二十一年であるということになる。しかしここで問題なのは、作歌年月の記されていないB、C、Dである。以下のような歌内容になっている。

一本《ひともと》のなでしこ植ゑしその心誰《た》れに見せむと思ひ始めけむ　(四〇七〇)
しなざかる越の君らとかくしこそ柳かづらき楽しく遊ばめ　(四〇七一)
ぬばたまの夜渡る月を幾夜《よ》経と数みつつ妹は我れ待つらむぞ　(四〇七二)

伊藤博氏は、この三首についての作歌時期について言及されていて(『万葉集釋注 九』)、歌中の「なでしこ植ゑし」は春三月の頃、越中で「柳」の葉が芽吹くのも他の四一三六番歌の左注や四一四二番歌の柳が詠み込まれた望郷歌の作歌時期から三月のこととされ、四〇七二番歌の左注の「此夕」とあるところを根拠として、夕方に月が出るのは十日頃と考えられ、全体を三月十日頃の歌詠であると見られている。確かにこの三首の歌群は、題詞の体裁が整っていない歌群であるが、四〇七一番歌左注の「此會」というのは清見餞別の会と見るのが自然であり、また清見の帰京に刺激されて家持が望郷を主題とした歌を詠んだと思えるので、同一の場であると思われる。とすると伊藤博氏の述べるようにB、C、Dの作歌時期は天平二十一年三月であると考えて誤りはないであろう。このようにとらえると、天平二十一年は、四〇七〇番歌の「詠庭中牛麦花歌一首」から始まる国分寺の先代の主僧の従者である僧清見の餞別宴からということになり、伊藤博氏も述べておられるように前年四月以来、約十一ヶ月の空白の後に始まっているということになる。

日付ということで次に問題になるのはⅠの「四日」という日付である。ここも月が脱落したと思われる部分である。天平二十一年であることには間違いがないが、諸説あるのでついでに掲げておきたい。

この左注は元暦校本には「右四首時使贈上京師」とあり、「首」は墨でミセケチになっており右に「日」とある。また「時」は右に赭で「附」とある。岩波古典大系『万葉集』は、「別所心歌（四〇八四）」の前に「所心歌」と題する歌一首があったのが脱落したとして、この「四首」が正しいとしているが、多くの論はそれへの批判が加えられており、特に『万葉集注釈（澤瀉久孝）』では元暦校本では一丁分が落ちた形になっており、四首では行数が合わなくなるとし、ミセケチは筆写の時の修正と思われるので「四日」とするのが正しいであろうと推測されている。別の観点からでも『万葉集釋注（伊藤博）』に指摘のあるように、「四首」では四〇八二番歌の題詞に「三首」とあるので、別に「所心歌一首」があるとすると、四〇八四番歌を数えていないことになり、左注に至ってそれを含むという矛盾が生じてくる。やはり「四日」と考えるべきであろう。

しかし「四日」とすると、四月なのか五月なのかという疑問が次に生じる。三月では前の歌の日付よりも以前になるのであり得ない。『代匠記（契沖）』や『古義（鹿持雅澄）』は四月としている。これも『万葉集注釈』がすでに指摘しているように、Jの題詞が「天平感寶元年五月五日」と年号入りで表記しているところから見ると、五月ではあり得ない。四月とするのが妥当であろう。「使」というのもこの後閏五月二十七日に前年に朝集使として上京した久米広縄の帰任のことが記されているので四度使ではなく、私的な使者ということであろう。

以上のように天平二十一年初めの作歌状況を確認していくと、天平二十一年全般としては、以下のような作歌を数えることが出来る。全ての題詞・左注を整理していると煩雑で長くなるので便宜的に題詞で示す。


(三月十日)詠庭中牛麦花歌一首(四〇七〇題詞)

(三月十五日)越前國掾大伴宿祢池主来贈歌三首(四〇七三〜七五題詞)

(三月十六日)越中國守大伴家持報贈歌四首(四〇七六〜七九題詞)

(①)姑大伴氏坂上郎女来贈越中守大伴宿祢家持歌二首(四〇八〇・一題詞)

(②)越中守大伴宿祢家持報歌并所心三首(四〇八二・三・四?題詞)

(四月四日)別所心一首(四〇八四題詞)

(五月五日)天平感寶元年五月五日饗東大寺之占墾地使僧平榮等 于時守大伴宿祢家持送酒僧歌一首 (四〇八五題詞)

(五月九日)同月九日諸僚會少目秦伊美吉石竹之舘飲宴 於時主人造白合花縵三枚疊置豆器捧贈賓

客　各賦此縵作三首（四〇八六・七・八題詞）
（五月十日）獨居幄裏遙聞霍公鳥喧作歌一首并短歌（四〇八九・九〇・九一・九二題詞）
（　③　）行英遠浦之日作歌一首　（四〇九三題詞）
（五月十二日）賀陸奥國出金詔書歌一首并短歌（四〇九四・五・六・七題詞）
（　④　）為幸行芳野離宮之時儲作歌一首并短歌（四〇九八題詞）
（五月十四日）為贈京家願真珠歌一首并短歌（四一〇一〜五題詞）
（五月十五日）教喩史生尾張少咋歌一首并短歌（四一〇六〜九題詞）
（五月十七日）先妻不待夫君之喚使自来時作歌一首（四一一〇題詞）
（閏五月二十三日）橘歌一首并短歌（四一一一・二題詞）
（閏五月二十六日）庭中花作歌一首并短歌（四一一三〜四一一五題詞）
（閏五月二十七日）國掾久米朝臣廣縄以天平廿年附朝集使入京　其事畢而天平感寶元年閏五月廿七日　還到本任　仍長官之舘設詩酒宴樂飲　於時主人守大伴宿祢家持作歌一首并短歌（四一一六〜八題詞）
（　⑤　）聞霍公鳥喧作歌一首（四一一九題詞）
（閏五月二十八日）為向京之時見貴人及相美人飲宴之日述懐儲作歌二首（四一二〇・一題詞）
（六月一日）天平感寶元年閏五月六日以来起小旱百姓田畝稍有凋色也　至于六月朔日忽見雨雲之氣
仍　作雲歌一首　［短歌一絶］　（四一二二・三題詞）

（六月四日）賀雨落歌一首（四一二四題詞）
（七月七日）七夕歌一首并短歌（四一二五〜七題詞）
（十一月十二日）越前國掾大伴宿祢池主来贈戯歌四首（四一二八〜三一）
（十二月十五日）更来贈歌二首（四一三二〜三）
（十二月）宴席詠雪月梅花歌一首（四一三四題詞）
（　⑥　）右一首少目秦伊美吉石竹舘宴守大伴宿祢家持作（四一三五左注）

日付が空白なものは、題詞・左注に作歌日時が明示されていないものである。①については家持作歌ではないが、その入手時期について伊藤博氏は、池主の来贈歌と同時期に受け取ったと考えられている。伊藤博氏の考えに従うならば三月十六日頃となる。②は、四〇八二番歌題詞「三首」に拠るならば左注の「四日」の作ということになる。しかし三首目には元暦校本にはないものの「別所心一首」という新たな題詞が入っている点が不審であるし、先ほども述べたように、ここに落丁があるとするならば「四日」の左注の範囲外ということになる。厳密には三月一七日から四月三日までの作歌ということになるであろう。

③も日付が入っていないが、前後の作歌状況から考えると五月十一日と考えるのが自然であろう。

④についても四一〇五番歌左注の「右五月十四日大伴宿祢家持依興作」がここまで適用されていると考えると五月十四日作ということになる。しかしこの左注が「為贈京家願真珠歌一首并短歌（四一〇一〜五題

詞)」の題詞を受けているものととらえると、十三日作歌の可能性はある。⑤は久米広縄帰任の宴と続いているとする伊藤博氏の考えがある。資料的にも作歌日時のない歌は直前の日時と連続しているという氏の意見と関わって二十七日の妥当性はうかがわれるが、厳密には不明と言うしかない。しかし次の作歌が帰任宴の翌日になっているので、どちらにしても二十七日か二十八日のものであろう。

⑥については伊藤博氏は資料的に年度ごとの保管にかかっていたので、作歌時は不明になっていたものの作歌年がわかっていたために天平二十一年の末尾におかれたとされる。次の歌が翌年の元号入りの題詞になっているので、この石竹宴の歌で天平二十一年の歌が終わっていると考えてよいであろう。

三　作歌の背景

天平二十一年は変化の大きい年である。前年四月に元正太上天皇が崩御。正月は廃朝になっている。越中守赴任中、この後の二年・三年は国庁での正賀の宴が続くが、この年に見られないのは元正太上天皇の服喪と関連があるのかも知れない。二月には行基が入滅。そして陸奥国が黄金を貢ると続紀は伝えているが、本格的な黄金献上は周知のように四月になる。

また同月には郡領に関する任用方式を立郡以来の郡領の家の嫡子相続を基本とする旨の勅が出されている。これは孝徳朝以後の郡領職の氏族が家の分化により優劣の秩序が乱れてきたことに対するものである。とすると先ほど見た僧清見の餞別宴に続く歌の左注に「郡司已下子弟已上諸人多集此會」

とあるので、この勅も伝えられているであろうか。ただここで問題なのは、僧清見の餞別ということがここ一例であり、他にないことである。題詞に言う国師とは、諸注に必ず引用される大宝元年二月二十日に制定された国分寺主僧のことであるが、その従僧の餞別や歓迎といったことは多々起こり得ることである。清見との個人的なつながりの中での餞別宴であるとも考えられるが、この時期の特別な事情があったとも想像される。

家持の越中時代の僧との交渉は、他に次の三例が見られる。

①八月七日夜集于守大伴宿祢家持舘宴　僧玄勝　天平十八年八月七日　巻十七・三九五三歌

②饗東大寺之占墾地使僧平榮等　天平感寶元年五月五日　巻十八・四〇八五題詞

③布勢水海遊覧　講師僧恵行　天平勝宝二年四月十二日　巻十九・四二〇四歌

越中に見えるこれらの僧の研究史については、古岡英明氏が詳しくまとめておられ[注1]、同様の見解になるが以下に再論する。

①の僧玄勝は、宴において古歌を誦詠した僧として登場しており、伝未詳である。国分寺の僧かと言われている。②については、開墾の地割りを役割として派遣されてきた東大寺僧への饗応である。また③の講師というのは国師が延暦十四年に改称されたものであり、この頃からの通称ととらえる解説が多いが、米沢康氏によると八世紀中葉の講師は、国師の下に学問興隆（経典講義）の目的で常置

されていたものであったという。(注2)とすると②を除いては、越中国分寺僧との交際ということになる。

国分寺については、古く天武天皇四年の仏舎造営の勅までさかのぼるという考えもあるが、実質的には天平九年三月の詔で国ごとに釈迦仏像の造置が命じられたことに始まるとされ、天平十三年三月の詔(『続日本紀』天平十九年十一月一日の詔や『類聚三代格』の太政官符によれば、天平十二年二月十四日の格)で国分寺と国分尼寺を諸国に建立する命令により、体系的な造営が始まったとされる。そして『続日本紀』には天平十三年二月十五日の条に、故藤原不比等の食封五千戸の返納の内三千戸を諸国国分寺に施入して、丈六仏像造営の料に充当することが示されている。財政的には諸国の豪族層による私寺、墾田、封戸、正税の寄進でまかなわれていたことが『続日本紀』に散見される知識寄進記事などから知られる。しかし諸国においては造営があまり進

越中国分寺跡

まなかったらしく、天平十九年十一月七日に督励の詔が発せられているが、この詔で次の点に注目される。

（前略）是を以て、従四位下石川朝臣年足、従五位下阿倍朝臣小嶋、布勢朝臣宅主等を差《つかは》し、道を分ちて發遣し、寺地を檢《かむが》へ定め、并せて作れる状を察《み》しむ。國司、使と國師と与《とも》に勝《すぐ》れたる地《ところ》を簡《えら》び定め、勤めて營繕を加ふべし。（中略）其の僧寺尼寺の水田は、前に入る數を除く已外、更に田地を加ふること、僧寺に九十町、尼寺に四十町なり。便ち所司に仰《おほ》せて墾《ひ》開《ら》き施すべし。

（『続日本紀』天平十九年十一月七日詔）

国司の役割を中心にとらえてみると、国師と使者とともに寺地を占墾するということ。郡司は国司に申請して田地を開墾し施入せよという命令になる。越中国がこの時点でどの程度国分寺、尼寺の造営が進んでいたかは不明であるが、国師と郡司との関係を親密にして造営事業に当たることになっていたことが知られる。先掲の古岡英明氏は、越中国分寺の実際の建立は、天平勝宝八年聖武天皇の一周忌法要前後にまで下がるかも知れないが、国府寺のような前身組織があり、そこで仏教行政が行われていたのだろうと述べられている。考古学的には越中国分寺の創建時期がまだ明確ではないので、家持赴任当時に国分寺があったかどうかはわからない。しかし創建のための組織はあったことは諸われることである。とすると①と③における国分寺僧が登場していることは十分理解出来るであろう。国分寺造営には、国司を中心とする行政側との不可分の関係が存在するからである。

一方で東大寺大仏建立の発願の詔が天平十五年十月十五日に恭仁京において出されている。天平勝宝元年十二月二十七日の宣命第十五詔によれば、天平十二年の難波行幸時に河内の知識寺における発願にまでさかのぼることが知られる。

その造営経費については、大仏発願の詔の中に

(前略)如《も》し更に人有りて一枝の草、一把の土を持ちて像を助け造らむと情《こころ》に願はば、恣《ほしきまにま》に聴《ゆる》せ。國郡等の司、此の事に因《よ》りて百姓を侵し擾《みだ》し、強ひて収め斂《あつ》めしむること莫《なか》れ。

(天平十五年十月十五日詔)

とあり、時期は少し異なるが国分寺国分尼寺建立における国司への督促とは対照的な形になっている。『東大寺文書』や『続日本紀』には多くの知識寄進記事が記載されており、特に以下の資料によれば②の平栄による越中国内東大寺領の占墾地のことが裏付けられる。

越中国東大寺荘惣券(「東南院文書」『寧楽遺文 中』)

礪波郡以下国内の荘園田地の面積の記載

以前、去天平勝宝元年占定野地、且墾開如件、

天平宝字三年十一月十四日算師散位正八位下小橋公「石正」

云々　佐官法師「平栄」

国司

従五位上行守　　王　朝集使

天平宝字三年の資料であり、国司の名は見えないが、天平宝字元年時点で越中守は従五位上茨田王とある（『平安遺文』二〇四）ので茨田王のことと思われる。『万葉集』に記載される天平勝宝元年時から継続して越中国内における東大寺領墾田開発事業は続けられていたことが知られる。そして天平宝字三年以降についても、墾田の地券が多く残されている（『寧楽遺文』、『正倉院文書』）ので、東大寺との関係は親密であったことを伺わせる。（墾田の実績については米沢康氏の論に詳しい。(注3) また金田章裕氏も荘園の実際を詳しく紹介されている。(注4)）

また『東大寺要録』には、越中国に関連する記事として

奉加する財物人　利波《となみの》志《し》留《る》志《し》　米五千斛《こく》

とあり、『続日本紀』にも

越中国の人无《む》位《い》礪《と》波《なみ》臣《おみ》志《し》留《る》志《し》は米三千碩《せき》を盧舎那仏の智識に奉る。並びに外従五位下を授く

（天平十九年九月二日）

と見えている。志留志は、後に東大寺に墾田百町を寄進した功績により従五位上に昇叙している。家持の越中守在任時代には砺波郡の豪族としてその名は高かったのであろうが、家持周辺には登場していない。ただ東大寺への寄進手続きは国司も絡んでいたであろうから、当然何らかの関係はあったと想像される。

小野寺静子氏は、大伴家持越中赴任の理由を、東大寺領確保の任務の為であったと説かれている。(注5) 米沢康氏も越前、越中における大伴家持の所領との関係を説かれており、越前掾大伴池主との来贈歌の

背景についても、加賀郡における家持の所領管理との関係を指摘されている。（注6）確かに写経司に早くから名が見え、生涯にわたって東大寺造営に功績のあった市原王と家持との交流や、同じく東大寺造営に関与した佐伯今毛人との氏族的な親近性を考慮すると、越中における家持の東大寺墾田に関わる小野寺氏の指摘に賛同でき、陸奥国出金詔書における大伴、佐伯氏の顕彰や家持の叙位も彼らの推薦に起因していると考えられよう。

四月に聖武天皇以下朝廷の百官が盧舎那仏像の前で陸奥国黄金産出を寿ぐ詔が唱えられ、天平感宝と改元。大伴家持は従五位下から従五位上に昇叙。詔は大伴、佐伯の氏の顕彰が含まれたものである。改元と叙位であるので公使によってこの知らせが越中のもとにも届き、五月五日の東大寺之占墾地使僧平榮の饗宴においても祝いが行われたと想像される。そして家持は五月十二日に「賀陸奥國出金詔書歌」を発表したのであろう。

しかし七月に聖武天皇は譲位。皇太子の安倍内親王が即位する。孝謙天皇である。同時に天平勝宝と改元される。そして九月には紫微中臺が設置される。これは皇后宮職の昇格した官で、多く論があるように藤原仲麻呂の献策であることは明かである。構成員は大伴氏以下旧豪族や渡来系氏族が均等に任命されているとは言え、長官である令には藤原仲麻呂が任命され、天平宝字元年に仲麻呂が右大臣の改称である大保に昇任した後は、空席になる。また天平宝字四年光明子の没後は廃されたと考えられている。

家持作歌はこの七月の七夕歌を最後として十一月の大伴池主の来贈戯歌、宴席歌で終わっている。

五月の多作期に比して、歌が見られなくなくなるのは、大帳使として帰京したためであるという見方があるが、そうならばなおさらこの都の動きと関係があるのであろうか。

六月一日に「祈雨歌（巻十八・四一二二・三）」を作る。また降雨を賀した歌が続いている（四一二四）。『続日本紀』には「比年《としごろ》頻《しき》りに亢陽《こうよう》（ひでりのこと）に遭ひて五穀登《みの》らず」（天平勝宝元年正月四日己巳）とあり、また閏五月十日の大赦の詔に「比者《このごろ》、時は炎蒸《えむしょう》に属《つ》きて、寝膳豫《まさ》に乖《たが》へり。百寮煌灼《こうしゃく》して、左右勤劬《きんく》す。今克《よ》く天心に順《したが》ひて災気を消ち除かむとす」とあるので、この年は猛暑干天であったことを伺わせる。しかしその結果、飢餓の官人に米の支給や賑給（一月）とあったり大赦に及んでいる。そして閏五月の大赦においては、父母を殺した者と仏像を毀損した者は例外となっている。これらのことは、聖武天皇治世下において、徳治主義と東大寺建立に伴う仏教尊崇への意志を明示しようとしたものであって、次の孝謙天皇禅譲への理由付けにしようとしたものであると考えることが出来る。

勝興寺（越中国府跡）

家持の祈雨歌の作歌意識も無関係ではないと思われるが、このことについては次章で述べたい。

さてこの年には、家持の越中での生活にとって大きな変化があったと言ってよいであろう。妻坂上大嬢の越中下向である。大嬢の越中下向については、つとに伊藤博氏は五月十四日作歌の「為贈京家願真珠歌（巻十八・四一〇一～五）」中の語句「はしきよし妻の命の」とあることと、翌年二月十八日における藪波の里での作「妹に告げつや」（巻十八・四一三八）という語句とを比較されて、その間の来越を推定された。(注7) その後大越寛文氏は、大帳使として入京した家持に随って下向したものであろうとされ、十月末から十一月初め頃であろうという意見を提出されている。(注8) 家持の歌の内容から考えて妥当な見解であると言える。

四　天平二十一年における家持の作歌態度

家持の越中における作歌態度は、その形態からとらえると国府の宴席での歌、池主との交友歌、遊覧歌、独詠歌、都との贈答歌という種類に分かれ、歌の主題からとらえると主に土地讃美と望郷という形に大別出来る。そうした形態や内容からうかがわれる家持の基本態度として多く見られるものに国司としての地方赴任の自覚がある。「みこともち」や「ますらを」精神として従来説かれてきたものであるが、掘り下げてみると奈良時代としての独自の特性を持っていることに気が付く。それは儒教的な「徳」を基盤にした態度である。先ほど述べた徳治主義と無関係ではないであろう。律令そのものが儒教を国教とする唐の律令を模範として形成され、律令官人の基礎教養に儒教が置かれているとするならば当然のことと言える。天皇の徳を地方に広める徳化政策が国司としての役割の一つであるとするならば、家持はその旗手として先導的な立場にあったに違いない。好むと好まざるとに関わらず、儒教的な徳を示すことが国司に課せられた任務であったと言える。とするならば、家持の作歌にもこうした儒教的な態度を見いだせるはずである。

儒教の根本精神は一概には論じることは不可能であるが、『大学』に見られる修身から始まる平天下へのとらえ方と三綱五教にある個人関係から社会秩序への確立を目指す考え方が基本的な考えの一つであると見られる。

物格《ただ》しくして后《のち》知《ち》至る。知至りて后《のち》意誠《いまこと》なり。意誠《いまこと》にして后《のち》心正し。心正しくして后《のち》身脩《みをさ》まる。身脩《をさ》まりて后《のち》家齊《ととの》ふ。家齊《ととの》ひて后《のち》國治まる。國治まりて后《のち》天下平《たひら》かなり。

（『大学』第一段第二節）

君は臣の綱たり。父は子の綱たり。夫は妻の綱たり。（『漢書』谷永伝）

父は義、母は慈、兄は友、弟は恭、子は孝　（『左伝』文公十八年）

前者の有名な『大学』の記述は、他に『中庸』、『論語』、『孝経』、『孟子』に同様の記述があり、修身を政教の根本としていることが知られる。また家持の時代よりも後のことになるが、朱子が八条目と名付け、儒家思想の基本に置いているものである。三綱五教は、山上憶良も「反惑情歌」の序文（巻五・八〇〇）で引いている文言であるが、『大学』の記述と同じく人間関係の根本を説いたものであって、秩序の基本に置かれているものである。

君臣、父子、夫婦、兄弟の関係を説くこれらの教えは、自らの「徳」を基本として起こる「礼」への姿勢が広く社会秩序につながるという考えであり、これを基本とした民衆への教化は国司の任務として律令にも見えるものである。

凡そ國の守は、年毎に一たび属郡に巡り行《ある》いて、風俗を観《み》、百年を問い、囚徒《しゅうず》を録し、冤枉《えんおう》を理《をさ》め、詳《あき》らかに政刑《しゃうぎゃう》の得失《とくしち》を察《み》、百姓の患《うれ》へ苦しぶ所を知り、敦《あつ》くは五教を喩《さと》し、農功を勧め努めしめよ。部内に好学、篤道《とくどう》、孝悌《けうたい》、忠信、清白、異行《いぎょう》にして、郷閭《がうろ》に発《あらは》し聞ゆる者《ひと》有らば、挙《こ》して進めよ。不幸悌《ふけうたい》にして、礼《らい》を悖《みだ》り、常《じゃう》を乱り、法令《ほうりょう》に率《したが》はざる者《ひと》有らば、糺《ただ》して縄《ただ》せ。（戸令第八）

（以下略）

国司の部内巡行に対する規定である。民衆教化の内容を儒教的規範に求めていることが明らかに知られる。

家持作歌において表面的に現れているものとしては、越中赴任初期の頃の池主との君子淡交の交友観や、家持の大君に対する態度にも示されているものであり、個々に論じなければならないものであるが、ここでは天平二十一年における家持作歌の中でこうした特徴が顕著に示されるものを掲げて、新たな視点から考えてみたい。

まず第一に掲げることが出来るのは、尾張少咋《をくひ》教喩における徳化主義であろう。

教喩史生尾張少咋歌一首并短歌

七出例云
但犯一條即合出之　無七出輙弃者徒一年半
三不去云
雖犯七出不合弃之　違者杖一百　唯犯奸悪疾得弃之
兩妻例云
有妻更娶者徒一年　女家杖一百離之
詔書云
愍賜義夫節婦
謹案　先件數條　建法之基　化道之源也　然則義夫之道　情存無別　一家同財　豈有忘舊愛新之志哉　所以綴作數行之歌令悔弃舊之惑　其詞云
大汝　少彦名の　神代より　言ひ継ぎけらく　父母を　見れば貴く　妻《め》子《こ》見れば　かなしくめぐし　うつせみの　世のことわりと　かくさまに　言ひけるものを　世の人の　立つる言《こと》立《だ》て　ちさの花　咲ける盛りに　はしきよし　その妻の子と　朝夕に　笑みみ笑まずも　うち嘆き　語りけまくは　とこしへに　かくしもあらめや　天地の　神言寄せて　春花の　盛りもあらむと　待たしけむ　時の盛りぞ　離れ居て　嘆かす妹が　いつしかも　使の来むと　待たすらむ　心寂しく　南風《みなみ》吹き　雪《ゆき》消《げ》溢《はふ》りて　射水川　流る水沫《みなわ》の　寄る辺なみ　左夫流《さぶる》その子に　紐の緒の　いつがり合ひて　にほ鳥の　ふたり並び居　奈呉の海の　奥を深めて　さどはせる　君が心の　す

べもすべなさ　言佐夫流者遊行女婦之字也　（巻十八・四一〇六）

反歌三首

あをによし奈良にある妹が高々に待つらむ心しかにはあらじか　（同・四一〇七）

里人の見る目恥づかし左夫流子にさどはす君が宮出後姿《みやでしりぶり》　（同・四一〇八）

紅はうつろふものぞ橡のなれにし衣になほしかめやも　（同・四一〇九）

右五月十五日守大伴宿祢家持作之

先妻不待夫君之喚使自来時作歌一首

左夫流子が斎きし殿に鈴懸けぬ駅馬《はゆま》下れり里もとどろに　（同・四一一〇）

同月十七日大伴宿祢家持作之

歌の内容から推し量ると、家持の下僚である史生尾張少咋が左夫流子《さぶるこ》という遊行女婦と同棲して不倫していたのを教喩したというものである。教喩という点では山上憶良の「令反惑情歌（巻五・八〇〇・一）があり、「父母を　見れば貴く　妻子見れば　かなしくめぐし　うつせみの　世のことわり」と同様の語句が認められるが、従来この歌は教喩という実質性を持っていたのか、それとも戯笑的な作り話なのかということが疑問視されてきていたものである。虚構説に先鞭をつけた金井清一氏がまとめておられるが、（注9）教え喩すために本人に送り届けた歌であるのか、本人には見せずに虚構をまじえて他者の感興を得んとして作られた作品であるのかという問題がある。問題が生じた原因として律令条文を序とした他に例を見ない厳粛な形になっているということ、作中に敬語が入っているということ、長歌末尾の注の問題、十五日作の教喩歌に対して二日後に本妻（題詞は先妻とある）が来越するという短期間での完結性をどのようにとらえるかということに起因しているが、ここでは個々の問題に対処するのではなく、教喩の理由となった部分に着目してみたい。

従来の論は、教喩の理由として序文に示されているように儒教的観点からとらえることが自明の前提となっている。しかし家持が儒教的観点をとったのがどのような態度からかということがあまり示されていないように思える。国司として民衆教導の立場に立った家持が自ら襟を正したという見解も見受けられ、確かに越中守となって以来、家持の女性関係は、大嬢への恋情が示されるのみで他に見られなくなるが、それが家持の儒教的な倫理観からの現象なのかどうかは不明であり、また家持が男女間の儒教的態度を明確に示しているのはこの部分だけで、いわば突然出てきたものである。

教喩に対する根本的な疑問は、一夫多妻制の当時においては妾は社会的に認知されているにもかかわらず（『礼記』内則第十二には、本妻や妾の礼が記されている）、尾張少咋の行動が何故教喩対象になるのかということである。しかし歌においては、左夫流子に対して「さどはす」少咋の態度や注の左夫流子が遊行女婦であるということの明示、妻の少咋への期待が強調されている。また四二〇番歌の題詞において「先妻」とある記述を見逃してはならないであろう。「遊び」の対象である遊行女婦に惑わされた少咋の態度と本妻への裏切りという観点がそこには存在し、「重婚」であることを示そうとしていることを感じとられるからである。逆に言えばたとえ市井の女性であったとしても、本心で婚姻関係を結び、それが妾として本妻にも認知されると教喩の対象とはならなかったということになる。処罰の対象となる重婚は、そのことが欠如している場合であり、三綱五教に示される夫としての妻への態度である義を欠いたと見なされる場合に起きる。家持はこの観点からの教喩であると言える。しかし歌に見られるこの観点は、家持の創作性も交じっていることは考慮しなければならないであろう。そしてそれを歌という形で顕現化しているということは、尾張少咋だけではない一般の享受者への倫理性のあり方を国司として示そうとしているのではないかということを想像させる。ここに家持内面の倫理観から教喩しているのではなく、国司としての外面的な立場からの役割としてとらえているという特徴を見出すことが出来、それは家持の本心からではないと思わせる。このことが虚構的な視点を生む原因ともなっていると思われるが、いずれにしても家持の国司としての自負の含まれた歌であるということは指摘出来ると思う。

　国司として儒教的な態度が示されていることで、もう一つ考えなければならないのは、「祈雨歌（巻十八・四一二二〜四）」である。

　天平感寶元年閏五月六日以来起小旱百姓田畝稍有凋色也　至于六月朔日忽見雨雲之氣仍作雲
　歌一首　短歌一絶
天皇の　敷きます国の　天の下　四方《よも》の道には　馬の爪　い尽くす極み　舟舳《ふなのへ》の　い果つるまで
に　いにしへよ　今のをつづに　万調《よろづつき》　奉《まつ》るつかさと　作りたる　その生業《なりはひ》を　雨降らず　日

の重なれば　植ゑし田も　蒔きし畑も　朝ごとに　しぼみ枯れゆく　そを見れば　心を痛み　みどり子の　乳《ち》乞《こ》ふがごとく　天つ水　仰ぎてぞ待つ　あしひきの　山のたをりに　この見ゆる天の白雲　海神の　沖つ宮辺に　立ちわたり　との曇りあひて　雨も賜はね　（巻十八・四一二二）

　反歌一首

この見ゆる雲ほびこりてとの曇り雨も降らぬか心足らひに　（同・四一二三）

右二首六月一日晩頭守大伴宿祢家持作之

　賀雨落歌一首

我が欲りし雨は降り来ぬかくしあらば言挙げせずとも年は栄えむ　（同・四一二四）

右一首同月四日大伴宿祢家持作

中川幸広氏は、「祈雨」という対象をとらえるにあたって、私人家持の個人的な情愛よりも国守の義務感から行われているとされている。[注10] それは律令の中でも「守一人　掌らむこと、祠社《ししゃ》のこと、戸《ご》口《く》の簿帳《ふちゃう》、百姓を字養せむこと、農桑を勧め課《おほ》せむこと（下略）（職員令第二）」とあって人民への慈愛と勧農義務が国司にあり、従って農耕に関わる旱天祈雨は国司の義務であったと考えて誤りはない。しかし多く論にあるように祈雨成功の讃美は皇極紀元年八月条の天皇祈雨成功記事にあるように「至徳」と讃えられ、儒教的な意味合いで語られることが多い。東茂美氏が詳細に中国文献を引用されて説明されているように、[注11] 災異と祥瑞の思想は天人感応思想を中心に理論化されて、統治者の徳の問題と同一にとらえられてきているものである。『礼記』月令においては、政治と自然の感応が一年に渡って説かれており、基本的には統治者の不徳の及ぼす影響と節制とが記されている。例えば

夏令（夏の命令）を行へば、則ち国仍ち大いに旱《ひでり》し、暖気早く来り、蟲螟《ちゅうめい》害を為す

（『礼記』月令 第六）

とあり、統治者の治政の失敗がただちに自然に影響を及ぼし、農耕に深刻な害を与えるとする。天命を知って仁政を敷くことが統治者の資格であり、義務であったと理解出来る。

家持は歌において、「天皇に奉るつかさとしてある生業が旱天で害がある」とし、従って「天つ水を仰いで待ち、雨も賜はね」と願う。農耕は天皇に奉る生業としてあるという認識と、願う対象が天であることを示している。そして降雨による賀を「言挙げせず」という認識を示している。紙数の関係で詳しく理由を述べることは出来ないが、天皇の代理としての意味での統治者としての立場から郊祀的な祭りの存在があり、また百姓の困窮に対する慈愛を見ることが出来るであろう。しかしこれらが家持の内面の儒教道徳から発せられているとは思えない。先にも見たようにこの頃は国分寺尼寺造営のための寄進や、東大寺建立のための協力を郡司を中心とした豪族層に依頼していた時期であるからである。そのために儒教的な民衆慈愛の気持ちを出し、人心を把捉しておく必要があったための政治的意味が強いと思われる。

しかし一方で「賀陸奥國出金詔書歌（巻十八・四〇九四）」において見出せる家持の儒教的態度は内面的な状態から発せられていると考えられる。長くなるので歌は省略するが、この歌は前半部の「スメ

ロキ」と後半部の「大伴の名」に象徴される二部から成り立っている。特に後半の祖先顕彰の部分に儒教的要素が入っているように見受けられる。従来は家持の伴造氏族意識を中心として古代的な観点から論じられてきたが、熊谷公男氏はこうした「名」の継承については、中国の孝の思想に似た父子間の倫理意識に基づくとされる。(注12)熊谷氏は現象的に指摘されるにとどまっているが、このことは儒教意識がその背景にあると積極的に判断しても可能なのではないか。特に反歌の二首目に注目される。

大伴の遠つ神祖《かむおや》の奥城《おくつき》はしるく標立て人の知るべく（巻十八・四〇九六）

陸奥国出金詔書で顕彰された氏に対して家持の氏族意識が刺激された結果であると言うことが出来るが、「奥城」が強調されていることに注意される。他の歌については、大伴という氏族とスメロキとの関わり合いの中での時間的経過を中心とした感情表出になっているという特徴であるが、この歌はその祖先の顕彰が「奥城」という現実の記念碑を対象として行うという内容になっているからである。しかもこの「奥城」は現実の死者の葬送観念によるものではなく、祖先の記念碑としての意味が出されている。

儒教思想において祖先の墓（宗廟）の祭りは極めて重要なこととされ、儒教の根本教典である『礼記』においては枚挙に暇がない。

君子將に宮室を營まんとすれば、宗廟を先と為し、（以下略）（『礼記』曲礼下第二）

喪の朝するや、死者の孝心に順《したが》ふなり。其の其の室を離るるを哀しぶなり。故に祖考の廟に至りて而して后《のち》に行く。殷は朝して祖に殯し、周は朝して遂に葬る。（『礼記』檀弓下第四）

宗廟順《したが》はざる者は不幸と為す　（『礼記』王制第五）

また『中庸』においても

夫《そ》れ孝とは善《よ》く人の事を述ぶる者なり。春秋に其の祖廟を脩《おさ》め、其の宗器を陳ね、其の裳衣を設け、其の時食を薦む。宗廟の禮は、昭穆《せうぼく》を序する所以なり　（『中庸』）

また『孝経』においては、

能く其の禄位を保ちて、其の宗廟を守る。蓋し卿大夫の孝なり　（『孝経』卿大夫章 第四）

能く其の爵禄を保ちて、其の祭祀を守る。蓋し、士の孝なり　（『孝経』士人章 第五）

などとあり、祖先からの身分を保って、宗廟を祭ることは孝の始まりとされ、祖先礼拝は孝心を示すことの現れとされていたことが知られる。そして祭祀を行う具体的な場として宗廟があり、極めて重用視されていることがわかる。また同じ『礼記』において、

喪祭の禮は、臣子の恩を明らかにする所以なり　（『礼記』経解第二十六）

ともあり、喪祭の礼は臣たり子たる者が、君父の恩に対する感謝の意を明らかにするためのものと説いている。家持が長歌後半部において「負ひ持ちて仕へし官」と大伴氏を讃美し、「大夫の　清きその名を　いにしへよ　今のをつつに　流さへる　祖《おや》の子どもぞ」と今の氏族に対する祖先の「名」の重みを訴え、「人の子は　祖の名絶たず　大君にまつろふものと　言ひ継げる　言の官ぞ」という

代々の忠誠の鼓舞を行う基本には、父祖という継承的な家持の思想があり、それは上に見てきた「孝」意識が働いているように見受けられる。そのことが宗廟祭祀を重視する儒教的な意味と共通して「奥城」へ集中していった結果となっていよう。

また次の記述は、「大君の辺にこそ死なめ」と同様の精神であることが伺われる。

　國君は社稷に死し、大夫は衆に死し、士は制に死す。（『礼記』曲礼下第二）

死衆とは、師衆に死すという意味であり、卿大夫は軍隊を率いて戦い、敗れると軍中に死ぬことを本分とするということである。そして死制とは君命という意味の制命に従って死ぬという意味で、士の本命であるとする。この士大夫の戦闘、君命に死すということは、大伴《おおとも》詞章《ししょう》と同様の要素を見出すことが出来、もちろんそれ自身の影響関係というよりは、家持が大伴詞章を享受したことの性格に儒教的な士大夫の使命感への共感をとらえることが出来るのではないかと思われる。そのことが「孝」意識とつながり父祖意識がもたらされたと言えよう。ただ一方で同時に「名」への儒教的な問題があり、翌二年に詠まれた「慕振勇士之名歌（巻十九・四一六四）」における憶良追和「大夫は名をし立つべし」や、後年の「喩族歌（巻二十・四四六五）」の「名」への意識との関係も視野に入れて考えなければならないが、本稿の範囲からはずれるのでここでは省略したい。

　このように家持歌をとらえると、国司として国君への忠（士大夫に見られる忠）と統治者（小野寛氏の述べられる所の（注13）「みこともち」）としての天人感応、民衆への慈愛、また夫婦の義と慈、祖先への孝といった儒教の基本精神を見ることが出来る。そして家持自身の教養として儒教的性格は内在していたものの、それが国司としての教導的立場の中でより強く外面に示されていったものと思われる。先に見た「賀出金詔書歌」における大伴氏への帰属意識は内面的な思考が顕在化したものであると言えるし、「教喩尾張少咋歌」は国司としての道徳規範意識による外在的なものであると見られ、また「祈雨歌」は民衆に対する天への願いという点で統治者としての立場で現れたものであると特徴付けることが出来る。

五　まとめ

家持の儒教的な思考は特に天平二十一年に限ったことではないであろうが、初めての律令官人としての越中守の体験は、律令制そのものが儒教を基盤として形成されていることを考えると、中国の儒教的概念をなぞることに家持の役職上の自負があったと考えられる。もちろん家持の歌作品における儒教的な要素は個々に詳論しなければならないが、今後の課題として新たに提案できるのではないであろうか。

天平二十一年における家持作歌は、この他に越前掾として転任した大伴池主との交渉関係歌、都への望郷歌などが存在するが、すべてを包括的に論じるのは不可能であり別稿を要する。とりあえずここではあまり論じられることのない儒教との関わりについて概説し、その特徴を指摘するにとどめたい。

注1　古岡英明「『越中万葉』に見える僧と越中国分寺」（『高岡市万葉歴史館叢書　家持と万葉集』平成十二年三月）
2　米沢康「国師・講師考」『北陸古代の政治と社会』（法政大学出版局・昭和六十四年）
3　米沢康「東大寺領『越中庄園』をめぐって」『北陸古代の政治と社会』（法政大学出版局・昭和六十四年）
4　金田章裕「越中国と古代の東大寺領荘園」（『高岡市万葉歴史館叢書　家持と万葉集』平成十二年三月）
5　小野寺静子「越中下向」『坂上郎女と家持　大伴家の人びと』（翰林書房・平成十二年）
6　米沢康「大伴家持と大伴池主」『北陸古代の政治と社会』（法政大学出版局・昭和六十四年）
7　伊藤博「春愁」『万葉集の歌人と作品　下』（塙書房・昭和五十年）
8　大越寛文「坂上大嬢の越中下向」（「万葉」・昭和四十六年）
9　金井清一「史生尾張少咋を教へ喩す歌」『万葉の歌人と作品　第八巻』（和泉書院・平成十二年）
10　中川幸広「『祈雨歌』の背景—そのなりたちの背景—」『万葉集の作品と基層』（桜楓社・平成五年）
11　東茂「家持の北越小旱歌その周辺」（「九州大谷国文」平成三年七月）
12　熊谷公男「〝祖の名〟とウヂの構造」『律令国家の構造』（吉川弘文館・平成元年）
13　小野寛「大君の任のまにまに」『大伴家持研究』（笠間書院・昭和五十五年）

天平勝宝二年の家持
——歌作りと歌巻の編纂——

市瀬雅之

はじめに

天平勝宝二年、大伴家持は多くの歌を残している。本稿では、その中から何首かの歌を読みながら、家持の「作歌」と「歌巻」の編纂との関わりについて、思うところを述べてみたい。

一　「春愁」の作歌と巻十九の構想

まずは、三月一日に作られた次の二首からみてゆこう。

天平勝宝《てんぴやうしようぼう》二年三月一日の暮《ゆふへ》に、春苑《しゆんゑん》の桃李《たうり》の花を眺矚《ていしよく》して作る二首

春の苑《その》紅《くれなゐ》にほふ桃の花下照《したで》る道に出《い》で立つ娘子《をとめ》　（巻十九・四一三九）

我《わ》が苑の李《すもも》の花か庭《には》に散るはだれのいまだ残りたるかも　（巻十九・四一四〇）

桃の花下照る道に出で立つ娘子

第一首は、春の華やかな苑を見て、紅く咲いた桃花の下に立つ娘子を歌う。娘子は、大伴坂上大嬢かともいわれるが、花の美しさに見出された幻想と捉えるのが穏やかであろう。第二首は、庭に散る花の様子が、薄雪と重ね詠まれている。桃花の紅と対照的に、李の花の白さが強調された。色鮮やかに詠出されている。

家持がこうした歌を詠むようになったのは、そう古い話ではない。天平十九年の三月二日に、歌友大伴池主から送られた次の返書が思い起こされる。

忽《たちま》ちに、芳音《はういん》を辱《かたじけな》みし、翰苑《かんゑん》雲を凌《しの》ぐ。兼ねて倭詩《わし》を垂れ、詞林錦《しりんにしき》を舒《の》ぶ。以《もち》て吟じ以て詠じ、能《よ》く恋緒《れんしよ》を蠲《のぞ》く。春は楽しぶべく、暮春の風景最《もと》も怜《あは》れぶべし。紅桃《こうたう》灼《しやく》々《しやく》、戯蝶《きてふ》は花を廻《めぐ》りて儛ひ、翠柳依々《すいりういい》、嬌鶯《けうあう》は葉に隠《かく》りて歌ふ。楽しぶべきかも。淡交に席を促《ちかづ》け、意を得て言を忘る。楽しきかも美《うるは》しきかも、幽襟《いうきん》賞《め》づるに足りぬ。豈慮《あにはか》りけめや、蘭蕙《らんけい》蘗《くさむら》を隔《へだ》て、琴罇《いんそん》用ゐるところなく、空《むな》しく令節を過ぐして、物色《ぶつしょく》人を軽《いるかせ》にせむとは。怨《うら》むる所ここにあり、黙已《もだを》ること能《あた》はず。俗《よ》の語《ことば》に云《い》はく、藤《ふぢ》を以て錦に続《つ》ぐといふ。聊《いささ》かに談笑《だんしょう》に擬《あてはか》らくのみ。（巻十七・三九六七〜三九六八書簡）

池主は家持から送られた便りを、雲を突かんばかりに優れていると讃え、贈られた和歌を倭詩と呼ぶ。漢籍に勝るとも劣らない新たな和歌世界の構築を意識しての表現であった。桃の花は、こうした積極的な歌作りの中で話題にされている。紅く染まった桃の花が明るく咲き誇り、蝶がその花をめぐり舞う。緑の柳がしなやかに垂れて、ウグイスが葉に隠れてさえずる。池主はこうした春を「楽しきかも美《うるは》しきかも」と讃えた。本来ならば、琴や酒をもって宴を催すべきところなのであるが、家持が病床にあるのでかなわないことを惜しみ、歌作りが交わされている。

池主が暮春を楽しむべき季節と捉えた理由は、三月四日に作られた「七言、晩春三日遊覧一首」の序文に明かされている。

上巳《じやうし》の名辰《めいじん》、暮春《ぼしゆん》の麗景《けいれい》なり。桃花瞼《たうくわつら》を昭《て》らして紅《くれなゐ》を分《わか》ち、柳色苔《こけ》を含《ふふ》みて緑を競《きほ》ふ。ここに、手を携《たづさ》へ江河《かうが》の畔《ほとり》を曠《はる》かに望み、酒を訪《とぶら》ひ野客《やかく》の家《いへ》に迥《とほ》く過《よき》る。既にして、琴罇《きんそん》性を得、蘭契《らんけい》光を和《やはら》げたり。嗟《あ》乎、今日恨むる所は、徳星已《すで》に少なきことか。若《も》し寂《じやく》を扣《う》ち章《しやう》を含まずに、何を以《もち》てか逍遙《せうえう》の趣《おもぶき》を攄《の》べむ。忽《たちま》ちに短筆《たんぴつ》に課《おほ》せ、聊《いささ》かに四韻《しゐん》を勒《ろく》すと云爾《いふ》。

（七言、晩春三日遊覧一首序）

「上巳《じやうし》の名辰《めいじん》、暮春《ぼしゆん》の麗景《けいれい》なり。」との冒頭表現が象徴するように、三月三日の上巳の宴を意識してのことであった。麗しい暮春の景物として、紅く咲いた桃の花が見る人の頬までも紅く染める。家持は、こうした池主との交際がいつまでも忘れ難かったようである。天平二十一年の三月にも池主と歌を交わしている。天平勝宝二年の三月も、暮春という季節が池主との贈答歌を思い起こさせ、桃の花を話題にさせたのであろう。（注1）ただし、天平勝宝二年の作歌は単なる繰り返しに終わるものではない。桃李の歌には、同日に作られたと思われる次の一首が併記されている。

翻《と》び翔《かけ》る鴫《しぎ》を見て作る歌一首

春まけてもの悲《がな》しきにさ夜更《よふ》けて羽振《はふ》き鳴く鴫《しぎ》誰《た》が田にか住む　（巻十九・四一四一）

家持はここに春の到来を「もの悲し」と捉えている。春の到来を「悲し」と捉える心情は、翌二日の「暁《あかとき》に鳴く雉《きぎし》を聞く歌」の中にも

あしひきの八《や》つ峰《を》の雉鳴きとよむ朝明《あさけ》の霞《かすみ》見れば悲しも　（巻十九・四一四九）

と、峰々の雉が鳴き立てている夜明けの霞は見るだに切ないと具体化されている。天平十九年の春を「楽しむ」べき季節と詠み込んだ発想とは大きく異なる。

家持が天平勝宝二年の春を、「悲し」と捉え得た理由は、三月二日に作られた次一首に求めることができる。

二日に、柳黛《りうたい》を攀《よ》ぢて京師《みやこ》を思《おも》ふ歌一首
春の日に萌《は》れる柳を取り持ちて見れば都の大路《おほち》し思《おも》ほゆ　（巻十九・四一四二）

帰京への思いが、都を偲ばせ、春の景と結びついて「悲し」と受け止められたのであった。帰郷願望が呼び覚ます都へのまなざしが、家持のみやびな歌人意識を強く自覚させたのであろう。

越中国守の生活も既に足かけ五年。家持は、都人として越中の風土に向き合い続けた中で、「楽しむ」べき春を、独り「悲し」むべきものへと展開させていた。発想の変化に、作風の転換点を見出すことができる。三月一日の作歌は、家持にとって忘れられない記念碑となったことであろう。

ここまでは、「桃李の歌」にはじまる三月一日の作歌をみてきたが、本稿は合わせて歌巻の編纂という視点を持ち込んでみたい。

「桃李の歌」の歌にはじまる三月一日の作歌は、巻十九の巻頭に位置していることが留意される。天平勝宝二年の歌作りが、桃李の歌にはじまるというわけではない。巻十八には次の歌が残されてい

朱雀大路の柳

る。

天平《てんぴやう》勝宝《しようぼう》二年正月二日に、国庁に饗《あへ》を諸《もろもろ》の郡司等に給ふ宴の歌一首

あしひきの山の木末《こぬれ》のほよ取りて
かざしつらくは千歳《ちとせ》寿《ほ》くとそ
（巻十八・四一三六）

右の一首、守大伴宿祢家持作る。

正月には国守が天皇に代わって郡司等の朝賀を受け宴を催す。家持は、山の梢のほよを取って髪に挿しながら、一同の千歳の命を祝った。また、久米広縄の館で催された宴では、

判官《じようくゑん》?

正月《むつき》立つ春の初めにかくしつつ相《あひ》し笑《ゑ》みてば時じけめやも　（巻十八・四一三七）
同じ月五日に、守大伴宿祢家持作る。

と、春の初めにこうしてみんなで笑えばいつでも楽しいと、和やかな雰囲気を表している。年頭に詠まれた歌であり、祝意も込められ、巻頭を飾り得る内容を持っている。しかし、家持は

墾田地《こんでんち》を検察《けんさつ》する事に縁《よ》りて、砺波郡《となみのこほり》の主帳《しゆちやう》多治比部北里《たぢひべのきたさと》が家《いへ》に宿る。ここに忽《たちま》ちに風雨起り、辞去すること得ずして作る歌一首
荊波《やぶなみ》の里に宿借り春雨《はるさめ》に隠《こも》り障《つつ》むと妹《いも》に告《つ》げつや　（巻十八・四一三八）
二月十八日に守大伴宿祢家持作る。

と、二月までに詠んだ右の三首を巻十九に収載することをしなかった。
家持は巻十九を編む上でも、三月一日の作歌を意識している様子がみてとれる。三月一日の作歌が家持に大きな転換点をもたらしていると述べたが、巻十九を編む上でも大きな節目となっている。春を楽しむべき季節から大きく踏み出し、「悲し」と捉えた意義は大きい。池主との交際が強く意識されればされるほど、見出した新たな歌境は新鮮に感じられたはずである。作歌が意識的であればあるほど、その境界は明確なものとなってゆく。

新しい歌世界の構築が、歌巻を編む過程で新たな区分基準となり、区分された歌々をもって新たな巻が編まれてゆく。そう考えてみると、三月一日の作歌が、十九という歌巻の編纂の萌芽をも語り得る存在であったことを知ることができる。

天平勝宝二年に見出された春愁は、天平勝宝五年に作られた次の歌をもって完結している。(注2)

二十三日に、興に依《よ》りて作る歌二首

春の野に霞《かすみ》たなびきうら悲《がな》しこの夕影《ゆふかげ》にうぐひす鳴くも　(巻十九・四二九〇)

我《わ》がやどのいささ群竹《むらたけ》吹く風の音のかそけきこの夕《ゆふへ》かも　(巻十九・四二九一)

二十五日に作る歌一首

うらうらに照れる春日《はるひ》にひばり上《あ》がり心悲《こころがな》しもひとりし思《おも》へば　(巻十九・四二九二)

春日遅々《ちち》に、鶬鶊《うぐいす》正に啼《な》く。悽惆《せいちう》の意、歌に非ずしては撥《はら》ひ難きのみ。仍《よ》りてこの歌を作り、式《もち》て締緒《ていしよ》を展《の》べたり。ただし、この巻の中に作者の名字を偁《い》はずして、ただ年月所処縁《しよしよえん》起《ぎ》のみを録《しる》せるは、皆大伴宿祢家持《おおともすくねやかもち》が裁作《つく》れる歌詞なり。

巻十九が、右の三首で閉じられていることが、述べてきた内容をしっかり受け止めていよう。家持が天平勝宝二年に見出した春愁は、作歌において新たな歌境を切り開いただけではなかった。十九という新たな巻をも構想させたのである。

二　歌日誌の整理と鷹歌の完成

三月一日の作歌は、桃李の景が春愁に包まれることで、新たな感覚を備えていた。見出された新たな歌境が、巻十九を構想させるだけの力を秘めていたことを述べた。

ここでは巻十九に選ばれた歌として、次の長歌に光を当ててみたい。

八日に、白き大鷹《おほたか》を詠《よ》む歌一首　并《あは》せて短歌

あしひきの　山坂越えて　行《ゆ》き変《か》はる　年の緒《を》長く　しなざかる　越《こし》にし住めば　大君《おほきみ》の　敷きます国は　都をも　ここも同《おや》じと　心には　思《おも》ふものから　語り放《さ》け　見《み》放《さ》くる人目　乏《とも》しみと思ひし繁《しげ》し　そこ故《ゆゑ》に　心和《な》ぐやと　秋付《あきづ》けば　萩《はぎ》咲きにほふ　石瀬野《いはせの》に　馬《うま》だき行《ゆ》きて　をちこちに　鳥踏《ふ》み立て　白塗《しらぬ》りの　小鈴《こすず》もゆらに　あはせ遣《や》り　振《ふ》り放《さ》け見つつ　憤《いきどほ》る　心の内を思ひ延べ　嬉《うれ》しびながら　枕《まく》づく　つま屋の内に　とぐら結《ゆ》ひ　据《す》ゑてそ我《あ》が飼ふ　真白斑《ましらふ》の鷹

（巻十九・四一五四）

矢形尾《やかたを》の真白《ましろ》の鷹をやどに据《す》ゑかき撫《な》で見つつ飼はくし良しも　（巻十九・四一五五）

冒頭では、山坂を越え来て年月長く越中に住んでいると、大君の治められる国は都もここも同じであると詠んでいる。

しかし、語り合い慰め合うべき人が少ないので、物思いに絶えないと嘆いている。都もここも同じであると歌うのは、かつて父旅人が大宰府に赴任した際に大宰少弐《だざいのせうに》石川朝臣足人《いしかはのあそみたるひと》の歌（巻六・九五五）に答えて

やすみしし我《わ》が大君《おほきみ》の食《を》す国は大和《やまと》もここも同《おな》じとそ思ふ　（巻六・九五六）

と詠んだ内容を想起させる。父の歌表現に学びながら、地方に赴任する律令官人の政治理念が手際よく詠み込まれた。ただしそれは、あくまでも越中国守という立前のみに機能している。歌の内容が心情に傾斜するにつれ、語り合い慰め合う友の少ないことを嘆く不満が顔をのぞかせる。語り合い慰め合いたい友とは、掾として越前国に転出してしまった歌友池主のことであろう。歌友池主の不在によって、家持は自ら気分を晴らす方法を模索するほかない構図を示している。その先に、飼っている白鷹の存在をあげた。

白鷹が獲物を獲る光景の中に、鬱積した心の思いを晴らしてゆく。鷹狩りの季節を楽しみにしながら、つま屋の内に飼う白鷹を主題化した。家持にとって白鷹を飼うことが、大きな楽しみであったことは反歌にも繰り返されている。

家持が鷹をモチーフにしたのはこれがはじめてではない。天平十九年九月二十六日の日付で、「放《はう》逸《いつ》せる鷹《たか》を思ひ、夢《いめ》に見て感悦《かんえつ》して作る歌一首　并せて短歌」（巻十七・四〇一一〜四〇一五）を作っている。

とても長い作品なので、以下に長歌だけを掲げておこう。

大君《おほきみ》の　遠《とほ》の朝廷《みかど》そ　み雪降る　越《こし》と名に負《お》へる　天離《あまざか》る　鄙《ひな》にしあれば　山高《やまだか》み　川とほしろし　野を広み　草こそ繁《しげ》き　鮎走《あゆはし》る　夏の盛りと　島つ鳥　鵜養《うかひ》が伴《とも》は　行《ゆ》く川の　清き瀬ごとに　篝《かがり》さし　なづさひ上《のぼ》る　露霜《つゆしも》の　秋に至れば　野もさはに　鳥すだけりと　ますらをの　伴《とも》誘《いざな》ひて　鷹《たか》はしも　あまたあれども　矢形尾《やかたお》の　我が大黒《おほぐろ》に〈大黒といふは蒼鷹《おほたか》の名なり〉　白塗《しらぬり》の鈴取り付けて　朝狩《あさがり》に　五百《いほ》つ鳥立て　夕狩《ゆふがり》に　千鳥踏《ちとりふ》み立て　追ふごとに　許すことなく　手《た》放《ばな》ちも　をちもかやすき　これをおきて　またはありがたし　さ馴《なら》へる　鷹《たか》はなけむと　心には思《おも》ひ誇《ほこ》りて　笑《ゑ》まひつつ　渡る間《あひだ》に　狂《たぶ》れたる　醜《しこ》つ翁《おきな》の　言《こと》だにも　我《われ》には告《つ》げず　との曇《ぐも》り雨の降る日を　鳥狩《とがり》すと　名のみを告《の》りて　三島野《みしまの》を　そがひに見つつ　二上《ふたがみ》の　山飛び越えて雲隠《くもがく》り　翔《かけ》り去《い》にきと　帰り来《き》て　しはぶれ告《つ》ぐれ　招《を》くよしの　そこになければ　言ふすべのたどきを知らに　心には　火さへ燃えつつ　思ひ恋《こ》ひ　息づき余《あま》り　けだしくも　逢ふことありやと　あしひきの　をてもこのもに　鳥網《となみ》張り　守部《もりへ》を据《す》ゑて　ちはやぶる　神《かみ》の社《やしろ》に　照る鏡倭文《しつ》に取り添《そ》へ　乞《こ》ひ禱《の》みて　我《あ》が待つ時に　娘子《をとめ》らが　夢《いめ》に告ぐらく　汝《な》が恋《こ》ふる　その秀《ほ》つ鷹は　松田江《まつだえ》の　浜行《ゆ》き暮らし　つなし捕《と》る　氷見《ひみ》の江《え》過ぎて　多祜《たこ》の島　飛びたもとほり　葦鴨《あしがも》の　すだく旧江《ふるえ》に　一昨日《をとつひ》も　昨日《きのふ》もありつ　近くあらば　今二日《いまふつか》だみ　遠《とほ》くあらば　七日《なぬか》のをちは　過ぎめやも　来《き》なむ我《わ》が背子《せこ》　ねもころに　な恋《こ》ひそよとそ　いまに告《つ》げつる

（巻十七・四〇一一）

大意は、家持の「鷹自慢」にはじまり、「鷹飼いがうっかり鷹を逃がしまったことへの不満」を述べ、「夢に現れた娘子が、鷹が戻ると告げた」という経緯を歌にしている。「鷹」は、詩賦に用いられることが多く、先に紹介した池主との交流に触発されて詠まれた家持の意欲作であった。鷹飼いが逃がしてしまった鷹に、越前へ掾として転出してしまった池主を重ね合わせてみると、作歌動機もみえてくる。「白き大鷹《おほたか》を詠《よ》む歌」に「語り放《さ》け　見放《みさ》くる人目　乏《とも》しみと　思ひし繁《しげ》し」と表現されたのも道理であろう。

大鷹

もっとも、天平勝宝二年の作歌は鷹の放逸《ほういつ》を詠み込んでいない。語り合い慰め合う友の不在をバネにして、「鷹歌」はその完成が目指された。

二首の鷹歌を比較してみよう。四〇一一番歌は、越中国が天皇の遠い政庁であり、雪が降る越の名に負う鄙《ひな》であると歌い起こす。対して四一五四番歌は、山坂を越え年月長く越中国に住んでいると、大君の治められる国は都もここも同じであると位置づけている　四〇一一番歌は引き続き、越中国の豊かな自然を山や川の中に見出しながら、夏の景物に鵜飼いを詠み込み、秋の景物として鷹狩りの様子を詠み込んでいる。対する四一五四番歌は秋の鷹狩りのみを強調する。話題を「鷹」に集中することとで、主題が明確にされている。家持は。四〇一一番歌を捉え返しながら、天平十九年の作歌を安易に繰り返すことなく、「鷹歌」を主題に従い完結させている。春愁の歌と同様に、池主との交際を思い返しつつも、追懐の思いを超えて鷹歌の完成がはかられたといってよい。天平勝宝二年の家持は、愛すべき鷹を歌の純粋なモチーフとして完全に歌い得たのであった。

四〇一一番歌に読み込まれた夏の鵜飼いはというと、「白き大鷹《おほたか》を詠《よ》む歌」（巻十九・四一五四〜四一五五）の直後に次のような歌が作られている。

鵜《う》を潜《かづ》くる歌一首　并せて短歌

あらたまの　年行《ゆ》き片《がへ》り　春されば　花のみにほふ　あしひきの　山下とよみ　落ち激《たぎ》ち　流る辟田《さきた》の　川《かは》の瀬に　鮎子《あゆこ》さ走《ばし》る　島つ鳥　鵜養伴《うかひとも》なへ　篝《かがり》さし　なづさひ行《ゆ》けば　我妹子《わぎもこ》が　形《かた》見《み》がてらと　紅《くれなゐ》の　八入《やしほ》に染めて　おこせたる　衣《ころも》の裾《すそ》も　通《とほ》りて濡《ぬ》れぬ　（巻十九・四一五六）

紅の衣にほはし辟田川《さきたがは》絶ゆることなく我《われ》かへり見む　（巻十九・四一五七）

年のはに鮎《あゆ》し走らば辟田川《さきたがは》鵜《う》八《や》つ潜《かづ》けて川瀬《かはせ》尋《たづ》ねむ　（巻十九・四一五八）

春になると花が一面に咲きにおい、激り落ちて流れる辟田川の瀬には小鮎が踊る。鵜匠を連れて篝

鵜

を焚きながら、水をわけて行くと、愛しい妻が紅の八入で染めて贈ってくれた衣の裾まで濡らしてしまったという。反歌では、衣を濡らしながら何度でも辟田川を訪れ、鵜をたくさん使って川瀬を探りたいという心情が述べられた。

特に長歌の鵜飼いに関わる表現は、四〇一一番歌の「島つ鳥　鵜養《うかひ》が伴《とも》は」「篝《かがり》さし　なづさひ上《のぼ》る」といった表現を援用している。

家持は、「放逸《はういつ》せる鷹《たか》を思ひ、夢《ゆめ》に見て感悦《かんえつ》して作る歌一首　并せて短歌」（巻十七・四〇一一～四〇一五）を捉え返し、「鷹」の主題化を果たした。と同時に、「鵜」を主題にした歌をも完成させた。天平十九年に見出した越中の風土として、「鷹歌」と「鵜歌」の二つが極められたのである。モチーフを分けて歌うことで、家持は越中の風土をもっとも豊かに表現し得てたのである。（注3）

注意するのは作歌ばかりではない。「白き大鷹《おほたか》を詠《よ》む歌」（巻十九・四一五四～四一五五）と「鵜《う》を潜《かづ》くる歌」（巻十九・四一五六～四一五八）とを作歌する際に、家持が「放逸《ほういつ》せる鷹《たか》を思ひ、夢《ゆめ》に見て感悦《かんえつ》して作る歌」（巻十七・四〇一一～四〇一五）をどのように捉え返したのかが問われる。歌の長さからみても、表現の対応関係や類似性から鑑みても、家持が「放逸《ほういつ》せる鷹《たか》を思ひ、夢《ゆめ》に見て感悦《かんえつ》して作る歌」（巻十七・四〇一一～四〇一五）を暗唱しながら歌作りを進めたとは考え難い。歌日誌もしくは、そのもととなる歌稿を読み返しながらの歌作りが想像される。これまでの作歌を読み返しながら、歌作りを進める姿勢には、歌日誌の整理を進める家持の姿が見出されよう。歌日誌は、帰京する日のために整理したのであろうが、歌日誌の整理が、新たな歌巻の編纂に繋がっている。

いってみれば、天平勝宝二年は作歌と歌巻の編纂とがパラレルな関係にあった時代なのであった。

三　布勢の水海に遊覧して作る歌の場合

天平勝宝二年の家持が、越中守時代の歌日誌を読み返しながら、これまでの歌を超え、完成すべき歌作りを目指していた様子を確かめてきた。

ここでは、次の歌を参考にしてその様相をもう少し確かめてみたい。

六日に布勢《ふせ》の水海《みづうみ》に遊覧して作る歌一首　并せて短歌

思ふどち　ますらをのこの　木の暗《くれ》　繁き思ひを　見明《みあき》らめ　心遣《や》らむと　布勢の海に　小舟《をぶね》つら並《な》め　ま櫂《かい》掛け　い漕《こ》ぎ巡《めぐ》れば　乎布《をふ》の浦に　霞《かすみ》たなびき　垂姫《たるひめ》に　藤波《ふじなみ》咲きて　浜清く　白波騒《さわ》き　しくしくに　恋は増《ま》されど　今日《けふ》のみに　飽《あ》き足《だ》らめやも　かくしこそ　いや年のはに　春花《はるはな》の　繁き盛りに　秋の葉の　もみたむ時に　あり通《がよ》ひ　見つつしのはめ　この布勢の海を

布勢《ふせ》の水海《みづうみ》の遊覧

（巻十九・四一八七）

藤波《ふぢなみ》の花の盛りにかくしこそ浦漕《こ》ぎ廻《み》つつ年にしのはめ　（巻十九・四一八八）

長歌では、気のあった男たちが、あれこれと考え込んでしまう物思いを晴らすため、布勢の水海に舟を連ねて遊覧した内容が詠まれている。岸を漕ぎめぐると、乎布《をふ》の浦には霞がたなびいて、垂《たる》姫《ひめ》の崎には藤の花が咲いている。浜はどこまでも清く、白波が立ち騒いで、ますますほれぼれするが、このような素晴らしい景色を眺めるのは今日だけではとても満足できない。毎年、春の花の咲き盛る時に、或いは秋の葉の紅葉する時に、何度も通って眺めたいとしている。反歌では、藤の花の満開の時にこのように浦を漕ぎめぐっては毎年愛でようと歌い表した。

何度も通って眺めたいと言葉にする通り、家持は親しい者が集うと、しばしば布勢の水海を訪ねている。天平二十年には、橘諸兄の使者として越中国を訪れた酒造司《さけのつかさ》令史《さくわん》田辺福麻呂《たなべのさきまろ》を、布勢の水海への遊覧でもてなした（巻十八・四〇三六〜四〇五一）ことが思い起こされる。

家持が「布勢《ふせ》の水海《みづうみ》」を読みはじめたのは次の歌にはじまる。

　布勢《ふせ》の水海《みづうみ》に遊覧する賦《ふ》一首　并《あは》せて短歌　この海は射水郡《いみづのこほり》の旧江村《ふるえのむら》にあり

もののふの　八十伴《やそとも》の緒《を》の　思ふどち　心遣《や》らむと　馬並《な》めて　うちくちぶりの　白波の　荒磯《ありそ》に寄する　渋谿《しぶたに》の　崎《さき》たもとほり　松田江《まつだえ》の　長浜《ながはま》過ぎて　宇奈比川《うなひがは》　清き瀬ごとに　鵜川《うかは》立ちか行《ゆ》きかく行《ゆ》き　見つれども　そこも飽《あ》かにと　布勢《ふせ》の海に　舟浮け据《す》ゑて　沖辺《おきへ》漕《こ》ぎ　辺《へ》に漕ぎ見れば　渚《なぎさ》には　あぢ群騒《むらさわ》き　島廻《しまみ》には　木末《こぬれ》花咲き　ここばくも　見《み》のさやけきか　玉櫛笥《たまくしげ》二上山《ふたがみやま》に　延《は》ふつたの　行《ゆ》きは別れず　あり通《がよ》ひ　いや年のはに　思《おも》ふどち　かくし遊ばむ　今も見るごと　（巻十七・三九九一）

布勢の海の沖つ白波あり通《がよ》ひいや年のはに見つつしのはむ　（巻十七・三九九二）

　右、守《かみ》大伴《おほとも》宿祢《すくね》家持《やかもち》作る。四月二十四日

冒頭には、親しい仲間たちが気晴らしをしようと、馬を連ねて渋谷の崎で足を止めたり、松田江の長浜を過ぎて宇奈比川の清い瀬ごとに鵜川をした結果、もの足りなさを感じて、布勢の水海に舟を浮かべて遊ぶに至った経緯が語られている。たどり着いた海は、沖を漕ぎ岸を漕いでみると、渚にはあじ鴨が騒ぎ、島辺には梢に花が咲いて、これほどに良い眺めがほかにあろうかと賛嘆し、二上山にはう蔦のように、絶えることなく通い遊びたいとの思いを告げている。その思いは、反歌にも繰り返された。

三九九一番歌において、家持が親しい者たちと集い遊ぶ姿を「思ふどち　心遣《や》らむと」と示した表現は、四一八七番歌の冒頭にも用いられている。三九九一番歌ではその親しい者たちとあちらこちらを散策した結果、ようやくたどり着いた「布勢《ふせ》の海」を、四一八七番歌ではストレートに詠み込んでいる。

また、三九九一番歌では海の風景を、漠然とあじ鴨が騒ぎ、梢に花が咲いてすばらしいとのみ褒めていたものを、四一八七番歌に至ると乎布《をふ》の浦には霞がたなびいて、垂姫《たるひめ》の崎には藤の花が咲いていると具体的に詠出している。

家持がこうした表現を得た背景には、次の歌の存在がある。

敬《つつし》みて布勢《ふせ》の水海《みづうみ》に遊覧する賦《ふ》に和《こた》ふる一首　并《あは》せて一絶

藤波《ふぢなみ》は　咲きて散りにき　卯《う》の花《はな》は　今そ盛りと　あしひきの　山にも野にも　ほととぎす　鳴《な》
きしとよめば　うちなびく　心もしのに　そこをしも　うら恋《ごひ》しみと　思《おも》ふどち　馬打ち群《む》れて
携《たづさ》はり　出《い》で立ち見れば　射水川《いみづかは》　湊《みなと》の渚鳥《すどり》　朝なぎに　潟《かた》にあさりし　潮《しほ》満てば　妻呼び交《かは》す

ともしきに　見つつ過ぎ行《ゆ》き　渋谿《しぶたに》の　荒磯《ありそ》の崎《さき》に　沖つ波　寄せ来《く》る玉藻《たまも》　片縒《かたよ》りに　縵《かづら》に作り　妹《いも》がため　手に巻き持ちて　うらぐはし　布勢《ふせ》の水海《みづうみ》に　海人舟《あまぶね》に　ま楫櫂《かぢかい》貫《ぬ》き　白たへの袖《そで》振り返し　率《あども》ひて　我《わ》が漕《こ》ぎ行《ゆ》けば　乎布《をふ》の崎　花散りまがひ　渚《なぎさ》には　葦鴨《あしがも》騒《さわ》き　さざれ波立ちても居《ゐ》ても　漕ぎ巡《めぐ》り　見れども飽《あ》かず　秋さらば　黄葉《もみち》の時に　春さらば　花の盛りにかもかくも　君がまにまと　かくしこそ　見《み》も明《あき》らめめ　絶ゆる日あらめや　（巻十七・三九九三）

白波の寄せ来《く》る玉藻《たまも》世《よ》の間《あひだ》も継《つ》ぎて見に来《こ》む清き浜辺《はまび》を　（巻十七・三九九四）

右、掾《じよう》大伴宿祢《おほとものすくね》池主《いけぬし》が作　四月二十六日追和す。

大伴池主が家持の歌に応えて作歌した。藤の花は散り果てたが、卯の花は今が満開だと告げている。また、布勢《ふせ》の海を親しい者たち同士で漕ぎ巡ると、乎布《をふ》の崎に花が散り乱れ、渚に葦鴨が騒ぐ様子を讃えて、いくらでも見飽きないと詠む。また、秋や春といったよい季節に訪ねてみたいと結ぶ構造は、四一八七番歌の作歌に大きな影響を与えている様子を見て取ることができよう。家持は、ここでも池主との交流を思い返している。

とはいえ、「桃李の歌」そして「白き大鷹《おほたか》を詠《よ》む歌」で述べてきたように、それは単なる繰り返しに終わらない。

池主が「乎布《をふ》の崎　花散りまがひ」と示した表現を、家持は天平二十年に橘諸兄の使者として越中国を訪れた酒造司令史《さけのつかさのさくわん》田辺福麻呂《たなべのさきまろ》を歓待しながら、

乎布の崎漕《こ》ぎたもとほりひねもすに見とも飽《あ》くべき浦にあらなくに

〈一に云ふ「君が問はすも」〉（巻十八・四〇三七）

右の一首、守大伴宿祢家持《かみおほとものすくねやかもち》

と自身のものにしていた。また、池主が「藤波《ふじなみ》は　咲きて散りにき」と表した表現も、

明日《あす》の日の布勢《ふせ》の浦廻《うらみ》の藤波にけだし来鳴《きな》かず散らしてむかも

〈一に頭に云はく、「ほととぎす」〉（巻十八・四〇四三）

右の一首、大伴宿祢家持和《おおとものすくねやかもちこた》へたり。

と、自身のものにしている様子がうかがわれる。それだけではない。池主が詠み込んでいない「垂姫」との表現は、福先呂をはじめ遊行女婦であった土師が次のように詠出していることが思い起こされる。

神《かむ》さぶる垂姫《たるひめ》の崎漕《こ》ぎ巡《めぐ》り見れども飽《あ》かずいかに我《われ》せむ　（巻十八・四〇四六）

右の一首、田辺史福麻呂《たなべのふびとさきまろ》

垂姫の浦を漕ぎつつ今日《けふ》の日は楽しく遊べ言ひ継《つ》ぎにせむ　（巻十八・四〇四七）

右の一首、遊行女婦土師《あそびめはにし》

家持自身も二首に続けて

垂姫の浦を漕《こ》ぐ舟梶間《かぢま》にも奈良の我家《わぎへ》を忘れて思《おも》へや　（巻十八・四〇四八）

右の一首、大伴家持《おほとものやかもち》

と詠み込んでいる。

天平十九年に交わした池主との贈答歌ばかりではなく、天平二十年の作歌経験をも活かし、そのすべてをまとめ上げてゆくことで「乎布《をふ》の浦に　霞《かすみ》たなびき　垂姫《たるひめ》に　藤波《ふじなみ》咲きて」との表現が詠出された。天平勝宝二年の家持は、越中守時代の作歌を広く読み返しながら作家の完成を目指している様相をうかがい知ることができる。

ここでも作歌から巻十九の編纂へと目を移してみたい。天平勝宝二年の作歌は、過去に作った歌の復唱ではない。家持が越中守時代に詠出した歌々を整理し直し、読み返す中で完成されている。こうして作られた一首一首すべてが、家持にとって記念碑的な作品となっていったことは想像に難くない。越中守時代の記念碑的な作歌活動を繰り返してゆく先にこそ、記念碑的な歌を中心とする新たな歌巻の構想が具体化されていったのであろう。

本稿ではその一端を述べたにすぎないが、越中守時代の作歌の完成を目指した家持が、着実に巻十九を構想し編んでゆく。換言すれば、巻十九に収められた歌々を作り続けた天平勝宝二年こそ、巻十九を構想する原点ともなり得た一年だったのである。

おわりに

天平勝宝二年の家持をめぐって、三月一日から八日までの作歌をみてきた。桃李の歌の華やかさを包む春愁は、家持が暮春に見出した新たな歌境であった。その積極的な歌作りが巻十九の構想へとつながっていた。巻十九に収載された「鷹歌」も「布勢の水海を遊覧する歌」も、家持が越中国で見出した歌世界の完成を目指して詠出されていた。越中守時代の記念碑的な作歌を繰り返す中で、巻十九の構想が具体化される道筋の一端を述べてきた。

或いは、数首をみただけで巻十九の構想までを語る本稿に性急さを感じられるかもしれない。しかし、「布勢の水海を遊覧する歌」以後の歌をみても、家持がモチーフとして愛したホトトギス詠も、述べてきた結論と同じ見通しを示すことができる。また、帰京時の作歌にしても、家持が都人として越中国の風土を見据えてきた作歌態度と軌を一にする姿勢がうかがわれる。作歌時期を追って編むという歌日誌のスタイルが、構想からはずれる歌を許容していることは付記しておかねばならないが、天平勝宝五年の春愁によって巻十九を閉じた家持の中にも、天平勝宝二年が強く意識されていたはずである。

天平勝宝二年に進められた家持の作歌は、その一年に留まらず、内部に巻十九を構想させるだけのエネルギーを充分に秘めていたのであった。そのエネルギーが作歌と巻十九の編纂という双方向に機能している姿を論じた次第である。

注1　芳賀紀雄氏「家持の桃李の歌」『小島憲之博士古稀記念論文集　古典學藻』
2　拙稿「『春愁の歌』の基層」『大伴家持論―文学と氏族伝統―』所収。
3　大越喜文氏「家持長歌制作の一側面―鷹と鵜と布勢水海と―」『上代文学』六十六号。

筆者の執筆分担で用いた挿絵は、市瀬光代氏によるものである。記して感謝申し上げる。

（万葉歌の引用は、テキストに新編日本古典文学全集本『万葉集』を用いた。）

越の万葉――天平勝宝三年――

針原孝之

一　はじめに

天平十八年六月に越中国守として赴任した家持はその後天平勝宝三年までの五年間真面目に国守として任を果たした。やがて天平勝宝三年八月少納言となって都へ帰任する年、家持は越中最後の年を過ごすのである。この天平勝宝三年に家持は越中でどのような作品を詠んだのか。また作品の特色について述べてみたい。

二　正月の歌

「天平勝宝三年」は西暦七五一年。家持三十四歳の時、家持は越中に赴任して六年目の正月を迎えた。この「天平勝宝三年」のみが年次標記をしている。その前後には標記がないのにこの勝宝三年のみ標記がある。これについて『全釈』(注1)は、ここに天平勝宝三年と標記したのは、他に類例のない書き方である。

と指摘しているし、伊藤博氏(注2)は、

題詞は、「天平勝宝三年」と記すだけの異例の表現であり、勝宝三年次を総括する意味の方が強い。原形にはなかったものだろう。原形になかったとするならば、歌稿が年次によって総括されていたとする本稿の見解と矛盾すると見るむきがあるかもしれない。しかし、そこで巻十九越中歌の越中歌たる所以で、本来、ここは勝宝二年次にまっすぐ続いていたのだと思う。だからこそ、他に類のない年次転換だけを示す孤立的な年次の表記が登場したのである。二日の四二二九に小題なく、三日の宴歌である四二三〇～七に総題なく、さらにさかのぼっては、四二二七～八の独立伝聞歌にも題詞がないということの状況こそは、きわめて几帳面な、歌巻的連接といってもよいような原形を端的に示すものだと思う。

と述べている。しかし、この「天平勝宝三年」以前については断絶のような感がするが、このことについて同じ伊藤氏は『釈注』(注3)で、

巻十九において、四一三九から四二五六まで、つまり家持夫婦越中時代の歌群は、現在見る表記のもと、多少の例外（四二二二～三など）はあるものの、ほとんどすべて、つとに歌巻状態といってよいほど丹念にまとめられていたということである。

と述べて整理された歌巻の状態を推測している。

天平勝宝三年正月、家持は越中で新年を迎えた。二日に国庁で年賀の宴が催され家持は次の歌を詠

んだ。

新しき　年の初めは　いや年に　雪踏み平し　常かくにもが（巻十九・四二二九）

この作が家持の天平勝宝三年の最初の作品であるが、左注に次のような記事が記されている。

右の一首の歌、正月二日に、守の館に集宴す。ここに、降る雪殊に多く、積みて四尺あり。即ち主人大伴宿禰家持この歌を作る。

この記事によって雪が四尺も降ったことがわかる。当時の一尺は約二九・七センチだから一二〇センチぐらいである。越の国でこれほど雪が降るのは珍しいことであったろう。

それよりも正月を迎え雪が降るのは瑞兆とみなされていることは認められるところである。尾崎暢殃氏（注4）は、

「新しき年の始めの……」の歌に古い寿詞・護言の姿があらわれているのはそのことを語るものであって、豊年の兆とされる折しも降りしきる雪に寄せてゆたかな御代の栄えを呪禱した作として、大きな意義を有する。それは家持の宮廷に対する心情を語るとともに、万葉集全体の志向するところを象徴するものであった。

と述べている見解は認められる。

さて、家持の詠んだ

新しき　年の初めは　いや年に　雪踏み平し　常かくにもが（巻十九・四二二九）

は、正月に詠んだものであったが、この歌に使用される歌語に類似した歌が続いて

降る雪を　腰になづみて　参り来し　験もあるか　年の初めに（巻十九・四二三〇）

と詠んでいる。さらにこのすぐ後に

鳴く鶏は　いやしき鳴けど　降る雪の　千重に積めこそ　我が立ちかてね（巻十九・四二三四）

と詠んでいる。四二二九番歌で「新しき年の初めは」と詠み、四二三〇番歌の「降る雪を」四二三四番歌の「いやしき」「降る雪」を詠んでいることは「天平勝宝三年」の年に特別に思い入れの感がするのである。

それは万葉集巻末にある四五一六番歌

新しき　年の初めの　初春の　今日降る雪の　いやしけ吉事（巻二十・四五一六）

に連結するのである。この歌には先に四二二九番、四二三〇番、四二三四番歌で、歌われた総合的な歌として歌語

が用いられていて、これらの天平勝宝三年正月の歌が下地になって、巻二十の終焉歌四五一六番が詠まれたと推定しても認められるであろう。

これは巻十七から巻二十までの四巻は家持の歌日誌といわれ、巻十七は天平二年大伴旅人が大納言に任ぜられた時、太宰府から帰京する傔従らの歌にはじまるが、同十年、十二年、十六年と家持および周辺の作品が年代順に配列されている。これらの作品は巻十六以前の補遺的な意味で、後に巻十七の巻頭におかれたものであろう。したがって、巻十七のはじまりは天平十八年（七四六）正月の歌からはじまると考えられる。家持はこの年の七月ごろ越中国守として赴任していたであろう。

この天平十八年の正月橘諸兄が元正太上天皇の御殿に雪掃きに参上し諸卿大夫と共に応詔歌（三九二二～六）を詠んでいる。その歌の中に諸兄の歌（雪の歌）がある。

降る雪の　白髪までに　大君に　仕え奉れば　貴くもあるか（巻十七・三九二二）

家持もまた「詔に応ふる歌」を詠む。

大宮の　内にも外にも　光るまで　降らす白雪　見れど飽かぬかも（巻十七・三九二六）

この時、諸兄は六十五歳で最高位の左大臣従一位の地位であったが、仲麻呂を中心とする藤原氏の勢力は強く諸兄を凌ごうとするくらいであった。尊敬していた橘諸兄の歌を家持日誌のはじまりと考える見方は認められるであろう。

また、家持が少納言となって上京する天平勝宝三年、家持にとって最後の越中生活における正月においても雪の歌を詠む。そして万葉終焉歌四五一六番歌も雪の歌である。すなわち一つの区切り場所（時）において雪の歌を詠んでいるのである。この雪の歌を配列することは家持歌巻において重要な意味を示すものとして注目しなければならない。

一方、構成面から考えてみることにする。四二三〇番歌から四二三七番歌までの八首は同じ宴席で詠まれた一連の歌である。しかし、この一連の歌は正月三日の宴席で詠まれたと思われるが、時間的経過を考えてみると、そこに断絶があると考えられる。すなわち前半四二三〇番から四二三三番までの三首と、後半四二三三番から四二三七番までの五首に分けられる。今、前半の三首をみると、

降る雪を　腰になづみて　参り来し　験もあるか　年の初めに（巻十九・四二三〇）

右の一首、三日に介内蔵忌寸縄麻呂が館に会集して宴楽する時に、大伴宿禰家持作る。

ここに、積む雪に重巌の起てるを彫り成し、奇巧みに草樹の花を綵り発す。これに属けて掾久米朝臣広縄が作る歌一首

なでしこは　秋咲くものを　君が家の　雪の巌に　咲けりけるかも（巻十九・四二三一）

遊行女婦蒲生娘子が歌一首

雪の山斎　巌に植ゑたる　なでしこは　千代に咲かぬか　君がかざしに（巻十九・四二三二）

である。最初の四二三〇番は大伴家持の作品であり、宴の中心人物は家持であった。

この歌は酒宴に出席できた喜びを歌いあげている挨拶歌である。この降り積もった雪に重なり立つ巌の形をこしらえ、巧みに草木の花などを彩りなしてあった。これを見て掾久米広縄が詠んだ歌に四二三一番がある。「なでしこ」は集中に二十七例あり、家持も好んで十二首の歌に詠んでいるのである。

久米広縄は主人内蔵忌寸縄麻呂の趣向を絶賛したものである。三番目の四二三二番は前歌で用いられた「なでしこ」「君」「雪の巌」「咲く」などをうけて、これまた主人縄麻呂への敬意を表していることは遊行女婦の心配りであると思う。この前半部に登場した人物は、大伴家持、久米朝臣広縄、遊行女婦蒲生娘子、内蔵伊美吉縄麻呂で他に下級官人も何人かいたのであろう。

後半の五首（四二三三番から四二三七番）は前半の歌のあと時間的経過の後の歌であろう。宴たけなわの夜もふけて、鶏が夜明けをつげる鳴き声で客人も帰ろうとする頃に主人が客ひきとめる挨拶歌を詠むのである。

打ち羽振き　鶏は鳴くとも　かくばかり　降り敷く雪に　君いまさめやも（巻十九・四二三三）

前半で主賓家持が詠んだ「降る雪を　腰になづみて　参り来し」の来る道をふまえて行くこ

とを考えての歌となっている。結句の「君いまさめやも」と歌うのはあたかも「女が男を引き留める後朝に見立てて詠んだ趣もある」と青木生子氏(注5)は言う。この歌に対し家持は

鳴く鶏は　いやしき鳴けど　降る雪の　千重に積めこそ　我が立ちかてね（巻十九・四二三四）

と歌う。酒宴の席でその場にいる人達を代表して主人の言われる通り、もう少しおじゃますることにしようとの返歌である。家持がこの歌を詠むことによって一同はますます腰をおちつけて酒を飲み宴がもりあがったことと思われる。窪田評釈(注6)は、家持の歌について

主人の引き留めるのに躊躇なく応じた心である。題詞に「酒酣に」とあり、下僚一同は酒興の盛んなのを見て、守としては少くともそれを妨げまいとして云ってゐるものと取れる。「われ」に「吾等」の文字を用ゐてゐるところにもその心が窺はれる。その場合に即させての挨拶で、歌の巧拙を超えたものである。

と述べている。こうした家持の歌が詠まれることによって、その座は一層にぎにぎしくなって次のような伝誦歌を披露されたのであろう。

最初に伝誦歌を披露したのは久米広縄であるがその歌は、

天雲を　ほろに踏みあだし　鳴る神も　今日にまさりて　恐けめやも（巻十九・四二三五）

である。窪田評釈（注7）は、

天皇が何事のお計らひかをなされた時、側近してゐた命婦が天皇の威力に恐懼し、讃歎の心を詠んで奉ったものである。鳴る神は、神の中でもその威力の最も直接に感じられる恐るべき神となってゐたから、天皇の威力をその神にも益さるといふのは、最上の讃歌である。（略）女歌の歌としては、珍しいまでに男性的なものである。

と述べている。さらに続いて遊行蒲生の伝誦した歌は、

死にし妻を悲傷しぶる歌一首併せて短歌

天地の　神はなかれや　愛しき　我が妻離る　光る神　鳴りはた娘子　携はり　共にあらむと
思ひしに　心違ひぬ　言むすべ　せむすべ知らに　木綿だすき　肩に取り掛け　倭文幣を　手に
取り持ちて　な放けそと　我は祈れど　まきて寝し　妹が手本は　雲にたなびく
（巻十九・四二三六）

反歌一首

現にと　思ひてしかも　夢のみに　手本まき寝と　見ればすべなし（巻十九・四二三七）

右の二首、伝誦するは遊行女婦蒲生これなり。

これらの歌は挽歌であって宴席の場にふさわしくないと思う。この歌の作意は夫が妻の火葬場に行

き、妻が煙となるのを目にし、妻の霊に対して自身の悲しみを述べることによって霊をなぐさめている挽歌と言える。しかしこのことについて窪田評釈（注8）は、

左註にあるやうに、遊行婦蒲生が、宴席の興を添へようとして誦した歌である。場合柄不似合な歌に見えるが、上の広縄の伝唱歌に、「天雲をほろに踏みあだし鳴る神も」とあるのに刺戟され、「光る神鳴波多𡢳嬬」と類似の句のあるこの歌を思ひ出して誦したものと思はれる。これは一種の機智で、その点が喜ばれることとしてであらう。又、歌は死生は一に神意にあるもので、人の如何ともし難いものだとする、古代信仰によって貫かれたものであって、かうした信仰は、此の時代にはやや物遠いものになってゐたらうと思はれるが、これを此の時代の好尚の、物のあはれを喜ぶ心につないで見ると、極めてあはれ深いこととなって、人々の胸を打つものともなったらうと思はれる。

と述べている。さらに反歌の四二三六番歌について

語としては、長歌の結末を受けて繰り返したものとなってゐるが、作意は、時間的に或る期間のあるものである。長歌が情熱的なものなので、この期間は目立って、調和し難いものに見える。

と述べている。これに対し伊藤博氏（注9）は「挽歌を哀調の歌として宴会などで奏でるのは日本古代に限ったことではない。たとえば『世説新語』任誕篇に〈張驎、酒後挽歌甚悽苦〉とある」と述べているので、日本でも中国でも古代において宴席の場で悲歌が唱われたことは認められるであろう。さらに伊藤博氏（注10）は、

この第二次の場面においてであった。儀礼的な「公」の場から抒情的な「私」の場に、環境が移動し、その抒情的な場においては、無礼講のゆえに、どんな歌をうたうことも許されるというのが集団歌謡の場の一般的な構造なのである。

という。こうした無礼講な場における気持がこのように歌わせたというのである。場面の解放感がこの歌を詠む機会をつくらせたのであろう。そして気のおもむくままにいろいろな歌を詠むことになる。天皇讃美という歌から挽歌の世界にまで発展してしまう自由な場の展開が許されるのである。そういえば『万葉集新考』などでは、

広縄がアマ雲ヲホロニフミアタシナル神モといふ歌を伝誦せしを聞きて蒲生がかねて聞き保てる此歌を思ひ出でて（此歌にもヒカル神ナリハタヲトメとあれは）伝誦せしならむ

と説明している。これも一つの考え方として理解できる。

また、歌の座の構成はどのようであったかについて渡瀬昌忠氏(注11)のすぐれた見解があるので要約の形で紹介する。

(1) 降る雪を腰になづみて参り来ししるしもあるか年の初に（巻十九・四二三〇）
(2) なでしこは秋咲くものを君が家の雪の巌に咲けりけるかも（巻十九・四二三一）
(3) 雪の島巌に植ゑたるなでしこは千世に咲かぬか君が挿頭に（巻十九・四二三二）
(4) 打ち羽振き鶏は鳴くともかくばかり降りしく雪に君いまさめやも（巻十九・四二三三）

守家持 1 ↓ 賓客側　　↑ 4 主人側 主人介縄麻呂

掾広縄②↓　↑③遊行女婦蒲生

(1)(2)は賓客側、(3)(4)は主人側の歌である。座席を図示すると右の通りで二人ずつ対座で歌の座のめぐる順序はU字型①↓②↓③↓④↓であるという。

歌の順序は賓客家持が主人の催す宴の楽しさ、積雪のめでたさをほめて詠む。次に②広縄が「君」(主人)の家の宴席の「雪の巌」の「なでしこ」をほめる。そして③遊行女婦が主人側の接待役で賓客である対座の(2)広縄の歌をふまえて「雪の島巌に植ゑたるなでしこは」と歌を詠む。最後に④主人縄麻呂は賓客家持の歌に対応しつつ歌を詠む。

また、表現についてみると(1)の「降る雪を腰になづみて」と(4)の「かくばかり降りしく雪に」が関連している。(2)の「なでしこ」「君が」のことばを受けて(3)では同じように「なでしこ」「君が」のことばを使用しているし、(2)の「雪の巌にけりけるかも」と(3)の「雪の島巌」「咲かぬか」が同じような語を使用している。

こうして四人の座席をU字型に一巡して歌の座は終結したと説いている。

三　正税帳使の宴

二月二日に、守の館に会集し宴して作る歌一首

君が行き　もし久にあらば　梅柳　誰と共にか　我がかづらかむ（巻十九・四二三八）

右、判官久米朝臣広縄、正税帳を以て、京師に入るべし。仍りて守大伴宿禰家持この歌を

作る。ただし、越中の風土に、梅花柳絮三月にして初めて咲くのみ。

この歌は左注にある通り、判官、久米広縄が正税帳使として都へ行くことになって、二月二日家持の館で集宴を開いた時に詠んだ歌である。

正税帳使は、諸国の国司の正倉に蓄えられた正税の一年間の収納、支出現在高の報告を毎年二月までに民部省の主税寮に持参して監査を受けるのである。万葉集中の越中時代における「正税帳使」が題詞、左注に記されているのは、

○右は、守大伴宿禰家持、正税帳をもちて、京師に入らむとす。（巻十七・三八九九・三九九〇左注）

○四月の二十六日に、掾大伴宿禰池主が館にして、税帳使、守大伴宿禰家持を餞する宴の歌并せて古歌四首（巻十七・三九九五～三九九八題詞）

○右は、判官久米朝臣広縄、正税帳をもちて、京師に入らむとす（巻十九・四二三八左注）

である。巻十七の三九九五番から三九九八番の題詞にある「税帳使」は、正税帳を携えて太政官に報告する使者であり、正税使と同じ意である。また、

○七月の十七日をもちて、少納言に遷任す。よりて悲別の歌を作り、朝集使掾久米朝臣広縄が館に贈り貼す。二首。（巻十九・四二四八題詞）

と記された中に「朝集使」とあるが、この朝集使は正税帳使の誤りであろう。それは四二三八番の左注に久米広縄は「正税帳使」として二月に出発しているし、四二五二番の題詞にも「正税帳使」とあるから理

解されるのである。この正税帳とともに大帳使・朝集使、貢調使を加えて四度の使という。大帳使については、万葉集三九六〇番、三九六一番の左注に次のように記されている。

○右は、天平十八年の八月をもちて、掾大伴宿禰池主、大帳使に付きて、京師に赴き向ふ。しかして同じき年の十一月に、本任に還り至りぬ。よりて、詩酒の宴を設け、弾糸飲楽す。……

とある。この大帳使は、諸国の国司から大政官に計帳を提出する使者である。計帳は戸ごとに戸口の人名、性別、年齢、不具廃疾の有無を記す。毎年八月三十日までに民部省の主計寮に送り監査を受けるのである。万葉集中の越中時代に「大帳使」が題詞、左注に記されているのは、先の三九六〇番、三九六一番の左注のほかに、

○すなはち、大帳使に付き、八月の五首を取りて京師に入らとす。これによりて、四日をもちて、国厨の饌を介内蔵伊美吉縄麻呂が館に設けて餞す……（巻十九・四二五〇題詞）

○五日の平旦に道に上る。よりて国司の次官已下の諸僚皆共に視送る。……ここに大帳使宿禰家持、内蔵伊美吉縄麻呂の盞を捧ぐる歌に和ふる一首（巻十九・四二五一題詞）

がある。大伴池主や大伴家持が大帳使となって京に行く時、帰任した時、宴が催され歌が詠まれたことがわかる。また、朝集使は諸国の政情を太政官に報告する使者である。神社帳、応計会帳、放生帳簿、池講帳、官舎帳など毎年畿内は十月一日、その他は十一月一日まで提出した。万葉集中の越中時代における「朝集使」が題詞・左注に記されているのは、

○国の掾久米朝臣広縄、天平二十年をもちて、朝集使に付きて京に入る。その事畢《をは》りて、天平感宝

元年の閏の五月の二十七日に、本任に還り至る。……（巻十八・四一一六題詞）

○右の一首は、同じき月の十六日に、朝集使少目秦伊美吉石竹を餞する時に、守大伴宿禰家持作る。（巻十九・四二二五左注）

であり、国の掾久米広縄、少目秦伊美吉石竹が朝集使になっていることが理解される。

貢調使は調帳とともに調庸の現物を進上する使者である。調帳には庸帳、租帳、浮浪帳などがあり、国の遠近により十二月、十一月、十月と期限が定められていた。この貢調の記事は万葉集の越中時代には見当たらない。

これら四度の使は、国司（守、介、掾、目の四等官で構成されていた）が担当していたから上京して都の情勢を知る機会があったので、国司は常に在京して任国に下らない者もいたという。しかし、このように上京、帰任の記事が越中時代に多いことは真面目官人家持の姿を認めてよいと思う。

また、四二三八番の歌語に「梅柳」がある。これは梅と柳をとり合わせた景物である。第五句の「我がかづらかむ」のかづらくは万葉集中に

ほととぎす　今来鳴き初む　あやめぐさ　かづらくまでに　離るる日あらめや（巻十九・四一七五）

青柳の　上枝攀ぢ取り　かづらくは　君がやどにし　千年寿ぐとそ（巻十九・四二八九）

とある。これはかづらとして頭につける意となる。「かづら、かづらく」と「かざす・かざし」は髪

につけて寿を祈る行為で神事関係の語として共通する意味あいを持っている。

万葉集に、

梅の花　折りてかざせる　諸人は　今日の間は　楽しくあるべし（巻五・八三二）
年のはに　春の来らば　かくしこそ　梅をかざして　楽しく飲まめ（巻五・八三三）
秋山の　黄葉をかざし　我が居れば　浦潮満ち来　いまだ飽かなくに（巻十五・三七〇七）

など多くの「かざす・かざし」の語を使用した歌があり、「かさず」は草木や花、枝葉などを髪・冠に挿すことをいう。「かざす」は「髪（カミ）」＋「さす」の略からとする考えがある。「挿頭」の「挿」は「さす・さしはさむ」ことであるから頭にさす、髪にさす意があると理解してよいだろう。そして「髪」（可美《カミ》）巻五・八〇四）は同音の「神」（可美）（巻二十・四三七四）を想像し「神さす」と理解して「神が宿る」という意ともとれる。植物を髪にさすのは生命力の強いものを身につけようとする感染呪術である。植物ははかりしれない生命力をもっているので神聖視され、その植物によって強い生命力を身につけたものは神事にたずさわることが出来るというのである。

四　入唐使に関する歌

四三四〇番から四三四七番の八首は入唐使に関する歌である。この八首は奈良の春日の地で遣唐大使藤原清河を餞する短歌二首、大納言藤原仲麻呂邸で清河を餞する短歌三首、往年天平五年（七三三）に入唐使に贈った長反歌二首、日付不明の女への悲別短歌一首の四つに分かれている。これを歌の場としてみると春日の地での二首、仲麻呂邸での六首と二つに分かれる構成である。

まず最初に記した二首は、

大船に　ま梶しじ貫き　この我子を　唐国へ遣る　斎へ神たち（巻十九・四二四〇）
春日野に　斎く三諸の　梅の花　栄えてあり待て　帰り来るまで（巻十九・四二四一）

である。四二四〇番は奈良の春日の地で一族出身の遣唐大使、藤原清河の平安を祈った時に詠まれたものである。第二句「ま梶しじ貫き」は大船の装備の安全な航海を述べている慣用表現である。

四二四一番は咲き匂う眼前の梅の花に藤原氏の繁栄を望みながら詠んだ歌である。これはいつ頃詠んだ歌か不明だが伊藤博氏は、(注12)清河が帰朝することが出来ないでいた「宝亀九年（七七八）の頃、唐国で没した。歌が詠まれたのは天平勝宝三年（七五一）の梅花咲く一～二月頃か」と推定している。一方『日本古代氏族人名辞典』には「宝亀四年（七七三）の頃唐国で没した、年五十九か」とある。

大納言藤原家の入唐使等に餞する宴の歌一首則ち主人卿作る
天雲の　行き帰りなむ　ものゆゑに　思ひそ我がする　別れ悲しみ（巻十九・四二四二）

民部少輔多治比真人土作の歌一首

住吉に　斎く祝が　神言と　行くとも来とも　船は早けむ（巻十九・四二四三）

大使藤原朝臣清河の歌一首

あらたまの　年の緒長く　我が思へる　児らに恋ふべき　月の近付きぬ（巻十九・四二四四）

の三首は、大納言藤原仲麻呂の邸に清河氏など入唐使たちを集めて餞宴が開かれた時の歌である。「入唐使等」とあるので藤原家を中心にした宴席であるが、使人たちが多く集まったことが推定されるがどれ位の出席者があったか不明である。

次の四二四三番は予祝歌であるが題詞の「多治比真人土作」について『新編古典文学全集』[注13]は「藤原一門の餞宴に列したのは、当時紫微大忠でもあったため仲麻呂の下僚という関係からか」と言っている。四二四四番の結句「月の近付きぬ」について『新編古典文学全集』は「出発までまだ一年以上もあるのに〈月近付きぬ〉というのは、あとに挙げた四二四七の歌を模し、「母」を「妻」に換えて〈日近くなりぬ〉より余裕を持たせたものか」と説いている所に疑問が残る。こうして一連の前半三首は挨拶歌を含む歌で展開したのであった

天平五年、入唐使に贈る歌一首并せて短歌　作主未詳なり

そらみつ　大和の国　あをによし　奈良の都ゆ　おしてる　難波に下り　住吉の　三津に船乗り
直渡り　日の入る国に　遣はさる　我が背の君を　かけまくの　ゆゆし恐き　住吉の　我が大御

神　船舳に　うしはきいまし　船艫に　み立たしまして　さし寄らむ　磯の崎々　漕ぎ泊てむ
泊まり泊まりに　荒き風　波にあはせず　平けく　率て帰りませ　もとの朝廷に
（巻十九・四二四五）

反歌一首

沖つ波　辺波な立ちそ　君が船　漕ぎ帰り来て　津に泊つるまで（巻十九・四二四六）

阿倍朝臣老人、唐に遣はされし時に母に奉る悲別の歌一首

天雲の　そきへの極み　我が思へる　君に別れむ　日近くなりぬ（巻十九・四二四七）

右の件の歌、伝誦する人は越中大目高安倉人種麻呂これなり。ただし年月の次は、聞きし時のまにまにここに載せたり。

四二四五番から四二四七番までの後半部は、なごやかな場となってさらに感興をもよおす宴席の場となっている。題詞の示す「天平五年（七三三）の入唐使」は、多治比真人広成が大使となって任を果たし、天平七年三月に帰京した。この作品は一行のある妻の立場で詠まれている。題詞脚注には「作主未詳」となっている。この長歌について類似歌があり、その歌について伊藤博氏は[注14]、石上乙麻呂卿が天平十一年土佐に流される折の妻の悲別歌（6・一〇一〇、一〇二一）がそれで、その詩句は、目下の長歌の「かけまくのゆゆし畏き」以下とよく似ている。

と指摘しており、さらに

夫が遠くに遣わされる時の妻の悲歌の原型があって、双方ともそういったものに依拠して詠んだのであるかもしれない。当時、名を秘してはこういう歌を詠む歌人がいたのである。長歌を押し立てている点からして、その人は多分男性なのであろう。

と述べていることに興味を覚える。

また、四二四七番の題詞に「阿倍朝臣老人、唐に遣はされし時に、母に奉る悲別の歌一首」とあるが、前歌四二四六、四二四六番とは逆に四二四四と同じ入唐する人の母親との悲別歌である。この歌の作者「阿倍朝臣老人」は伝未詳。そして「唐に遣はされし時」とある年月などもいつの入唐使の詠か不明である。

さらに四二四〇番から四二四七番までの八首を家持に伝えた越中大目高安倉人種麻呂なども伝未詳。このように未詳、不明の多い作品が伝誦されていて疑問が多いことに注目しておきたい。

五　越中最後の霍公鳥歌

霍公鳥を詠む歌一首

二上の　尾の上の繁に　隠りにし　そのほととぎす　待てど来鳴かず（巻十九・四二三九）

霍公鳥は夏がくると鳴くものと定まっていたのに、四月中旬になっても鳴かないので恨んで詠んだ歌である。万葉集でも霍公鳥の登場は第一位であるし、家持も六十二首の歌を詠んでいる。初句の二上山は、家持にとって「霍公鳥」を隠らせる山であったといえる。「〜を詠む歌」は巻十八・四〇七〇題詞、四一三四題詞　巻十九・四一五四題詞、四一九三題詞などに表出しているが、越中時代の家持歌において最後の作品であり、霍公鳥歌も終焉するのである。四二三九番の結句の「待てど来鳴かず」というのは集中の霍公鳥を詠む歌の慣用表現である。

また霍公鳥に対する鋭い表現力に驚かされるがその特殊性について詠んでいる歌に、

あしひきの　木の間立ち潜く　ほととぎす　かく聞きそめて　後恋ひむかも（巻八・一四九五）

あしひきの　山辺に居れば　ほととぎす　木の間立ち潜き　鳴かぬ日はなし（巻十七・三九一一）

がある。この「立ち潜《く》く」という表現は、家持の用いた独自語であるし、霍公鳥に対してのみ用いられた語である。また鶯に対しては「飛び潜く」という語が使用されている。

……春花の　咲ける盛りに　思ふどち　手折りかざさず　春の野の　繁み飛び潜く　うぐひすの
声だに聞かず（巻十七・三九六九）

山吹の　繁み飛び潜く　うぐひすの　声を聞くらむ　君はともしも（巻十七・三九七一）

これらの「立ち潜《く》く」「飛び潜《く》く」はどのような動作を言うのであろうか。五味智英氏（注15）は「居る、飛ぶとは言わず、〈飛びくく〉〈立ちくく〉といったところに、ツイツイと木の間を飛ぶ鳥の姿をよく捕えた繊細な目がある」と述べ、稲岡耕二氏(注16)は「立ちくく」について

この表現は、専ら視覚に片寄った表現であり、鳥の木の間の動きをこんなに簡潔明瞭に表現している点に、作者の繊細な目と感性を感ずることができる。

と述べている。このように家持の繊細な霍公鳥への描写がよく表現されている。また、霍公鳥が「立ち潜く」鶯が「飛び潜く」と表現されていることについて五味智英氏(注17)は、

おそらく鶯が軽く羽ばたきつつ樹間をくくる場合と、霍公鳥が大して羽ばたかずに木の間を抜けるという相違からそれに応じた表現が為されたものであろう。

と述べている。こうした家持の特殊語句の使用は、霍公鳥や鶯に対する繊細で鋭い観察力から生まれたものであろう。

六　少納言に遷任・帰京

七月十七日を以て、少納言に遷任す。仍《よ》りて悲別の歌を作り、朝集使掾久米朝臣広縄が館に贈《お》り貽《く》る二首

既に六載の期に満ち、忽ちに遷替《せんたい》の運《とき》に値《あ》ふ。ここに旧きを別るる悽《かな》しびは、心中に鬱結《むすぼ》れ、渧を拭ふ袖は、何を以てか能く旱《ほ》さむ。因りて悲歌二首を作り、式て莫忘《ばくぼう》の志を遺す。その詞に曰く

あらたまの　年の緒長く　相見てし　その心引き　忘らえめやも（巻十九・四二四八）
石瀬野に　秋萩凌ぎ　馬並めて　初鳥狩だに　せずや別れむ（巻十九・四二四九）

右、八月四日に贈る。

この二首は、家持が天平勝宝三年（七五一）の七月十七日に少納言に遷任されるという時の歌である。家持のもとに都から使者が持って来た昇任の喜びの報せである。この時住みなれた越中国守の六年目の人事に関する時期を迎えたのである。家持の歌友として活躍していた池主の後任者として協力的な立場にいた久米広縄も二月から税帳使として都に上っていたので越中には不在である。家持は広縄の館におもむき悲別の歌を詠んで送った。この「正税帳使」は本文では「朝集使」となっているが、二月二日の都へ上って行く時（四二三八番左注）や四二五二番の題詞には「正税帳使」となっているから誤りであることは先に述べた。

さて第一首（四二四八番）は別れに際し、今までの親交に感謝する気持が述べられているし、第二首（四二四九番）は最後の交遊を果たすことのできない名残惜しいことを詠んでいる。おそらく親交を深めていた広縄と一緒に狩猟に出かけることになっていたのかもしれない。それが今回の人事移動で都へ上っていくことになった。楽しみにしていた初鳥狩も出来ないままで都へ行くことを惜しんでいる家持の心情が吐露され、広縄に対する親愛の情が理解される。やがていよいよ転任する日が近づいた集中の題詞は八月五日に「京師に入らむとす」と記しているが、前日の四日に「国厨の饌を介内蔵伊美

吉縄麻呂が館に設けて餞す」とある。越の国に対する愛惜の情がつのったにちがいない。そして、

しなざかる　越に五年　住み住みて　立ち別れまく　惜しき夕かも（巻十九・四二五〇）

と詠んだ。これは天平十八年（七四六）七月、初めて越中へ赴任してからまる五年、越中の自然にふれ、春夏秋冬の四季それぞれの美の感動を通じて生活をし、官人生活を送ってきた家持の心情であろう。雪国の静寂を体験した家持は越中の自然の中で国庁を中心として二上山、布勢の水海、立山とその懐しく思う所のことを回想していたであろう。それは望郷の念にも通じている。

また父旅人とその親友として歌の影響を受けた山上憶良のことも考えながら自然の思いにひたっていたであろう。

この越中時代の生活は、家持歌に大きな影響を与えていることは筆者は機会があるごとに指摘してきた。

天平勝宝三年の八月「五日平旦に上道す。仍りて国司の次官己下の諸僚皆共に視送る」と記している。多くの官人たちに見送られて

玉桙の　道に出で立ち　行く我は　君が事跡《ことと》を　負ひてし行かむ（巻十九・四二五一）

と詠んで橘諸兄のいる奈良の都へ出発したのであった。

注1 『万葉集全釈』鴻巣盛広　昭和十年十二月　広文堂
2 「万葉集末四巻歌群の原形態」（『万葉集の構造と成立』下）昭和四九年二月　塙書房
3 『万葉集釈注』巻十九　一九九八年十二月　集英社
4 「いやしけ余其騰」（『大伴家持論攷』）昭和五〇年九月　笠間書院
5 『万葉集全注』巻十九　平成六年四月　有斐閣
6 『万葉集評釈』窪田空穂第一　昭和六〇年八月　東京堂
7 注6に同じ
8 注6に同じ
9 注3に同じ
10 「歌の転用」（『万葉集の表現と方法』上）昭和五〇年二月　塙書房
11 「四人構成の場」（『万葉集研究』第五集）昭和五一年七月　塙書房
12 注3に同じ
13 『万葉集』巻十九（新編日本古典文学全集）一九九六年八月　小学館
14 注3に同じ
15 『古代和歌』一九五一年　至文堂
16 「家持の立ちくく、飛びくくの周辺 万葉集における自然の精細描写試論」（上、下）国語と国文学、昭和三八年二・三月号

17　注15に同じ

（万葉歌は『新編日本古典文学全集萬葉集』を使用。）

中臣宅守狭野弟上娘子贈答歌群
――歌物語・歌語り論の行方――

田中夏陽子

一　はじめに

ここ十年来、中臣宅守狭野弟上娘子贈答歌群に関する研究は少ない。(注1)その理由は、この歌群の研究を押し進めた歌物語・歌語り論という研究方法の行き詰まりのためかと思われる。そのきっかけは、伊藤博氏(注2)が『萬葉集』における歌語りを見出そうとしたことに対し、神野志隆光氏(注3)が論の見直しを提示されたことによるように思われる。しかしながら、それによって歌語り論に終止符が打たれた訳ではない。神野志氏によって『萬葉集』が抱えていた、口承と記載の問題に鋭いメスが入れられただけである。そして、身崎壽氏(注4)により、歌が口承と記載の間を行き来しつつ「書く」という行為によって定着していく姿が、より正確にとらえようとされた。そしてそれは、広い意味での歌物語が、口承から記載へ定着する瞬間を、記載の側から物語としてとらえようとした古橋信孝氏の近著『物語文学の誕生』（角川書店　平成十二年）に繋がっているように思われる。

本稿では、中臣宅守周辺の情勢を見つつ、近代における『萬葉集』研究のあり方と、歌物語・歌語り論の研究史を見直しながら、この贈答歌群の文学史的意義について、検討していきたい。

二　中臣宅守の配流前後

(一) 神祇伯の血筋

中臣宅守という人物に関しての史料は少ない。『萬葉集』と『続日本紀』以外には、比較的信憑性が高いとされる「中臣氏系図」にその名が見られるのみである。

「中臣氏系図」には、中臣意美麻呂の孫で、東人の七子とある。母親の出身は不明。兄弟の中に国守・家守・嶋守という名前が見え、「守」という字にこだわっていたようである。

また祖父意美麻呂・父東人ともに神祇官の長である神祇伯《じんぎはく》であったことがわかる。没年の判明している万葉歌人の中で、最後まで生きていた大中臣の祖である中臣清麻呂も、伯父で神祇伯とある。宅守自身も、流罪から二十数年後の天平宝字七年(七六三)には従五位下で神祇官の次官である神祇大副となる。

「中臣氏系図」によると、宅守には十一人の兄弟がいる。正五位下が伊度麿・古麿・宅守と三人いるが、古麿の神祇官の大祐《だいゆう》より、宅守の大副《だいふく》の方が神祇官の職としては一ランク上なので、神祇官職につく東人の子どもたちの中では宅守が一番出世していることになる。

宅守が神祇大副《じんぎのだいふく》の時の神祇伯は文屋浄三《ぶんやのじょうさん》だったようである。『公卿補任』によると、文屋浄三は、

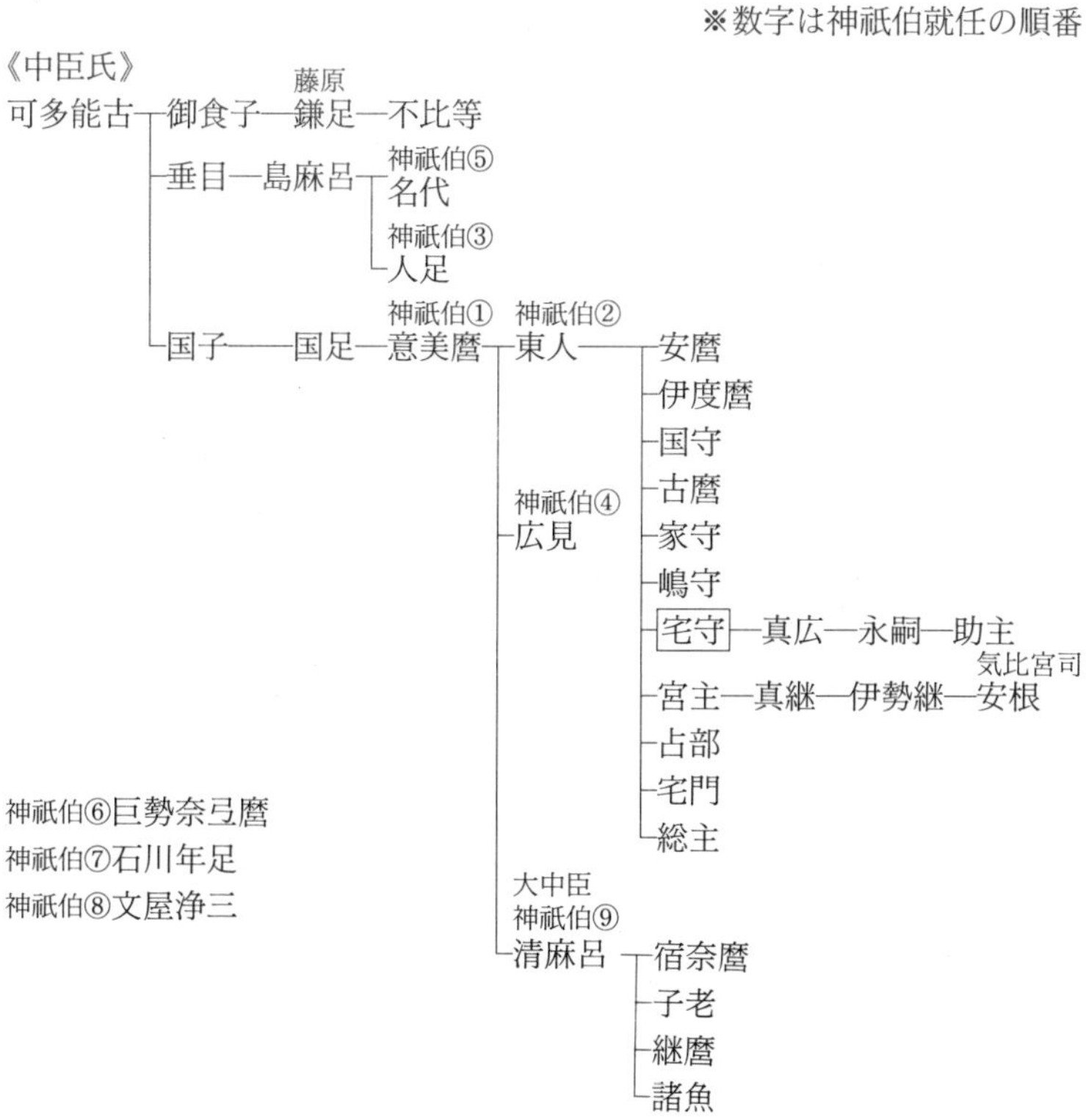

前任の石川人足《ひとたり》が天平宝字六年(七六二)九月に薨した後、十二月一日に神祇伯に就任、同八年九月一日に七十三歳の高齢のため致仕したとある。天武天皇の皇子である長《なが》親王の子で、もとは智努《ちぬ》王といったが、天平勝宝四年(七五二)年九月、臣籍に降り文室の姓を賜わった人物である。『日本紀略』に記す藤原百川《ももかわ》伝によれば、称徳天皇崩

御の後、吉備真備は文屋浄三を皇太子に立てようとしたが固辞したとある。『萬葉集』巻十七によると、元正上皇の中宮西院に雪掃いに奉仕して肆宴《しえん》に参席した。亡き夫人の供養のため、仏足石歌碑を造立したことでも知られる。諸王の中でも有能かつ人望のある人物だったことが想像される。そうしたことから、神職の頂点である神祇伯の任にあったのだろう。しかしながら、神祇官は、中臣氏一族が代々職務を掌握している職種である。伊勢をはじめ、熱田・鹿島・香取・気比・宇佐・香椎・宗像等の地方の神宮・神社の宮司の中には、国司に準じる権限をもつ所もあったようで、そのトップにいるのが神祇伯である。したがって、本来であったら、それらの頂点にたつ神祇伯が実権を握っているところであるが、皇族なので、実務的な実権は次官である中臣宅守の手にあったのではないだろうか。

　そして、宅守は、神祇大副就任の翌年の天平宝字八年(七六四)九月に、藤原仲麻呂の乱に連座して除名となるが、「中臣氏系図」を見ると、子孫はそこで絶え

《宅守の兄弟の官位》

名前	官職	位階
安麿	弾正台　忠	(正六位上)
伊度麿	大蔵省　少輔	従五位下
国守	神祇官　大祐	正六位上
古麿		従五位下
家守	皷吹司《くすい》　佑	(従七位下)
嶋守	信濃国　掾	正六位上
宅守	神祇官　大副	正五位下
宮主	散位	従七位上
占部		
宅門		
総主	壱岐国　守	正六位上

※「中臣氏系図」による。括弧内の位階は推定。

ることはなかったようだ。息子の真広は、父宅守と同じく従五位下で神祇大副となる。また、孫の永嗣は従五位上で下総国守と続いている。東人亡き後の中臣氏は、大中臣の祖となる清麻呂の血筋が主流となるが、そうした中で宅守は東人の血筋を受け継ぐ嫡子的立場にいたのかもしれない。(5)

(二) 越前国配流の時期

後に神祇官の次官にまで出世する宅守であるが、『萬葉集』巻十五に残された六十二首に及ぶ贈答歌群と『萬葉集』の目録によると、若い頃に越前国に配流されている。

天平宝字七年(七六三)に神祇大副だったことを手掛かりに、宅守の伯父で大中臣の祖となる中臣清麻呂と比較してみると、清麻呂は『続日本紀』延暦七年(七八八)七月二十八日条に記載される没年から、神祇大副に四十代で就任していることになる。

天平十五年(七四三)六月　三十日　従五位下中臣清麻呂、神祇大副。(『続日本紀』)
延暦　七年(七八八)七月二十八日　正二位大中臣清麻呂、薨しぬ。八十七歳。(『続日本紀』)

天皇から信望の篤く、正二位にいたる中臣清麻呂が四十代で神祇大副になったとすれば、宅守は清麻呂より早く神祇大副になることはないであろう。したがって、大副就任の二十数年前の流罪当時は二十代から三十代前後であったと思われる。

また、流罪の罪状については、天皇に近侍する女性との結婚に対する罪とも言われるが、次にあげた『萬葉集』巻十五の目録部分の「娶」「夫婦」といった用字等の解釈など複雑なので、ここではあえてとりあげない。(注6)

中臣朝臣宅守の、蔵部の女孀狭野弟上娘子《にょじゅさののおとがみのをとめ》を娶《ま》きし時に、勅して流罪に断じて、越前国に配《なが》しき。ここに夫婦の別れ易く会ひ難きを相嘆き、各ゝ慟《いた》む情《こころ》を陳《の》べて贈答する歌六十三首

（『萬葉集』巻十五・目録部分）

そしてこの事件に関しては、いつ発覚して流罪になり、また帰京はいつなのか、ということが議論されている。現在のところおおむね次のような期間の範囲が想定されている。

まず、帰京の時期については、天平十三年九月恭仁京遷都の祝賀に伴う大赦で全ての人が赦免されたので、『続日本紀』には宅守の名はないが、この時宅守も帰京を許されたということで、ほとんど異論がない。

それに対して、流罪になった時期については、『続日本紀』天平十二年(七四〇)六月十五日の大赦の勅命に、大赦から洩れた人物として石上乙麻呂・中臣宅守らの名前があがっているので、これ以前に流されたことはわかる。さらに、天平十一年(七三九)二月二十六日に大赦があるので、その大赦と天平十二年六月十五日の大赦の間、約一年四ヶ月間のうちに配流はあったとされる。歌の表現から季

天平　八年（七三六）	六月	遣新羅使、難波を出航 （『萬葉集』巻十五「遣新羅使歌群」）
天平十一年（七三九）	二月二六日	大赦
〈中臣宅守の流罪はこの期間か〉		
天平十二年（七四〇）	六月十五日	大赦があるが、石上乙麻呂・中臣宅守は許されず
天平十二年	九月	藤原広嗣の乱
天平十三年（七四一）	一月二二日	神祇伯中臣名代も拘禁か
天平十三年	九月　八日	恭仁京遷都に伴う大赦で流人は全て赦免され、この時に宅守も帰京を許されたか
天平十八年（七四六）	七月	大伴家持、越中国守に赴任
天平宝字七年（七六三）	一月　九日	中臣宅守、従五位下。神祇大副
天平宝字八年（七六四）	九月	中臣宅守、藤原仲麻呂の乱に連座し除名

節まで限定できるのではないかとする論などもあるのだが、大枠ではこの期間と考えられている。

また、流罪中の天平十二年（七四〇）九月に、藤原広嗣の乱が勃発している。遣唐副使の任から無事帰国し、神祇伯をつとめていた中臣名代《なしろ》が、この広嗣の乱に関与していた疑いが持たれていたようである。それは、次の『続日本紀』天平十三年（七四一）年正月条による。

逆人広嗣が支党、且《か》つ捉獲《とら》はれたるは、死罪二十六人、没官五人、流罪四十七人、徒罪三十二人、杖罪一百七十七人。これを所司に下し、法に拠って処《ことわ》る。従四位下中臣朝臣名代、外従五位下塩屋連吉麻呂。大養徳《やまと》宿祢小東人《をあづまひと》ら三十四人は配処に徴《め》す。

（『続日本紀』天平十三年一月二十二日条）

この記事については、傍線部をめぐって解釈が割れている。『続日本紀』（新日本古典文学大系　岩波書店）は、裁判のために小代を含めた三人が配所に赴任したとする。それに対して直木孝次郎氏は、この三人は遣唐副使だった広嗣の父宇合と「律令の学と入唐経験という知的な関心にもとづくグループ」だったため、広嗣を支持する勢力と見なされ、乱発覚後に予防拘禁されていたが、乱の処罰が終わった時点で拘禁されていた配所から放免されたと解釈された（「広嗣の乱後の大養徳小東人ら三人の処遇について」（『続日本紀研究』三一八号　平成十一年二月）。

神祇伯は、この乱の後、天平十三年七月三日(『続日本紀』)に広嗣の乱の功労者で高齢の巨勢奈弖麿《なでまろ》にかわったこと、子代が散位のまま亡くなっていること(『続日本紀』天平十七年九月三日条)なども考えあわせると、直木説に従うべきと思われる。

この広嗣の乱は、宅守が流罪になった原因とは直接関係ないと思われるが、この乱による中臣氏周辺の政治情勢は、神祇伯だった東人の嫡子的存在である宅守の流罪期間等に少なからず影響を与えていたことであろう。巻十五に残された歌々からは、そうした影響をダイレクトに読みとることはできないが、この流罪事件を世間話的に受けとめる当時の享受者層は、そうした時代背景を抜きにしてこの贈答歌群を受けとめることはなかっただろう。

三　近代以降の評価

（一）アララギ派

近代以降の『萬葉集』研究は、歌人たちの、自己表現としての作歌理念を展開していく鑑賞姿勢が、大きな原動力となって発展した面がある。特に、島木赤彦・斎藤茂吉・土屋文明らアララギ派の歌人の『萬葉集』に対する研究意欲には驚嘆させられるものがある。

そうした近代以降の『萬葉集』研究に関しては、品田悦一氏の近著『万葉集の発明』（新曜社　平成十三年）によって、その社会的位置づけが明らかにされた。この研究成果により、『萬葉集』の研究史をたどる際、近代歌人たちによる『萬葉集』観を再確認する必要を少なからず感じるので、品田氏の研究の鍵とでもいうべきアララギ派による宅守娘子贈答歌群の評価をみていきたい。

まず、大正十四年に刊行された島木赤彦の『萬葉集の鑑賞及び其批評』（岩波書店）をみてみる。「はしがき」によると、この本には『萬葉集』から五百四五十首を選び、そのうち二六五首を前編として収録している。後編として収録されるはずの残りの歌は、赤彦の死によって不明のままであるが、前編・後編の「歌品」の差はないと記されている。この贈答歌群からは以下の十七首が選ばれた。

三七二三　三七二四　三七二五　三七二六　三七四五　三七四六　三七四八　三七四九
三七五〇　三七五一　三七五三　三七六七　三七六九　三七七〇　三七七二　三七七四
三七七七　（｜…評釈のある歌）

後編の内容が不明ではあるが、意外に多くの歌が選ばれている。ただし、宅守の歌は一首も選ばれていない。評価の高さは、弟上娘子の歌に対するもので、「末期の歌が中期の緊張を失ひはじめたといふのは、末期中に或るもの、特に家持を中心とした空気中に醸された臭ひであるといふ観が多く、大体に於て、中期から継続して、この期に秀品の多く現れてゐることは前に述べた如くである。特にの狭野茅上娘子の、中臣宅守が流配の時に詠んだ多くの歌の如きは、萬葉集全巻を通じての逸品であり、末期中にあつて気を吐いてゐるといふ概がある。」と絶賛している。傍線は、評釈のある歌だが、それ以外の歌も「どうも棄てるものなきゆゑ、殆ど皆収録した。斯ういふ傑れた女性が萬葉には居る。」と載せている。歌に対する評価を抜粋すると次のとおりである。

○島木赤彦『萬葉集の鑑賞及び其批評』

・君が行くみちのながてを繰り畳ね焼き亡ぼさむ天の火もがも（弟上娘子・三七二四）

（前略）天火あれかしと願望する心が、いかにも激越にして痛切である。その激越な感情が「焼き亡さむ天の火もがも」といふ強い調子に出てゐるため、心と調の間に空虚がなく、非常の感じに人を引き付けることが出来るのである。（後略）

・帰りける人来れりと言ひしかばほとほと死にき君かと思ひて（弟上娘子・三七七二）

（前略）「ほとほと死にき」は非常な句である。萬葉中独歩のものである。そして、小生は、それを写生の究極句であると思うてゐる。

〈三七四六・三七三五・三七六七番歌の三首は歌意の解説のみなので省略〉

次に、土屋文明の発案で昭和十年一月の雑誌『アララギ』（一巻八十二号）に「萬葉集百首選」と題して発表された、会員百名にそれぞれ『萬葉集』から百首を選出させた結果をみてみる。

選出総数は一三三一首。その中の五三九首は一人だけの選である。百人全員に選ばれた歌は一首もない。全体的な傾向として、票は拡散している。

この六十三首の宅守娘子の贈答歌群からは、次の十九首が選ばれている。票が拡散したためであろうか、以外に多く選ばれた。括弧内の数字は、票数である。

三七二三（19）　三七二四（57）　三七二七（2）　三七二八（14）　三七三〇（4）

三七三二（11）　三七三四（2）　三七四五（3）　三七四六（5）　三七四七（2）
三七五一（2）　三七五二（4）　三七五三（5）　三七六七（7）　三七七二（49）
三七七四（4）　三七七六（2）　三七八三（3）　三七八五（3）

――…「萬葉集百首選（其二）」で岡麓・土屋文明が選んだ歌（斎藤茂吉の選ナシ）

一番多くの票を集めたのは、五十七票を得たのは三七二四番歌。次いで多かったのは三七七二番歌で、五十二票。この二首には、半数以上が票を投じたことになる。ちなみに、十票以上獲得した歌は、以下の三首である。

十四票獲得した三七二八番歌と十一票の獲得の三七三二は、『萬葉集の鑑賞及び其批評』において赤彦が選ばなかった歌である。その他、この著作で赤彦が選んだ歌の半数近くが、この百首選では一票も投じられていない。

あしひきの山道越えむとする君を心に持ちて安けくもなし（弟上娘子　三七二三　19票）
あをによし奈良の大道は行きよけどこの山道は行きあしかりけり（宅守　三七二八　14票）
茜さす昼は物思ひぬばたまの夜はすがらに音のみし泣かゆ（宅守　三七三二　11票）

またこの号には、会員百人によって選出された「萬葉集百首選」に続き、「萬葉集百首選（其二）」

と題し、岡麓・斎藤茂吉・土屋文明の三人の選出した百首が掲載されている。総選出歌数は、二一一首で、その内訳は、三人とも票をいれた歌は二十一首、岡・斎藤による選が十首、岡・土屋による選は十三首、斎藤・土屋による選は二十三首、岡のみ五十五首、斎藤のみ四十六首、土屋のみ四十三首である。

この贈答歌群からは、三七三(土屋)・三七六七(岡)・三七七二(土屋)・三七七四(岡)の四首が選ばれた。斎藤茂吉の選はない。二人以上から選ばれた歌もなく、一般会員から一番人気のあった三七二四番歌に三人とも票を投じなかった。一般会員に較べ、この歌群に対する評価が著しく低いといってよい。

しかしながら、「万葉集百首選」から三年後、昭和十三年刊行の『萬葉秀歌』(岩波新書)において、斎藤茂吉は、次の四首を選んでいる。四首とも「萬葉集百首選」で十票以上入った歌である。歌に対する評価は、次のとおりである。

○斎藤茂吉『萬葉秀歌』

・あしひきの山道越えむとする君を心に持ちて安けくもなし(弟上娘子・三七二三)

(評ナシ)

・君が行く道のながてを繰り畳ね焼き亡ぼさむ天の火もがも(弟上娘子・三七二四)

強く誇張していうところに女性らしい語気と情味とが存している。娘子は古歌などをも学んだ形跡があり、文芸にも興味を持つ才女であったらしいから、「天の火もがも」などという語も比較的自然に発したのかもしれない。

・茜さす昼は物思ひぬばたまの夜はすがらに音のみし泣かゆ（宅守・三七三二）

この方は気が利かない程地味で、骨折って歌っているが、娘子の歌ほど声調にゆらぎがない。（中略）それほど響かないのは、おとなしい人であったのかもしれない。

・帰りける人来れりと言ひしかばほとほと死にき君かと思ひて（弟上娘子・三七七二）

この歌は以上選んだ娘子の歌の中では一番よい。

そして、土屋文明の昭和二十九年刊行『萬葉集私注』（筑摩書房）巻十五では、歌群巻頭の三七二三番歌は『萬葉秀歌』同様、作歌事情の説明が大半をしめている。宅守の三七二八については「宅守の作中では、目につく素直な出来である」、三七三二に関しては「此の一首は単純で嫌味がない。民謡的とも言い得られる」と、評価はさほど悪くはない。興味深いのは、次の三七二四番と三七七二番に関する部分である。

○『萬葉集私注』三七二四番の作意部分

（前略）とにかく、表現が誇張的で、現在なら姿体が見えすぎると評さるべき作品であらう。概して此の娘子の作には身振りが多いやうである。時代の尖端を行つて居た女子なのであらう。（中略）宅守と娘子とは、短歌を以て情を抒べたのであるが、その作風にはどこか作意が見えるやうに思ふ。従来此の二人の贈答歌、殊に娘子の作には、讃辞を惜しまぬ者が多いのであるが、注者は必ずしもそれには賛同しない。巧妙といえば巧妙であるが、純真には遠いものの如く感ぜられる。

○『萬葉集私注』三七七二番の作意部分

「ほとほと死にき」は誇張したわざとらしい表現であるが、集中の例には「死なむよ吾が背」「死なむよ吾妹」の如く、強い感動をあらはすに、「死」を引き合に出すのは、寧ろ常套的に見える程であるから、此の歌の場合も、実際贈答に用ゐられても、ひどくわざとらしくは感ぜられなかつたのかも知れない。それにしても、ホトホトを擬声として、胸のわくわくすることに用ゐられれば、其の方が一層自然になり、感銘も立ちまさつて来ることは明らかである。

実作者の立場から、歴史的事実として受け止め、歌にその作者の心情がありのままに表出されているものとして読みとろうとする点は、赤彦・茂吉・文明三者に共通する。しかし、歌に対する鑑賞的評価については、異なる部分が大きい。

特に、弟上娘子の歌にみられる誇張表現についての評価の差が著しい。赤彦は絶賛し、茂吉は「強く誇張していうところに女性らしい語気と情味とが存している」「この歌は以上選んだ娘子の歌の中では一番よい」とそれをおおむね受け止めている。しかし文明は、そうした「誇張」であることをよしとせず、非常に評価が低い。この評価の低さについては、『私注』巻十五の後記で自ら「宅守等唱和の作については、これを高く評価しようとする考方も少くないのであるが、私は、それ等の作品をも、寧ろ否定的に取扱ふこと、遣新羅使人等の作品に対するのと、稍同様の見方を取つた。これについては、異見もあることであらうと思ふ」と、赤彦の「萬葉集全巻を通じての逸品」とする評価と対極的評価をする。

アララギ派の歌人たちは、自己の理念の展開のために『萬葉集』を研究していくうちに、理念と相反する別の姿をかいま見るようになっていった。その結果、茂吉のように理念に叶うものを拾い上げて論じていくようになるか、あるいは文明のように、論理に合わない歌は切り捨てていくようになるのである。この贈答歌群の場合、次で詳しく述べるが、何らかの他者による創作意図が加わっているとする学説も既に唱えられている。文明の『私注』の評は、アララギ派の写実主義をピューリタン的に押し進めたことと、『萬葉集』研究の進歩の結果だと思われる。

アララギ派の歌人が何をもって真実味のある写実とするかは、弟上娘子の歌の評価を見ればわかるように歌人や歌人の生きた時代によって著しい温度差がある。それにもかかわらず、そうしたアララギ派の鑑賞的評価は、この贈答歌群をはじめ、有間皇子自傷歌をはじめ大津皇子臨死歌など、『萬葉集』の物語性のある歌に対する実作・虚構を論じる際に、近年まで強い影響を与えていたのである。

(二) 折口信夫

アララギ派の歌人らと同時代を生きた国文学者で歌人でもある折口信夫は、どのようにみていたか確認しておきたい。

大正五年刊行『口訳萬葉集』をみると次のように評している。

○『口訳萬葉集』（『折口信夫全集』五巻　中央公論社）

・三七二三（娘子）　表現法が奇抜だ。傑作。

・三七二四（娘子）　烈しい情熱で、かよわい女の身に、神懸りしたやうな歌である。傑作。

・三七三二（宅守）　（評ナシ）

・三七七二（娘子）　（評ナシ）

後に茂吉らアララギ派の歌人たちがよしとする娘子の「ほとほと死にき君かと思ひて」（三七七二）については、評釈をしていない。

この贈答歌群に対して折口信夫には、大正十五年頃草稿の「相聞の発達」と題した論文がある。その中で折口は、傑作と評したした娘子の三七二四番歌について、「情熱の極度とも見える。が一方、劇的の興奮・叙事脈の誇張が十分に出てゐる。（中略）悲痛な恋愛、不如意な相思、靡爛した性欲、――かう言う処に焦点を置くのは、民謡の常である。」と、誇張表現の源を、自己の感情が表出したものとせず、劇的・叙事詩的な民謡の流れを汲むものとする。

この論文は、次に抜粋したように、この歌群について、実作風に見える様相があるが実は作り物であると説き、第三者による代作説を唱えている。

今日の我々は、背景を知らずに見るから、ばらっどとしての誇張と、純粋な劇的の構造にうつかりひつかかつて了ふのである。時代が創作時代・抒情詩時代に入つてゐるのだから、都近くから出たばらっどが、如何にも修練と昂奮とで技巧を突破した作物らしい色を見せる様になつてゐいる。

（中略）

宅守相聞の如きは、単に文人意識のある有識者の手で作られたものと言ふより、ほかひゞとの補綴によつてなつた「組み歌」なること、ずつと後世の世阿弥の如き専門家の手で出来た、意識的に旧叙事詩を改作・補綴したものではないかと思ふのである。

（折口信夫「相聞の発達」『折口信夫全集』一巻）

また、左の昭和十五年四月十一・十二日「大阪毎日新聞」掲載のこの贈答歌群に関する論を見ると、おおよそのところ、折口は口承文芸の介入を前提とした第三者による代作説ととらえていたことがわかる。

（前略）歌があまりにも文学であり過ぎる。もしこゝに詞書さへあれば、立派な小説の体裁である。竹取物語の如き立派な歌物語が生まれさうである。これも宅守と娘子とが実際かけ合ひで作つたかどうか、頗疑問であらう。或は誰か別人が、このてまを取り扱つて創作したものとも考へられるのである。とにかく、語部は自分の通過する諸国の土地々々に物語を落し、その物語のてまは、その土地の人によつて取り上げられ、文学作品を生み、或はその土地の歴史的事実となつたことが、甚多いと思ふのである。

（「上代の日本人」『全集』八巻　初出「大阪毎日新聞」昭和十五年四月十一・十二日）

こうした折口信夫の研究は、折口信夫の薫陶を受けた山本健吉・池田彌三郎による昭和三十八年刊行の『萬葉百歌』（中公新書）に、次のように凝縮している。

○山本健吉・池田彌三郎『萬葉百歌』

・あしひきの山道越えむとする君を心に持ちて安けくもなし（弟上娘子・三七二三）

「歌群の第一首目として、叙事詩的な価値を十分に示している。」（池田）

「今やまさに山越えにかかろうとする、といった、一種の活弁口調に似たものが感じられる。まざまざと眼に浮かべているかのように、切実感を強調して、聞き手の心をそそるのである。」（山本）

・君が行く道のながてを繰り畳ね焼き亡ぼさむ天の火もがも（弟上娘子・三七二四）

「情熱が過重な技巧によって露出している点を高く見るかどうか、ということになるが、『焼きほろぼさむ天の火もがも』の情熱を心の底に沈潜させた『心に待ちて安けくもなし』の方が、一段と、歌としては秀れているとみるべきだろう。」（池田）

・わが背子が帰り来まさむ時のため命残さむ忘れたまふな（弟上娘子・三七七四）

「この歌の持っている、情熱を深く沈潜させた諦観といった表情は、そうした大赦にもれたような経験を思わせる。」（池田）

「『ほととほと死にき』は突然の驚きのために、まさにあやうく息がとまるところだった、というのであり、しかも、誤解であったことがわかっての大きな失望がこの歌によって、相手に訴えられている。この歌が、娘子の情熱の頂点であり、その高潮が深く心の底におさえられて、『わが夫子が』の歌をなしたものと思われる。」（池田）

・塵泥《ちりひぢ》の数にもあらぬ我れ故に思ひわぶらむ妹がかなしさ（宅守・三七二七）

「わたしのためにこんな思いをさせるのがすまない、という気分が出て来ている、としておられる（と、折口信夫の言葉を引用。括弧内筆者による注）」（池田）

「『塵泥の数にもあらぬ』というのがまず弱々しく聞える。だが、詩歌は何も強いばかりが能ではない。娘子の歌に対して、宅守の歌が劣るとは思えないが、さればと言って、一首抜くとなると迷ってしまう。だが、この歌のごとき、感情の微を捉えようとしているところ、やはり萬葉末期の特色をよく生かしている。」（山本）

「独立した詩としては弱く、悲劇的な背景を頭に置いて、初めて鑑賞に乗ってくるところがある。源氏物語の歌が、物語の文脈の中では抜きさしならない適切さを持つが、一首としての独立性が希薄なのといくらか似ている。」(山本)

この『萬葉百歌』のスタンスは、山本健吉が序文に自ら記したごとく「アララギ流の鑑賞的な態度はもとより、国文学界の訓詁的な態度とも、激しく対立し合うものであった」折口学のもとに書かれたところにあり、そのことによって他の萬葉集関連の入門書類との差別化がはかられている。茂吉の『萬葉秀歌』を意識していることは言うまでもない。

そうしたスタンスは、この贈答歌群の評にもよくあらわれている。具体的には、『萬葉秀歌』が歌群の歌を単品的に扱っているのに対し、『萬葉百歌』は「二人の作として仮託されたものだったとも思われ、全体として効果をねらった誇張した表現が多いが、古風な力強さを失っていず、興味ある連作をなしている。」(山本)と、歌群の歌を全体の流れの中でとらえようとしている。また、そうした歌群としてのまとまりを、「多くの男もしくは女が寂しい流離の生活に身をおかねばならなかった、という歴史的事実があったこと、さらにそうした境遇を語る叙事詩があったことを思う必要がある。そしてそういう境遇を伝えた叙事詩を聞くことが、古代の日本人の心に、文学心を育てていったことを思うべきである。」(池田)と、悲劇性を帯びた古代の叙事詩の流れを汲むものと解釈をする。

そして、娘子の歌の誇張表現については、「私は誇張的表現をかならずしも棄てない。だが、娘子の相聞歌の誇張と、初期万葉歌の誇張とに、やはり根本的な相違を感じる。外的な場によって要請された誇張と、作歌動機に成心の入りこんだ誇張との違いである。健康な感受性における誇張と、感受性の頽廃としての誇張とである。感性の質の違いは、時代の相違をも物語っている。家持の近代的な感性の裏には、頽廃がある。それを救っているのは、彼の知性である。」（山本）と、萬葉歌の時期による誇張表現の質の差を言及している。

(三) 歌物語論

さて、そうした物語性を重視したこの贈答歌群の解釈については、昭和二十四年に益田勝実氏が「上代文学史稿案（二）」（『日本文学史研究』四）で提唱した歌語り論を契機に、伊藤博氏が『萬葉集』研究によって大きく展開させた。

現在、歌語り・歌物語とは、主に、上代・中古文学を中心として使われる文学史用語で、ストーリーに歌が含まれる作品のことを指す。作品の中における歌と地の文の比重等により、歌語りと歌物語という語には使い分けがされている。『歌語り・歌物語事典』（勉誠社 平成九年）がまとめられたことにより、研究は一応の収束段階にあるように思う。その中で中田武司氏（「『歌語り』・『歌物語』の発生と展開」）等の論を参考に、「歌語り」「歌物語」の定義と差異についてまとめると、おおよそ次のようになる。

・歌語り…歌謡や和歌に付された左注を基盤としており、口承性が強い。
・歌物語…和歌集の題詞や詞書を基盤として早くから文字化して享受された。
　※「歌物語」という用語は、歌語り・歌物語等を含めた広義の意味で使用される場合も多い。

歌とその説明部分(題詞・詞書・左注)の位置関係によって定義づければ右のようになるが、作品中の機能の面から、後藤祥子氏は次のように区分する。

・歌語り…既存の歌を解説しあるいは詠歌事情を説明する語り。
・歌物語…歌を最高潮の部分に据えた短編物語。
(「歌語りと歌物語」『和歌文学講座4　古今集』勉誠社　平成五年)

そして、大局的には「歌語り」の代表が「大和物語」、「歌物語」の代表が「伊勢物語」ととらえられ、「歌語り」から「歌物語」へと展開していったとするのが一般的である。しかしながら、細かくみていくと、それぞれの作品内において、歌物語的なるもの、あるいは、歌語り的なるものが混合しているとみる方が穏当であろう(青木賜鶴子「〈物語歌の検討〉」『国文学』三九巻十三号　平成六年十一月)。

現在、歌語り・歌物語論は、おおむねこのような共通見解を得るに至っているが、益田勝実氏の「歌物語の方法」（古典とその時代Ⅴ『説話文学と絵巻』三一書房　昭和三十五年）によれば、その研究の起源は、大正十年頃に池田亀鑑が私家集の諸本研究をもとに提唱したところに始まるという。その後、昭和五年に折口信夫が「歌及び歌物語」（『全集』一巻）で民俗学的視点によった口承性の介入を提示し、その延長線上に益田勝実氏の歌語り論がある。

益田氏の歌語り論は、古代後期、すなわち平安朝以後を対象にした。折口の論が民俗学から傍証されるのに対し、益田氏は『紫式部集』や『源氏物語』にみられる「古代後期の貴族社会の人々が歌とそれにまつわる話を口伝えで語っていた事実」（『説話文学と絵巻』）を例証とした。そして、上代文学の中の記紀歌謡やそれに類する民衆の歌から区別し、貴族社会が生み出した王朝の歌物語文学の成立過程を論じている。しかしながら、『萬葉集』の歌がよまれた時代に、すでに存在していた貴族社会の中で発生した歌については論じていない。

益田氏が『萬葉集』における歌語りを論証しなかったのは、中古文学にみられる歌語りの用例のような「貴族社会の人々が歌とそれにまつわる話を口伝えで語っていた事実」を、上代文学の中では例証できないからであろう。それを例証しようとしたのが、伊藤博氏である。

伊藤氏は、昭和三十七年「歌語りの影」（『万葉集の表現と方法』上　所収）で、『萬葉集』にみられる「伝読・伝誦型左注」「左注的題詞」は、歌がその歌に関する由来等の口承伝承を伴って伝来している様子を伝えるものとした。しかしそれに対して、昭和五十二年に神野志隆光氏は(注7)、伊藤氏のあげた家持の『萬葉集』末四巻にみられる「伝誦」型の左注は、家持が古歌を書きとどめたことを示す以上のものではなく、それを「歌語り」と呼ぶと、歌を口頭で伝えること、伝誦歌はすべて「歌語り」になってしまうとした。また、伊藤氏が「左注的題詞」にみられる助辞「也」を、中古文学における「なむ」の役割と同じ語りの特徴とすることに対して、六朝・初唐詩の表現様式であると批判された。

伊藤氏の例証に対する神野志氏の「記載する」「書く」という行為の次元でとらえるべきだとする批判について、昭和五十七年に身崎壽氏(注8)は、書く次元の作品だということがその背後に歌語りが存在したことの否定にはならないとしたその上で、神野志氏の論を、七世紀の貴族文化形成の機運のなかで、記載のうたが出現し、母胎でもある口誦のうたと交差しつつ展開して、一回的な文学状況をつくりだしていったことを指摘したものだと評価した。そして、口誦のうたと記載のうたとは相互媒介的にかかわり、記載のうたに対する口誦の説話の存在を想定され、記載文学と口承文学が行き来する歌の伝承の場を想定された。そして、平成十二年刊行の古橋信孝氏の『物語文学の誕生』では、『萬葉集』巻十六を中心に、文学史的視点から物語を書くことの発生を論じられた。

折口・益田説の延長線上にある伊藤氏は、『萬葉集』の中に口承されていた物語「歌語り」を見出そうとし、その伊藤氏の論をきっかけに、神野志氏・身崎氏は、『萬葉集』の中の口承と記載が交錯する様相をとらえようとした。それに対し古橋氏は、あくまでも『萬葉集』にすでに記載された形で存在する物語の「文体」をキーにして物語が記載されることによって誕生する場を論じている。

『萬葉集』の歌物語論は、当初は中古和歌との比較から論が始まったため、『萬葉集』の歌の口承性が強調され、したがって「歌語り」論が中心に議論された。しかしながら、近年の研究においては、記載文学の枠で『萬葉集』をとらえる方が一般的であり、古橋氏の『物語文学の誕生』が、「歌語り」ではなく「歌物語」について論じているのは、以上のような研究の流れの中にあるからだろう。

（四）歌物語論からみる宅守娘子贈答歌群

そうした現時点での『萬葉集』における歌物語論の視点で、宅守娘子贈答歌群についてみてみた場合どのようなことがいえるか考えたい。

この歌群に対する文学史的評価については、『萬葉集全注』（有斐閣）巻第十五を担当した吉井巌氏が、次のように述べてられており、的を射た評価だと思われる。

（前略）おおむね時間を追うて並べられており、そこには歌群全体にわたる構成と主題とがあって、歌をよみ進むうちに、読者の胸中に事の経過に従う人々の心情についての興味や共感が呼び起こされるような配慮が施されているという意味で、両者の歌々は後の物語の持つ効果を狙った特殊な歌群であると言える。集中これだけの規模を持ち、かつ他の要素を混じえず、内容も、幻想的世界や昔の時代のそれでなく、現在の人間的感情を中心に置いての現代の物語であり得ている巻は、この巻十五以外にはない。その点で、巻十五は日本文学史上画期的な試みをなし得た巻と言うことができよう。

（『萬葉集全注』巻第十五）

そうした「日本文学史上画期的な試みをなし得た」という評価を得るに至った巻十五に含まれるこの歌群のバックボーンに、益田氏のいう「世間話的歌語り」や、伊藤氏がいう「宮廷ゴシップ」があったことは、奈良朝の官僚貴族社会の成熟を思えば、王朝時代を待たずして想像されてよいことだと思われる。また、そういう形で伝承されながら文芸性を育てていった噂話は、口承文芸としてのみ存在したのではなく、身崎壽氏が述べられたように、記載と口承の間を行き来によって、より文芸性の高いものへと変容していった。その結晶とでもいうべきものが、日本文学史上例を見ないこの六十三首という長大な構成を有する贈答歌群なのであろう。

そして、この贈答歌群にみられる、歌の由来を題詞や左注ではなく目録部分に詳細を掲載するという方式も、奈良朝というまだ和文が未発達の中において、如何に文芸的に記載すべきか試行錯誤を重ねた結果、編み出された方法だった。

さらに、極力漢文体を排除し、歌のみによってつづられたことにより、この歌群は、単なる世間話的な宮廷ゴシップから、男女の普遍的な悲恋の悲劇性を語るにふさわしい文芸性ある作品に昇華を遂げていることが注目される。

具体的にはこの歌群は、流罪という特殊な状況設定にもかかわらず、誰しもが経験する恋の苦しみを共感できる歌々としてまとめられている。六十三首には、男女の悲恋の諸相が網羅的に散りばめられているといってよい。天平の恋歌の集大成とでもいうべき歌群となっている。

本来、物語というものは、尋常でない状況を語り歌ってこそ、その意義を果たしていた。しかし、この歌群の場合、流罪・罪人という異常な境遇がなくても、歌を単独でよみ進めていける。この歌群が描きたかったものは、尋常ならざる悲恋ではなく、この歌の享受層、奈良朝の律令官人層が体験するような、悲恋の苦しみなのである。それは青木生子氏が、「恋ふ」「思ふ」「泣く」「命」といった用語の面から、この歌群が人麻呂歌集歌や作者未詳歌群（主に巻十一・十二）の相聞歌と近似しており、正述心緒風に顕著していると指摘するところである。（注9）

また、この歌群が記載された時代は、都と地方との行き来が盛んになった時代でもある。旅というものが官人層においては一般化した結果、恋の苦しみの代表的素材として旅というものが大きく取り上げられるようになった。記紀歌謡にみられるような神々や皇子たちの道行きのような、時間と距離を超越した旅ではない。誰しもが体験するような現実の旅であり、そうした旅における普遍的な苦しみが描かれている。だからこそ、この歌群の大きな特徴である歌に対する作歌事情は目録にあるレベルでよく、多くを語る必要がなかったのであろう。

そうした普遍化された歌々によって支えられている一方で、諸氏がいわれるように、軽太子物語などの記紀の悲恋歌物語をイメージの底にたたえている。普遍化された恋歌と、折口信夫が叙事詩と表現したような記紀歌謡の悲恋の物語の話型に支えられることによって、この歌群は、単なる悲恋の恋歌から、『萬葉集』における配流を題材とした悲恋物語文学の頂点へと上り詰めていったといって過言ではないだろう。

折口がこの歌群の伝承に「巡游伶人」の影をかいま見、アララギ派の歌人たちは「写実」か「誇張」か歌の評価で揺れ動いた。物語性・文芸性を兼ね備えつつ、実作の真実味を有し、それでいて舌足らずな素朴さをがある玉虫色をしたこの贈答歌群は、口承と記載との間を行き来することにより、日本文学史上、一回的・奇跡的に生み出され、その姿を『萬葉集』に残したのである。

注1　平成元年から発表されたこの歌群に関する主な論文としては、浅見徹「中臣宅守独詠歌」『万葉』一六九号（平成十一年四月）、橋本達雄「万葉集の悲恋―中臣宅守と狭野弟上娘子の贈答歌」『悲恋の古典文学』（世界思想社 平成九年）、広岡義隆「山川隔る恋―中臣宅守と狭野弟上娘子」『万葉集相聞の世界』（雄山閣 平成九年）、松尾光「中臣宅守の配流」『高岡市万葉歴史館紀要』七号（平成九年三月）、佐藤知子「『蔵部女嬬』考―中臣宅守・狭野茅上娘子贈答歌論序説」『いわき明星文学・語学』三・四号（平成七年三月）、遠藤宏「中臣宅守と狭野弟上娘女」『和歌文学講座』三巻（勉誠社 平成五年）、大谷治「中臣朝臣宅守と狭野茅上娘子の贈答歌群について」『神戸学院女子短期大学紀要』二十六号（平成五年三月）、同「中臣朝臣宅守と狭野茅上娘子の歌の虚構性について」『神戸学院女子短期大学紀要』二十三号（平成二年三月）などがある。

2　伊藤博「第三章　万葉の歌語り」『萬葉集の表現と方法』上（塙書房 昭和五十年、初出「万葉の歌語り」『言語と文芸』二十号 昭和三十七年一月、「歌語りの世界」『国語と国文学』三十九巻十号 昭和三十七年十月、「歌語りの方法」『万葉』八十七号 昭和五十年三月）

3　神野志隆光「十四　伊藤博氏の『歌語り』論をめぐって―」「十五　『伝云』型と『歌語り』」『柿本人麻呂研究』（塙書房 平成四年、初出同題『日本文学』二十六巻五号 昭和五十二年五月、同題『万葉集を学ぶ』六集 有斐閣 昭和五十三年）

4　身崎壽「左注的題詞型と歌語り」『万葉集を学ぶ』七集（有斐閣　昭和五十三年）、「〈うた〉と〈散文〉―万葉時代の歌語り再論―」『日本文学』三十一巻五号（昭和五十七年五月）

5　中臣宅守の神祇大副に関しては、『万葉集歌人事典（新装版）』（雄山閣　平成四年）「中臣朝臣宅守」の項に、大久間喜一郎氏の言及がある。

6　この歌群の昭和年間の研究については、『万葉集歌人事典（新装版）』（雄山閣 平成四年）や、『万葉集研究入門ハンドブック』（雄山閣 昭和六十三年）の廣岡義隆氏「中臣宅守茅上娘子贈答歌群」、森淳司氏「狭野弟上娘子」「中臣宅守」の項目に詳しいので、参照されたい。

7　前掲注3

8　前掲注4

9　青木生子「『君が行く道の長手』―配流の文学―」高岡市萬葉歴史館叢書9『萬葉びとと旅』（高岡市万葉歴史館　平成十年）

（『万葉集』『続日本紀』の引用は、中西進編『万葉集』（講談社）、新日本古典文学大系『続日本紀』（岩波書店）に拠ったが、私意で改めたところもある。）

国境《くにざかい》の池主、家持の国境

——《越中萬葉》の「越前」——

新谷秀夫

はじめに

大伴家持と坂上大嬢との「相聞往来」（巻四・七三七題詞）のなかに、つぎのようなやりとりがある。

かにかくに　人は言ふとも　若狭道《わかさぢ》の　後瀬《のちせ》の山の　後《のち》も逢はむ君　（坂上大嬢　巻四・七三七）
後瀬山　後も逢はむと　思へこそ　死ぬべきものを　今日までも生《い》けれ　（家持　七三九）

あれこれと人が噂するでしょうが、「若狭道の後瀬の山」の名のように、のちにお逢いしましょうとうたう大嬢に対して、家持は「後瀬山」を枕詞に、のちに逢おうと思っているからこそ死なずに今日まで生きながらえてきたのだと答える。

ここでうたわれている「後瀬山」は、若狭国府のあった遠敷《おにゅう》郡、現在の福井県小浜《おばま》市の市街地南方にある「城山」のことだと考えられている。したがって、のちに越中守に任ぜられ、いわゆる《越中萬葉》の中心人物として活躍する家持が《越》とかかわる初出例はこのやりとりであると主張してもさしつかえないかもしれない。

しかし、じつは家持や大嬢が後瀬山を実見していた可能性ははなはだ低い。中西進氏は『全訳注』で、七三七番歌の「後瀬の山」に注して「国府（小浜市府中）の西南にあって都人に知られた」という見解を提示されているが、用例が前掲の二首のみであることを鑑みると、そう言い切るにはいささか心許ないように感ずる。（注1）ましてや「都人に知られた」ことがそのまま実見を証するにいたらないことは明白である。また、大嬢が若狭の特産物とともに歌を家持に贈った可能性を推定された安田純生氏もやはり、後瀬山を実見していなかったと考えておられるようである。（注2）

「後に逢ふ」を導くための序詞をただよみこむのならば、

鴨川《かもがは》の　後瀬《のちせ》静《しづ》けく　後も逢はむ　妹《いも》には我《われ》は　今ならずとも　（巻十一・二四三一）
高湍《たかせ》なる　能登瀬《のとせ》の川の　後も逢はむ　妹には我は　今にあらずとも　（巻十二・三〇一八）

という歌が『萬葉集』に存することを鑑みると、あえて「若狭道の後瀬の山」である必要性は乏しいと言わざるをえない。それゆえに、家持と大嬢が「後瀬山」を序詞・枕詞のなかで使用する理由がきっと存するにちがいないのだが、残念ながらいまのところそれを証する確固たる根拠を筆者は持ちあわせていない。「都人に知られた」とまではいかなくとも、ふたりのなかでは共通理解しえた地であったことだけは確かであると述べおくにとどめ、実質的に家持が《越》にかかわることとなるのはやはり、いわゆる《越中萬葉》を待たなければならなかったと考えておきたい。

さて、天平十八年（七四六）に越中守に任ぜられてから天平勝宝三年（七五一）に少納言として都へと戻るまでの五年間を家持は、まさに《越》の地で過ごした。その家持の詠歌を中心に、いわゆる《越中萬葉》と称される歌々が『萬葉集』（以下たんに萬葉集と記す）には残されている。もちろんその名が示すように、大半はまさに越中の地でよまれた歌々であり、うたわれた素材の多くも越中にかかわるものである。本稿では、そのような越中萬葉歌のなかではめずらしく「越前」にかかわる歌をとりあげ、山田永氏が「萬葉集の中の福井」と題する論文[注3]においてすでに概観的ではあるが考察を加えておられるのを参考としつつ、いささか卑見を提示したい。

一　「越前国掾」池主

天平十九年（七四七）五月二日の日付を有する歌（巻十七・四〇〇八〜四〇一〇）を最後として約二年間の空白ののち、池主は「越前国掾《こしのみちのくちのじょう》」としてふたたび《越中萬葉》に登場する。なお、都から田辺福麻呂を迎えた折りの天平二十年（七四八）三月の宴席に「掾久米朝臣広縄」という記録が存することから、池主はこれ以前に越中から越前に転出したものと推測されている。

越前国掾大伴宿禰池主が来贈《おこ》せたる歌三首

今月十四日を以《もち》て、深見村《ふかみのむら》に到来し、彼《そ》の北方を望拝《ばうはい》す。常に芳徳を思ふこと、いづれの日にか能《よ》く休《や》まむ。兼ねて隣近《りんきん》なるを以て、忽《たちま》ちに恋を増す。加以《しかのみにあらず》、先の書に云《い》はく、暮春《ぼしゆん》惜しむべし。膝《ひざ》を促《ちかづ》くること未《いま》だ期《き》せず、生別の悲しび、それまたいかにか言はむと。紙に臨《のぞ》みて悽断《せいだん》し、状《じやう》を奉ること不備なり。

三月十五日、大伴宿禰池主

一、古人の云はく

月見れば　同じ国なり　山こそば　君があたりを　隔《へだ》てたりけれ　（巻十八・四〇七三）

一、物に属《つ》けて思ひを発《おこ》して

桜花《さくらばな》　今そ盛りと　人は言へど　我はさぶしも　君としあらねば　（四〇七四）

一、所心《しよしん》の歌

相思はず　あるらむ君を　怪しくも　嘆き渡るか　人の問ふまで　（四〇七五）

天平二十一年（七四九）三月に、越前と越中の境に近い「深見村」（いまの石川県津幡《つばた》町付近）にやってきた池主が家持のもとへ贈った書簡と歌である。同様な池主の書簡と歌は、同じ年の天平勝宝に改元してからの十一月十二日の日付を有する四一二八〜四一三一番歌と十二月十五日の日付を有する四一三二〜四一三三番歌というように、この年に集中的にあらわれる。とくに十二月の贈歌には、駅使《やくし》を迎ふる事に依《よ》りて、今月十五日に、部下加賀郡《かがのこほり》の境に到来《いた》る。面蔭《おもかげ》に射水《いみづ》の郷《さと》を見、恋《れん》緒《しょ》深見村に結《むす》ぼほる。身は胡馬《こば》に異《こと》なれども、心は北風《ほくふう》に悲しぶ。月に乗じて徘徊《たもとほ》れども、曾《かつ》て為す所無し。……

という書簡が付されており、三月と同じく「深見村」にかかわることは注目に値しよう。

ところで、《越中萬葉》に記録された越前国掾としての池主の詠作は、これら家持への三回の贈歌のみである。しかし、池主の答歌は残っていないが、家持から池主への贈歌というのも《越中萬葉》には存する。

我のみに　聞けばさぶしも　ほととぎす　丹生《にふ》の山辺《やまへ》に　い行き鳴かにも　（巻十九・四一七八）

天平勝宝二年（七五〇）の「四月三日に、越前判官大伴宿禰池主に贈る霍公鳥の歌、感旧《かんきう》の意《こころ》に勝《あ》へずして懐《おもひ》を述ぶる一首」と題する長歌の第一反歌である。ここでうたわれる「丹生の山」は、越前の国府のあった福井県武生《たけふ》市付近の山を漠然とさしたものと考えられている。

…ますらをを　伴《とも》なへ立てて　叔羅川《しくらがは》　なづさひ上《のぼ》り　平瀬《ひらせ》には　小網《さで》刺し渡し　速き瀬に　鵜《う》
を潜けつつ　月に日に　然《しか》し遊ばね　愛《は》しき我が背子《せこ》
（巻十九・四一八九）

叔羅川　瀬を尋《たづ》ねつつ　我が背子は　鵜《う》川《かは》立たさね　心なぐさに　（四一九〇）

同月九日の「水鳥《う》を越前判官大伴宿禰池主に贈る歌一首」と題する長歌末尾と第一反歌である。ここでうたわれる「叔羅川」も、近年の注釈類いずれも国府のあった武生市を流れる日野川のことかと推測する。

　このように、家持が越前にいる池主のもとへ贈った歌々では越前国府付近の地名がうたわれるのに比して、じつは越前国掾である池主はまったく地名をうたわない。《越中萬葉》における家持の地名への関心の深さ（注4）を鑑みると、ふたりの歌人の個性によるとも考えられようが、むしろ筆者は《越中萬葉》の記録にかかわる問題と考えている。

　正税帳使《しやうぜいちやうし》掾久米朝臣広縄事畢《をは》り任《にん》に退《まか》る。適《たまさか》に越前国掾大伴宿禰池主が館《むろつみ》に遇《あ》ひ、仍《よ》りて共に飲楽《いんらく》す。ここに久米朝臣広縄萩の花を矚《み》て作る歌一首

君が家に　植ゑたる萩の　初花《はつはな》を　折りてかざさな　旅別《わか》るどち　（巻十九・四二五二）

　大伴宿禰家持が和《こた》ふる歌一首

立ちて居《ゐ》て　待てど待ちかね　出でて来《こ》し　君にここに逢ひ　かざしつる萩　（四二五三）

家持が少納言として都へ戻る途中、つまり《越中萬葉》の掉尾にも越前国掾池主は登場する。池主

の詠歌は存しないが、家持と池主の交友関係が越中と越前にわかれたあとも続いていたことは確かである。その間の事情について神堀忍氏が、「両人の交情の表出、交信の公表を憚る政治的な配慮が、記録の空白・欠落を生んだのではあるまいか」というひとつの推測も試みられているが、「かつての真摯で切実な文学的な交渉よりも、お互いにもっと余裕のある関係も生じていた」とし、「所在を移したことで二人の間には屈折した関係が生じた」と指摘されている(注5)のが正鵠を射たものと感ずる。

おそらく越前においても池主は詠歌をつづけていたはずで、そのなかに越前の地名をうたったものも存したと推定するのもあながち誤りではあるまい。しかし、それが《越中萬葉》に記録されないのは、越前と越中という地理的な隔たりがおおいにかかわったのであろう。また同時に、神堀氏が指摘されるようなふたりの関係の変化も作用した可能性も考えうる。そのようななかで、《越中萬葉》に記録された池主の三回の贈歌のうちのふたつまでもが「深見村」にかかわることの意味について考えてみたい。

二　池主の「深見村」

弘仁十四年（八二三）に「加賀国」が建置されるまでは、前節で掲出した十二月の書簡に「部下加賀郡」と記されてあるように、いまの石川県の南半分、いわゆる加賀地方は越前国に所属していた。ちなみに家持が越中守であった時代の石川県の北半分のいわゆる能登地方は越中国であったので、「深見村」はまさに越前と越中の境にきわめて近しい場所であった。

この深見村で池主は、「常に芳徳を思ふこと、いづれの日にか能く休《よ》まむ《や》。兼ねて隣近《りんきん》なるを以て、忽《たちま》ちに恋を増す」（前節掲出三月十五日付の書簡）と越中にいる家持への思いを書簡に託す。また、「面蔭《おもかげ》に射水《いみづ》の郷《さと》を見、恋緒《れんしよ》深見村に結《むす》ぼほる。身は胡馬《こば》に異《こと》なれども、心は北風《ほくふう》に悲しぶ。月に乗じて俳佪《たもとほ》れども、曾《かつ》て為す所無し」（前節掲出十二月十五日付の書簡）と、満月に誘われてさまよい歩いても、なつかしい越中は面影に見えるのみで、まさに「為す所無し」であったともしたためる。これらふたつの書簡から、限りなく越中に近しい深見村にあって池主は、山並みが立ちはだかるさまを眼前にして、なおさらに越中にいる家持とのあいだにある種の隔絶感を感ぜざるをえなかったことがうかがえよう。

四度使《よどのつかい》として上京する途上に越前を通過する可能性も存する家持に比して、令の規定（「関市令」1欲度関条など）に従えば、とりたてた公用でもない限り池主は越中の地に足を踏み入れる可能性はきわめて低かったものと推察しうる。したがって、

桜花《さくらばな》　今ぞ盛りと　人は言へど　我はさぶしも　君としあらねば　（巻十八・四〇七四）

と、桜が満開だという越前にあっても「我はさぶしも君としあらねば」とうたう池主には、

我《わ》が背子《せこ》が　古き垣内《かきつ》の　桜花　いまだ含《ふふ》めり　一目見に来《こ》ね　（四〇七七）

と答えた家持の「一目見に来ね」という誘いはかなわぬことだったと言っても過言ではあるまい。
ところで、家持にもこのような池主に近しい思いを述べた歌が存する。前節で第一反歌のみ掲げた天平勝宝二年の「四月三日に、越前判官《じよう》大伴宿禰池主に贈る霍公鳥の歌、感旧《かんきう》の意《こころ》に勝《あ》へずして懐《おもひ》を述ぶる一首」と題する長歌である。

我《わ》が背子《せこ》と　手携《てたづさ》はりて　明け来《く》れば　出《い》で立ち向かひ　夕されば　振《ふ》り放《さ》け見つつ　思ひ延《の》べ
見和《みな》ぎし山に　八《や》つ峰《を》には　霞たなびき　谷辺《たにへ》には　椿《つばき》花咲き　うら悲《がな》し　春し過ぐれば
ほととぎす　いやしき鳴きぬ　ひとりのみ　聞けばさぶしも　君と我《あれ》と　隔《へだ》てて恋《こ》ふる　礪波山《となみやま》
飛び越え行《ゆ》きて　……
（巻十九・四一七七）

ここで家持が「君と我と隔てて恋ふる」とうたっている「礪波山」こそが、池主が「君があたりを隔て」（巻十八・四〇七三）る山とうたう越前と越中の境の山である。いまの倶利伽羅《くりから》峠あたりをふくむ、まさに富山県と石川県の県境にあたる。おそらく当時の北陸道はこの礪波山を越える「礪波路」であった(注6)と考えられ、礪波山が越中と越前の境と考えられていたことは、

天平感宝元年五月五日に、東大寺の占墾地使《せんこんぢし》の僧平栄等《へいえいら》に饗《あへ》す。ここに守《かみ》大伴宿禰家持、酒を僧に送る歌一首

焼き大刀《たち》を　礪波の関に　明日よりは　守部《もりへ》遣《や》り添《そ》へ　君を留《とど》めむ　（巻十八・四〇八五）

の歌からも推定しうる。さらには、

あをによし　奈良を来離《きはな》れ　天離《あまざか》る　鄙《ひな》にはあれど　我《わ》が背子《せこ》を　見つつし居《を》れば　思ひ遣《や》る
こともありしを　大君《おほきみ》の　命《みこと》恐《かしこ》み　食《を》す国の　事《こと》取り持ちて　……　礪波山　手向《たむけ》の神に　幣《ぬさ》
奉《まつ》り　我《あ》が乞《こ》ひ禱《の》まく　……　（巻十七・四〇〇八）

と、「税帳使」（巻十七・三九九五題詞）として上京する家持に贈った池主歌でもうたわれている。池主だけでなく家持もまた礪波山を越中・越前の国境と認識していたことはまちがいないように感ずるが、とりわけ越前国掾に転出した池主にとっては、まさに越えることのかなわぬ境として意識されていたのだ。そのことについて、つぎの池主・家持の贈答の差異によって確認してみたい。

月見れば　同じ国なり　山こそば　君があたりを　隔《へだ》てたりけれ　（巻十八・四〇七三）

という池主歌の「同じ国なり」には、越前も越中も《越》としてひとつであるはずなのに…という思いがこめられていると見て大過あるまい。そして、この歌に照応する家持の答歌は、

あしひきの　山はなくもが　月見れば　同じき里を　心隔てつ　（四〇七六）

とある。池主が「君があたりを隔てたりけれ」と地理的な隔絶感をうたうのに対して、心までも山が隔ててしまったと家持がうたっていることに注目すべきであろう。つまり、《越》として「同じ国」であるとうたいながらも、池主はやはり礪波山をもって越前と越中は別の国であるという地理的な隔絶感、つまり《国境《くにざかい》》を強く意識していた。だからこそ池主は「彼《そ》の北方を望拝《ぼうはい》す」「心は北風《ほくふう》に悲しぶ」と書簡に書き記すように、家持歌（巻十九・四一七七）の題詞の言を借りると、ひたすらに越中への「感旧《かんきう》の意《こころ》に勝《あ》へずして懐《おもひ》を述ぶる」に始終したのであろう。

それに対して、家持は「心隔てつ」と非難めいた歌を贈る。伊藤『釋注』が当該の家持歌について「相手をなじる恋歌の形」と解されているが、たんに「恋歌の形」だけでは家持が「国」を「里」とうたいあらためたことの説明としてはやや心許なく感ずる。

律令の地方行政区画として国・郡につぐ下位区分である「里（郷）」は、本来「人家のあるところ。聚落。」（『時代別国語大辞典　上代編』）の意である。家持は、たとえ越前と越中であっても《越》であることに変わりないのだから、その「同じ国」を取り立てて言挙げする池主に対して、「同じ越の国のなかの里なのに」となじったわけである。さらに、

はしきやし　間近《まぢか》き里の　君来《こ》むと　おほのびにかも　月の照らせる　（巻六・九八六）

里遠《どほ》み　恋ひわびにけり　まそ鏡　面影去《さ》らず　夢《いめ》に見えこそ　（巻十一・二六三四）

などの萬葉歌が存するように、萬葉集での「里」はとくに「恋人の住むところ(注7)」として「なつかしく思慕する場所(注8)」であるようにうたわれる場合が多い。前掲の「四月三日に、越前判官《じょう》大伴宿禰池主に贈る霍公鳥の歌、感旧《かんきゅう》の意《こころ》に勝《あ》へずして懐《おもひ》を述ぶる一首」と題する長歌のなかで「君と我《あれ》と隔《へだ》てて恋《こ》ふる礪波山《となみやま》」（巻十九・四一七七）とうたうことを鑑みると、家持にとって礪波山は越中と越前の境という地理的な用件よりも、むしろ恋人の住むところを隔てるものとしての意識に優っていたように見てとれるであろう。そして、このふたりのやりとりにおける礪波山をめぐる意識の差異に、神堀氏の述べるところの「屈折した関係」のあらわれを鑑みてもあながち誤りではないように感ずるのである。

そのすべてを掲出したわけではないが、越前国掾池主から家持への三回の贈歌と家持から池主への二回の贈歌、さらに家持帰京時の池主の館における宴席歌というように、《越中萬葉》において「越前」にかかわる歌は、やはり家持と池主との交友関係のなかであらわれる。このようなふたりの贈答歌群についてはすでに西一夫氏が詳細な検討を加えておられる(注9)のを参照願い、本稿では、同じ《越》であるとたがいに解しながらも、池主の書簡の言を借りれば「隣近《りんきん》」である越前と越中の境にあたる礪波山を介して、池主はひたすらに大きな隔絶感をいだいていたことを確認しておきたい。さらに、このような池主に比して家持は、礪波山に対して《国境》意識がうすかったのではないかと思われる痕跡も指摘してみた。

それでは家持はどこを《国境》と意識していたのか。じつは《越中萬葉》にはあと一首「越前」にかかわる家持の詠歌が存する。家持の《国境》意識を考えるために、次節ではその歌について考えてみたい。

三　家持の《国境》

巻十八の巻頭に、天平二十年（七四八）三月二十三日にはじまる、都から田辺福麻呂を迎えた折りの宴席歌がならぶ。その掉尾には、おそらく福麻呂送別の宴であろうか、二十六日に久米広縄の館でおこなわれた宴席の歌が記されている。

　掾久米朝臣広縄《じょうくめのあそみひろつな》が館《むろつみ》に、田辺史福麻呂《たのべのふびとさきまろ》に饗《あへ》する宴の歌四首

ほととぎす　今鳴かずして　明日越えむ　山に鳴くとも　験《しるし》あらめやも　（巻十八・四〇五二）

　右の一首、田辺史福麻呂

木《こ》の暗《くれ》に　なりぬるものを　ほととぎす　なにか来鳴《きな》かぬ　君に逢へる時　（四〇五三）

　右の一首、久米朝臣広縄

ほととぎす　こよ鳴き渡れ　灯火《ともしび》を　月夜《つくよ》になそへ　その影も見む　（四〇五四）

可敝流廻《かへるみ》の　道行《ゆ》かむ日は　五幡《いつはた》の　坂に袖振《そでふ》れ　我《われ》をし思はば　（四〇五五）

　右の二首、大伴宿禰家持

前の件の歌は、二十六日に作る。

四首のうち三首までもがホトトギスを素材とする詠歌である意義についてはすでにいくつかの指摘（注10）があるので参照願うこととし、本稿ではむしろ、そのなかで唯一ホトトギスを素材としない最後の歌にみえる越前の地名「可敝流」「五幡」に注目したい。

唯一ホトトギスを素材としない詠歌であるという点では唐突の感もぬぐえないが、むしろ、実際には送別の宴席歌としてもっとも機能した歌であったとみてとることに大過あるまい。さらに、一首目の福麻呂歌にみえる「明日越えむ山」とも照応させており、宴席を締めくくる歌として充分な役割を果たしていたものと思われる。

ところで、福麻呂のうたう「明日越えむ山」について『新編全集』は「翌日帰京するのに越えて行く礪波山などをさしていうか」と注する。同様の指摘はすでに鴻巣『全釋』・『總釋』（尾上八郎）・窪田『評釋』・武田『全註釋』などにもみられたが、いずれも確固たる根拠が示されているわけではない。越中国府からの帰京を鑑みて「明日越え」る山となれば、当然越前との境にあたる「礪波山」であろうとの解釈と推察されるが、伊藤『釋注』が「別離の歌にいう「明日」は厳密な意味ではなく、字面どおりに解してはならない」と指摘されていることも看過できない。

ただ同じ伊藤『釋注』がつづけて「この句によって、福麻呂の帰京が明日・明後日頃であることがわかる」とも述べておられるように、この詠歌ののちまもなく福麻呂は帰京の途についたことはまちがいない。そのような帰京まもない宴席の場で、とりたてて遠く離れた山をうたったと解するよりも、むしろ越中国府に近しい山をうたったとするほうが穏当であろう。前節で検討してきたことを鑑みると、やはり帰京の途上における《国境》を福麻呂は意識していたものと解すべきと思われる。するとやはり礪波山である可能性はきわめて高い。

そのような福麻呂歌と照応させつつ宴席の締めくくりでうたわれる歌は、やはり越前と越中の境を素材とするほうが適当かと思われ、たとえば家持みずからも別の送別の宴では、

天平感宝元年五月五日に、東大寺の占墾地使《せんこんぢし》の僧平栄《へいえいら》等に饗《あへ》す。ここに守《かみ》大伴宿禰家持、酒を僧に送る歌一首

焼き大刀《たち》を　礪波の関に　明日よりは　守部《もりへ》遣《や》り添《そ》へ　君を留《とど》めむ
（巻十八・四〇八五）

とうたう。しかしながら、福麻呂の送別にあたって家持は、はるか遠く越前と近江の境に近しい地をうたったことは看過できない。

このことについては、

越前の五幡の坂から袖を振つても、越中まで見える道理はないのであるが、別離の名殘を惜しむには、袖を振るのが當時の習慣であつたから、心持の上からこんなこともいつたのであらう。
（佐佐木『評釋』）

帰る者を惜しむ心持である。地名は、作者も經來つた所で親しみがあるにしても、「袖振れ」は、遠すぎて少しわざとらしくひびく。カヘルの地名に「歸る」を言ひかけ、その方の意を重く見て居るのかも知れない。「袖振れ」が地理的に不自然になつたのは、その爲であらうか。

（土屋『私注』）

などのやや否定的な解も存するが、伊藤『釋注』の

越中から都へ上る途中の地名を、惜別の情にちなんで呼び込んだもので、懸詞に託された離別への悲しみは巧みというべく、一群の結びの歌としてふさわしい。

という指摘がむしろ正鵠を射たもののように思われ、『新編全集』頭注の

・可敝流　↓　カヘルという山名に動詞帰ルの意を匂わし、家持は福麻呂の帰京を羨む気持を込めて言ったのであろう。

・五幡の坂に袖振れ　↓　越中から一五〇キロメートルも離れていて、「袖振れ」は名残を惜しむ気持から誇張して言ったと思われる。

という具体的な説明がそれを補うものとしてある。

ただ伊藤『釋注』が指摘されるように、この詠出歌の背景として越中時代の家持の「地名または名詞への関心」を取りたてただけでは、この詠歌の本質を捉えるにはいささか心許ないように感ずる。

山田永氏の

家持にとってそこが越前であったことは問題ではなく、カヘル・イツハタという地名の音が重要

だったのである。
は極言だが、たんに「可斂流＝帰る」「五幡＝いつの日かまた」という掛詞に力点があったのではなく、福麻呂の送別にあたって、あえて越中の《国境》ではなく、はるか遠い越前と近江の境へと思いをはせた確固たる理由がそこには存したと考えなければならないのではなかろうか。つまり、家持にとっては「越前」の地、しかもまさに《越》を離れる地でなければならなかったのではないかと思われるのである。

その点で、武田『全註釋』の

五幡の坂は、都から下るのに、これを越えると、いかにも越の地に深く入つたという感を與えるものがあり、また逆にこれを越えると、北國との別れだという感じがあつたのだろう。そういう作者の經驗がこの歌を成している。そうしてひとり北國に殘される心を間接に表現している。

という【評語】は看過できない指摘であろう。

……　ほととぎす　来鳴《きな》かむ月に　いつしかも　早くなりなむ　卯《う》の花《はな》の　にほへる山を　外《よそ》の
みも　振《ふ》り放《さ》け見つつ　近江道《あふみぢ》に　い行《ゆ》き乗り立ち　あをによし　奈良の我家《わぎへ》に　ぬえ鳥《どり》の　う
ら嘆《な》けしつつ　下恋《したごひ》に　思《おも》ひうらぶれ　門《かど》に立ち　夕占《ゆふけ》問ひつつ　我《あ》を待つと　寝《ね》すらむ妹《いも》を
逢《あ》ひてはや見む
（巻十七・三九七八）

天平十九年（七四七）三月二十日によまれた「恋緒《れんしょ》を述ぶる歌一首」と題する長歌の末尾である。ここで家持は、越中から妻の待つ奈良への旅路において、とりたてて「近江道にい行き乗り立ち」とうたっている。これは近江を過ぎれば都（畿内）であるという意識がおおいに働いていたからだと以前指摘したことがある。(注11)

凡《おほよ》そ畿内は、東《ひむがし》は名墾《なばり》の横河《よこかは》より以来《こなた》、南は紀《き》伊の兄山《せやま》より以来、西は赤石《あかし》の櫛淵《くしふち》より以来、北は近江の狭々波《さざなみ》の合坂山《あふさかやま》より以来を畿内国《うちつくに》とす。

（『日本書紀』孝徳天皇紀・大化二年正月条）

いわゆる「改新之詔」にみえる畿内の範囲についての記述である。ここで近江は畿内の北端の出口の国として位置づけられているが、このことは同時に畿内への北の入口の国でもあることをも意味しよう。とりてて家持が「近江道」とうたう背景には、この近江という国にいたることで《越》の地を離れることを強く意味したからではないかと考える。

「可𢽼流」は、「福井県南条郡今庄《いまじょう》町の一部。昭和二十六年(一九五一)まで鹿蒜《かいる》村の名があった。JR北陸本線北陸トンネルの東北出口に当る」（『新編全集』「地名一覧」）地であり、「五幡」は敦賀《つるが》市の五幡があたると考えられている。この間の北陸道については鴻巣盛廣『北陸萬葉集古蹟研究』（宇都宮書店　昭9・12　復刻版はうつのみや　昭55・6）が詳細に検討し、可𢽼流―大桐《おおぎり》―杉津《すいづ》―五幡―

田結《たゆい》—敦賀であったと指摘されたのに注釈類はしたがう。(注12) 昭和三十七年に北陸トンネルができるまでの北陸本線の路線にほぼ一致する行路である。(注13) まさに「険峻の道」（伊藤『釋注』）であり、そののち敦賀を経て近江の国へは、ふたたび山並みを越えてゆく。山また山の《国境》の地の、まさに《越》側からの出口として「可敝流」・「五幡」はあった。

後述するように敦賀から杉津までは海上路を通った可能性も存することから、福麻呂は可敝流—五幡—敦賀とたどる陸路を通らなかったことも想定しうる。そうすれば、伊藤『釋注』が指摘されたように、あえてそれらの地名を家持がうたったのは「地名または名詞への関心」によるとするのが穏当となろうが、本稿では、むしろそこに家持の《国境》意識が働いたことを指摘してみたい。

前節で越中と越前の境にある「礪波山」について検討したおりに指摘したように、池主と家持とではやや異なる《国境》意識が存したと考えられる。実質的には越前と越中のあいだにもしっかりと《国境》が存したのは確かで、家持もそれを認識していたことはまちがいない。しかし、家持にはむしろ大きく《越》の地をめぐる《国境》意識が働いていた可能性を考えるべきであろう。

「明日越えむ山」とうたった福麻呂に応えて家持は、さらに都に近づいた「可敝流廻の道行かむ日」をうたうことで《越》の地との本格的な別離を表現したかったにちがいない。そして、越中から一五〇キロメートルも離れた「五幡の坂」で「袖振れ」とうたう。伊藤『釋注』が指摘されるように、まさに「見納めの峠」で「袖を振って最後の別れを惜しむ」歌は、近江国に下るときに額田王がよんだ歌（巻一・一七〜一八）や人麻呂のいわゆる「石見相聞歌」のうちの一三三番歌など、萬葉集において枚挙にいとまはない。「地理的に不自然」（土屋『私注』）で「見える道理はない」（佐佐木『評釋』）ことをあえてうたう家持は、まさに「ひとり北國に残される心を間接に表現」（武田『全註釋』）したかったのだ。

いま一度煩瑣をいとわず引用させていただくが、

五幡の坂は、都から下るのに、これを越えると、いかにも越の地に深く入つたという感を與えるものがあり、また逆にこれを越えると、北國との別れだという感じがあつたのだろう。そういう作者の經驗がこの歌を成している。そうしてひとり北國に殘される心を間接に表現している。

という武田『全註釋』の発言こそが、まさにこの家持歌の本質をとらえたものであろう。しかも、この歌にこそ家持の本質的な《国境》意識があらわれているとよみとるべきと筆者は考えている。

家持の越中赴任時の歌が残されていないため、「作者の經驗がこの歌を成し」たとするにはいささか心許なさも感じられよう。そこで次節では、このことを証するために萬葉集にみえる「越前」の歌について考えてみたい。

四 「馬そつまづく」塩津山

越中赴任時の家持歌は残されていないが、萬葉集には《越》への旅にかかわる歌がいくつか存する。

八田《やた》の野の　浅茅色付《あさぢいろづ》く　愛発山《あらちやま》　峰《みね》の沫雪《あわゆき》　寒く降るらし　（巻十・二三三一）

この巻十「冬雑歌」におさめられた作者未詳歌でうたわれる「愛発山」とは、

福井県敦賀市にある山。近江から越前に越える北陸への要路にあたり、当時愛発の関が置かれていた。この山から北が北陸道となる。　（伊藤『釋注』）

という地である。この歌については阿蘇『全注』が【考】で、

作者がかつて愛発山を越えて旅をした経験の持ち主であったとすれば、公務とはいえ、痛烈な体験であったろうから、特に愛発山は印象の強い所であったに相違ない。作者は、単に愛発山の峰の沫雪を想像しているだけではなく、かつての愛発山越えを記憶に呼び戻しているのである。

という正鵠を射た解を示されている。しかしながら、愛発山を越えて《越》へと旅することが「痛烈な体験であった」からだけでは、愛発山をうたった説明としてやや心許ないようにも感ずる。あえて愛発山へと思いをはせた作者の思いは、単純にその地が「印象の強い所であった」からだけではなく、そこがまさに《越》への入口にあたることを強く意識していたからにちがいない。

笠朝臣金村《かさのあそみかなむら》が塩津山《しほつやま》にして作る歌二首

ますらをの　弓末《やずゑ》振り起《おこ》し　射《い》つる矢を　後《のち》見む人は　語り継《つ》ぐがね　（巻三・三六四）

塩津山　うち越え行《ゆ》けば　我《あ》が乗れる　馬そつまづく　家《いへ》恋ふらしも　（三六五）

角鹿《つのが》の津《つ》にして船に乗る時に、笠朝臣金村が作る歌一首并《あは》せて短歌

越《こし》の海の　角鹿の浜ゆ　大船《おほぶね》に　真梶《まかぢ》貫《ぬ》き下《お》ろし　いさなとり　海路《うみぢ》に出《い》でて　あへきつつ　我《わ》が漕ぎ行けば　ますらをの　手結《たゆひ》が浦に　海人娘子《あまをとめ》　塩焼《しほや》く煙《けぶり》　草枕《くさまくら》　旅にしあれば　ひとりして　見る験《しるし》なみ　海神《わたつみ》の　手に巻かしたる　玉だすき　かけて偲《しの》ひつ　大和島根《やまとしまね》を　（三六六）

反歌

越の海の　手結が浦を　旅にして　見ればともしみ　大和偲ひつ　（三六七）

石上大夫《いそのかみだいぶ》の歌一首

大船に　真梶しじ貫き　大君《おほきみ》の　命《みこと》恐《かしこ》み　磯廻《いそみ》するかも　（三六八）

右、今案《かむが》ふるに、石上朝臣乙麻呂《いそのかみのあそみおとまろ》、越前《こしのみちのくち》の国守《くにのかみ》に任ず。けだしこの大夫《だいぶ》か。

和《こた》ふる歌一首

もののふの　臣《おみ》の壮士《をとこ》は　大君の　任《ま》けのまにまに　聞くといふものそ　（三六九）

右、作者未《いま》だ審《つばひ》らかならず。ただし、笠朝臣金村が歌の中《うち》に出づ。

三六八番歌の左注に信をおけば、石上乙麻呂の越前守赴任にしたがって笠金村が越前に下向した折りの歌々である。前節でも指摘しておいたように、「角鹿の津にして船に乗る時」の歌（三六六～三六七）から鑑みると、当時の北陸への行路のひとつとして「角鹿」（敦賀）から「海路に出でて」越前国府へと進む方法が存したことは推察しうる。家持の越中赴任時もこの場合と同じい可能性は高いが、いま

は行路の問題は措いて、金村がまさに望郷歌の常套にしたがい、「手結が浦」の美景を「旅にしあればひとりして見る験なみ」とうたいつつ「偲ひつ大和島根を」（三六六）、「大和偲ひつ」（三六七）とうたっていることに注目したい。

海原《うなはら》の　沖辺《おきへ》に灯《とも》し　いざる火は　明《あ》かして灯せ　大和島《やまとしま》見む　（遣新羅使人　巻十五・三六四八）
名ぐはしき　印南《いなみ》の海の　沖つ波　千重《ちへ》に隠《かく》りぬ　大和島根《やまとしまね》は　（人麻呂　巻三・三〇三）
天離《あまざか》る　鄙《ひな》の長道《ながち》ゆ　恋ひ来《く》れば　明石《あかし》の門《と》より　大和島見ゆ　（人麻呂　巻三・二五五）

往路（前二例）と復路（後一例）の違いは存するが、いずれも海路の旅にあって大和への望郷をうたっている。とくに人麻呂の二例がいずれも畿内への西の入口に近しい地にてうたわれていることは看過できない。おそらく金村もまた《越》の入口にあって人麻呂に通ずる思いを抱いたのではなかろうか。前節でもふれたが、越前国府から敦賀を通過して近江へといたるあたりは、山また山の、まさに「険峻の道」（伊藤『釋注』）がつづく《国境》の地である。「険阻な陸路を行くよりは、比較的波静かな敦賀湾内を舟航する方が楽だった」[注14]ことはまちがいないが、たとえ楽であろうともいままさに《国境》の地にあることは強く意識されたことであろう。金村の望郷歌は、まさに《国境》にいたからこそうたわれたものと解すべきだと考える。

ところで、福麻呂送別の宴において家持がうたった「可敝流《かへる》」・「五幡《いつはた》」の地がまさに《越》から都への入口にあたるとするならば、逆に、都から《越》への入口として意識されたのが「塩津山」だと思われる。

塩津山　うち越え行《ゆ》けば　我《あ》が乗れる　馬そつまづく　家恋《いへ》ふらしも　（巻三・三六五）

滋賀県伊香《いか》郡西浅井《にしあざい》町の塩津浜から沓掛《くつかけ》を経て敦賀に越えるいわゆる「塩津越え」は、まさに湖西線ができる以前の関西から北陸への経路にあたる。「塩津山」とはこの塩津越えの山をさすものと考えられている。塩津山を越えようとするとき、乗っていた馬が突然「つまづく」。その理由として「家恋ふらしも」と金村はうたう。

この歌の解をめぐっては、契沖『代匠記』が初稿本で〈家人が旅人を思うから〉としながらも、精撰本では〈旅人が家を思うから〉というまったく逆の説を提示したため、注釈類はこの両説のあいだでゆれてきたが、近年は〈家人が旅人を思うから〉と解して、馬が「つまづく」のはそのためだとする俗信の存在を比定する説をとる傾向が強い。

いずれも「つまづく」を、「歩く時、足が物に当た（って、よろけ）る」（『新明解国語辞典』第四版）の意に解しているが、近年吉田比呂子氏は萬葉集における「つまづく」の意が誤解されていることを指摘された（注15）ことに注目したい。

妹《いも》が門《かど》　出入《いでいり》の川の　瀬を速《はや》み　我《あ》が馬《うま》つまづく　家思《いへおも》ふらしも　（巻七・一一九一）

来《く》る道は　石踏《いしふ》む山も　なくもがも　我《あ》が待つ君が　馬つまづくに　（巻十一・二四二一）

当該の金村歌とこの二首が、馬が「つまづく」とよむ歌である。氏はこれらの歌にみえる「つまづく」という動作が「馬が躍り上がる跳ね馬のことで馬が「タブル・狂」こと」をあらわすことを、「つまづく」と「けつまづく・くゑつまづく」および「タブル（倒）」と「タブル（狂）」の語史・解釈史をたどるなかで証された。

白たへに　にほふ真土《まつち》の　山川《やまがは》に　我《あ》が馬なづむ　家恋《こ》ふらしも　（巻七・一一九二）

これは前掲する一一九一番歌とならべておさめられた歌であるが、ここで「我が馬なづむ」とうたわれていることも看過できない。「障害となる物に妨げられて行きかねる。難渋する。」（『時代別国語大辞典　上代編』）の意をあらわす「なづむ」と「つまづく」が近しい動作としてうたわれることを鑑みると、「つまづく」をいわゆる「蹴躓《けつまず》く」意で解するよりも、さきへと進むのを拒むためにあたかも狂ったかのように跳ね上がる馬の動作をあらわすと考えたほうが、これらの歌を解するにふさわしいと感ずる。「瀬を速み」・「来る道は石踏む山」など、まさに馬が進むのを拒む理由がそれぞれにうたわれていることも注意すべきであろう。

三三番歌でうたわれる「真土の山川」とは、

奈良県五條《ごじょう》市上野町《こうずけ》から和歌山県橋本市隅田町《すだ》真土に越える小山。廃藩置県後、この山の西を流れて吉野川に注ぐ落合川を県境と定めたが、以前は真土山の頂が紀和国境であったという。

（『新編全集』「地名一覧」）

と説明されるように、大和と紀伊のまさに《国境》の地である。さきの金村歌にみえる「塩津山」に近しい地なのである。具体的な障害物がうたわれているわけではないが、この歌と金村歌の場合、馬が「つまづく」理由はまさに《国境》にあったと考えるべきではなかろうか。その点で、近年の注釈類が〈家人が旅人を思うから〉と解するのは首肯しがたい。筆者としては「家恋ふらしも」の主体は旅人だけでなく馬もふくめて解するべきだと考えたい。なれ親しんだ「家」を離れて恋しく思うのは人間だけではなかろう。ことばを持たない馬であっても、未知の地へと歩を進めるのはやはり「なづむ」にちがいない。

そのような望郷の念をうたうのが、まさに《国境》であった。だからこそ、《越》への入口「塩津山」にあって金村は、まさにその思いを馬の「つまづく」さまでうたったのである。越前へ下向する金村と同様に、さらに北に位置する越中へと赴任した家持もおそらく《越》の《国境》を強く意識したにちがいない。残念ながらその折りの歌はまったく萬葉集に残されていないが、福麻呂送別の宴席において「可敝流《かへる》」・「五幡《いつはた》」をうたったことが、じつは金村歌で確認してきた《国境》意識のうらがえしのあらわれではないかと指摘しておきたい。

さいごに

ＪＲの特急列車の高速化が進み、高岡からは東京・名古屋・大阪のいずれも三時間程度で行き来できるようになった。東京へは越後湯沢駅で在来線から上越新幹線に乗り換えるが、越後湯沢駅を出発したあとの新幹線は、「大清水トンネル」をはじめとしてしばらくトンネルばかりがつづく。春まだ早いころ東京へ向かうとき、最後のトンネルを抜けると突然青空がひろがるのにまぶしさを感じることがある。この時季の日本海側と太平洋側の空の色の違いをまざまざと見せつけられる瞬間で、川端康成『雪國』の冒頭を逆に体現することとなるのだ。

名古屋方面から来る北陸本線と関西方面から来る湖西線は、まさに「塩津山」あたりで合流しつつ敦賀駅にいたり、「北陸トンネル」へと進む。冬に名古屋・関西方面から高岡へもどって来るとき、このトンネルを抜けるとあたり一面銀世界という光景がかならず目に飛び込んでくる。こちらはまさに『雪國』の冒頭を体現しているわけである。しかも、高岡・金沢・福井など、このトンネルよりも北に位置する都市にほとんど積雪が残っていない時季になっても、このあたりはまだ銀世界ということが多い。

さて、現在日本一長い鉄道トンネルは「青函トンネル」（昭和六十三年供用）だが、それ以前はさきにもふれた上越新幹線「大清水トンネル」だった。そして、昭和三十七年開通の「北陸トンネル」は、十年後に山陽新幹線「六甲トンネル」が開通するまで長く日本一を誇っていたのである。

両親の仕事の関係で、学校の長期休暇になるといつも富山県氷見市にある母の実家ですごしていた。小学二年からはひとりで行き来するようになったが、いつもこの北陸トンネルの長さになぜか注目していたように思う。じつはいまでもトンネルに入る瞬間は、ポータブルプレイヤーで音楽を聴いていようとも、読破しようと持ってきた新書や文庫に集中していようとも、ふと緊張の糸が切れたように、暗くなった車窓の外へと意識がうつってしまう、風景が見えるわけでもなく、ただ車内の明かりによって映し出された自分の姿を目にするだけなのに。たぶんトンネルの長さを実感したいだけなのかもしれない。

「住み慣れてしまつたふたつの街を分かつ八分弱の北陸トンネル」　いつも北陸トンネルを通過するときに感じていたことをよんだ拙詠である。幼いころから数限りなく富山と大阪を行き来してきた筆者にとっては、この長いトンネルこそが《国境》だった。富山へ向かうときにトンネルを抜けて今庄のあたりが目に飛びこんでくると「田舎に来た」と実感していた。逆に大阪へ向かうときは敦賀駅に到着すると「そろそろ大阪だ」と意識しはじめる。「そろそろ」と記したのは、このあとまたトンネルがつづいたあと琵琶湖を目にしたときになおさら「大阪」を実感するからだ。

　個人的な感慨を並べたててきたが、じつは万葉歴史館に勤めるなかで《越中萬葉》を少しずつよむようになって気になり出していたことのなかに、福麻呂送別の宴における家持歌（巻十八・四〇五五）があった。後世になると越前の歌枕として確固たる地位を確立する「可敝流《かへる》」・「五幡《いつはた》」という地名にも興味をそそられたが、なぜこのような歌を越中でよんだのかを解するのに苦しんでいた。伊藤

『釋注』が指摘される「地名または名詞への関心」という視点は、あきらかに後世の歌枕としての位置づけが背景にあるもの言いのように感ずる。用例の乏しいものをすぐさま「歌枕」として位置づけることに躊躇する筆者にとっては、なんらかの理由があって家持がこの歌を詠出したと思えてならなかったのである。

そのようななかで、平成十三年度に筆者も発表する機会を得た「第七回萬葉語学文学研究会」(注16)の席上で、吉田比呂子氏がなされた萬葉集における「つまづく」をめぐる発表を拝聴して、はたと「家持の《国境》意識がかかわる歌なのではないか」という思いにいたったのである。本稿は、この吉田氏の御発表に触発されて成ったものであり、ここに記して深謝申し上げたい。なお、推論を重ねつつ、かすかな根拠に立脚した部分も多々あるが、ご教示・ご叱正をお願いする次第である。

注1　のちに中西進氏は、『大伴家持　1　佐保の貴公子』(角川書店　平6・8)の当該歌をめぐる解説部分で、「後瀬山」をさらにすすめて「歌枕的」な地名と解されている。
2　安田純生氏「後瀬山の椎柴」(『歌枕の風景』砂子屋書房　平12・12)
3　『仁愛国文』14　平9・3　以下、山田氏の説はこの論文による。
4　たとえば針原孝之氏「家持歌の地名」(『大伴家持研究序説』桜楓社　昭和59・10　初出は昭和52・10、昭和53・7)や斉藤充博氏「大伴家持の地名把握意識」(『北陸古典研究』9　平6・9)など参照。
5　神堀忍氏「家持と池主」(『万葉集を学ぶ』第八集　有斐閣　昭53・12)以下、神堀氏の説はこの論文による。

6　黒川総三氏「礪波路と之乎路」（『萬葉』92　昭51・8）が、この問題について詳細に論じておられるのを参照願いたい。

7　古橋信孝氏編『ことばの古代生活誌』（河出書房新社　平元・1）の第一章第一節「村・里・国」。

8　青木生子、橋本達雄両氏監修『万葉ことば事典』（大和書房　平13・10）の「さと（里）」の項目（藏中しのぶ氏担当）。なお、「フルサト」「フリニシサト」という表現をめぐってではあるが、上野誠氏『古代日本の文芸空間—万葉挽歌と葬送儀礼』（雄山閣出版　平9・11）の第一章第二節「万葉語「フルサト」の位相」も示唆に富む論であり、参照願いたい。

9　西一夫氏「大伴家持と池主の贈答—池主の戯歌を中心に—」（『萬葉』148　平5・10）、「家持の「感旧之意」—池主に贈るほととぎすの歌—」（筑波大学『日本語と日本文学』20　平6・9）、「大伴家持と越前遷任後の池主—天平勝宝元年暮春の贈答をめぐって—」（『萬葉』160　平9・3）、「天平二十一年の贈答歌」（『セミナー万葉の歌人と作品』第八巻　和泉書院　平14・5）。

10　黒川総三氏「丹生の山と大伴池主の公館」（『萬葉』85　昭49・9）、森淳司氏「万葉集巻十八、福麻呂来越宴席歌群考—そのほととぎす詠を中心に—」（日本大学『語文』60　昭59・6）、花井しおり氏「福麻呂を饗す歌」（『セミナー万葉の歌人と作品』第八巻　和泉書院　平14・5）など。

11　拙稿「「近江の海」とうたいおこすこと—歌枕の源流—」（本論集1『水辺の万葉集』笠間書院　平10・3）

12　たとえば小泉義博氏「鎌倉期以前の北陸道と水津」（『若越郷土研究』39—3　平6・5）および「古代越前の駅馬・伝馬について」（『若越郷土研究』39—5　平6・9）のように、いま北陸トンネルが貫通する木ノ芽峠を通る道に北陸道を想定する説などもあることから、『新編全集』の「地名一覧」

は「五幡」についていくつかの比定地を掲げて「確かでない」とする。ただ後述するように、このあたりは海上路を通った可能性も考えられるので、いまは厳密な比定を避けて考察をすすめたい。

13　このあたりの記述には本来地図を付すべきであるが、いまは澤瀉『注釋』の当該歌部分に掲載されている「今庄附近」を非常にわかりやすく示した地図を参照願いたい。

14　梶川信行氏『万葉史の論　笠金村』（桜楓社　昭62・10）の第四章第一節「越道の望郷歌群」。

15　吉田比呂子氏「万葉「あが馬つまづく」考―「タフル」の誤読と解釈ということ―」（『国語語彙史の研究　二十一』和泉書院　平14・3）および「「タフル」の誤読と誤伝の語史―中古・中世の説話・物語・語り物をめぐって―」（『武庫川国文』60　平14・11）。

16　このとき発表した内容は、拙稿「響かぬ楽の音―家持がうたわなかった「音」―」（本論集5『音の万葉集』笠間書院　平14・3）として公表した。なお吉田氏の御発表は、注15の二編となって公表されている。

使用テキスト

萬葉集・日本書紀　↓　小学館刊『新編日本古典文学全集』

※なお、適宜引用の表記を改めたところがある。

万葉歌に見る「越国」の素描

大久間　喜一郎

はじめに

万葉歌の中から古代の「越（高志）」の国の俤を探ってみようというのが本稿の目標である。日本海に面した諸国の中で、越の国は常に話題の中心であった。いわゆる日本海文化なるものが、太平洋側で発達した文化とは地域的に異なった文化であり、時代的にも太平洋側の諸国に先んじて先進文化を身に着けた国であったろうということは、記紀・万葉の記述からも瞥見されるところである。そして、少なくとも太平洋側の諸国の中心であった大和朝廷が次第々々に勢力を増大させ、国力を充実させて来るにつけ、日本海沿岸諸国も漸次大和朝廷の傘下に組み入れられて来るようになったものと推測される。

そのように発展しつつあった大和朝廷が、古い氏姓制度から脱却し、律令社会へ移行するにつれて、大陸との文化交流も頻繁となり、日本国の中心たる大和朝廷の権威も確立され、文化も急速に高まったと考えられる。それに対して、かつての先進文化国であったと思われる日本海沿岸諸国の文化度は次第に沈滞していったと考えられる。それ故、律令社会としての体制に従って、日本海沿岸諸国にも国司の派遣がなされる頃には、大和朝廷側の文化が旧日本海文化の諸国へ流れ込むようになったと考えて好いのではあるまいか。

このような文化交代の状況の中で、今、万葉集に僅かに跡を留める「越」の国の古い俤をデッサンしてみようというのである。

一　宅守と弟上娘子との贈答歌より

『万葉集』巻十五に見える、中臣宅守《なかとみのやかもり》と弟上娘子《おとがみのをとめ》との贈答歌六十三首の契機となった宅守の越前配流の原因は、先ず不明であるとするのが正しい解釈であろう。「万葉集目録」によれば、中臣朝臣宅守が蔵部《くらべ》の女嬬《にょじゅ》、狭野《さのの》弟上娘子を娶った時、勅命によって流罪と決まり、越前国に配された、とある。宅守配流の経緯について『続日本紀』は何も語っていないから、この目録の記事によって、多くの人が宅守流罪の原因を、宅守が蔵部の女嬬を娶った為と理解した。宅守が女性を姦淫した訳ではなく、正式な結婚なのに何故流罪に処せられたのか。官人すら手を触れてはならぬ「蔵部の女嬬」とは如何なる存在なのか。男は罰せられたが何故女は無罪なのか等々、考え得る限りの解釈がなされたが、結局は未解決である。思うに、結婚と流罪とを併記してある目録の記事を因果関係で読もうとしたのが原因だと判断される。つまり、宅守が弟上娘子と結婚した時、宅守は何らかの事件に巻き込まれて越前国へ配流されたと読むべきであろう。

本稿の趣旨からすればやや脇道に逸れたが、六十三首の贈答歌の中で越の国の風物や地勢を素材としたものは皆無である。ただ、「み越道《こしぢ》の手向け」「味真野《あぢまの》」などという句が僅かに越の国のイメージを滲ませている。「み越道の手向け」は吉井巌氏が言うように、越の国を遥に目指す逢坂山であっても好い。また「味真野」は越前の国府の所在地で、宅守の流刑地でもあった。とにかくこの二句の他には越前配流の歌の俤《おもかげ》はないのである。しかし、宅守は近流《きんる》ということではあったが、越前への配流《はいる》はやはり遠隔の地であった。

極めて名高い、一時は名歌として喧伝されたこともある弟上娘子の次の一首も、夫が遠隔の地へ配流されたことへの絶望を歌った歌であった。

君が行く道の長手を繰《く》り畳《たた》ね焼き滅ぼさむ天《あめ》の火もがも　（巻十五・三七二四）

夫が罪を受けて行かねばならぬ遠い道筋を、手繰り寄せて畳んで焼き滅ぼす天の劫火《ごうか》が欲しい、という歌である。仏教の終末観の中に登場する劫火という語を敢えて使ってみたが、この歌にはそうした宗教的・思想的な意味合いは存在しない。天火は『史記』などに用例がある。しかしそれは単に天から降ってくる火をイメージしているに過ぎないようである。だが、翻って考えると、どのような場合に天から火が降るのであろうか。こうした話は現在我々が知っている神話の中などには見当たらない。恐らくそれは神々による、人間を懲罰するための火であろう。罪人を罰する火である。しかし、それは罪人と定められた自分の夫である筈はない。そうなると夫を罪人と決めた制度とか、それに携わる人々を懲罰するための天の劫火《ごうか》であろうか。それにしても、そうした怨恨の対象を意識の外に置き、配流への道を焼き尽くして欲しいという表現に終ったのである。道の長手を繰り畳ねて焼くという発想は、道というものを帯に見立てるという考え方が古くからあった。『古事記』によれば、黄泉国を逃《のが》れ出た伊邪那岐命《いざなきのみこと》は、日向国で黄泉国《よもつくに》の汚れを払うために禊《みそぎ》を行う。その時、投げ捨てた帯が道之長乳歯神《みちのながちはのかみ》となったとある。『日本書紀』一書第六にも同様の伝承があって、帯から化成した神を長道磐神《ながちはのかみ》と表記している。殊更《ことさら》、神話を思い浮かべなくとも、道路を帯に見立てるという思考は日本人の意識の中に古くから存在したようである。弟上娘子の「道の長手を繰り畳ね」という発想はそれほど斬新なものでは無いのである。

二　越路への羈旅歌

角鹿《つぬが》の津にて船に乗りし時、笠朝臣金村《かさのあそみかなむら》の作れる歌一首　并びに短歌

(1)　越の海の　角鹿《つぬが》の浜ゆ　大船に　真楫貫《まかぢぬ》き下《おろ》し　いさなとり　海路《うみぢ》に出でて　喘ぎつつ　我が漕ぎ行けば　ますらをの　手結《たゆひ》が浦に　海人娘子《あまをとめ》　塩焼くけぶり　草枕　旅にしあれば　独りして　見る験《しるし》無み　海神《わたつみ》の　手に巻かしたる　玉襷《たまだすき》　懸けて偲《しの》ひつ　大和島根を　（巻三・三六六）

反歌

(2) 越の海の　手結が浦を旅にして見ればともしみ大和思《しの》ひつ　（巻三・三六七）

石上の大夫の歌一首

(3) 大船に真楫《まかぢ》繁貫《しじぬ》き大王《おほきみ》の命《みこと》かしこみ磯廻《いそみ》するかも　（巻三・三六八）

右は、今案ずるに、石上《いそのかみ》朝臣乙麻呂《おとまろ》、越　前《こしのみちのくち》の国守に任《ま》けらえき。けだしこの大夫か。

羈旅《きりよ》に思ひを発《おこ》せる　（巻十二）

(4) み雪降る越の大山行き過ぎていづれの日にか我が里を見む　（三一五三、作者未詳）

(5) 我妹子を外《よそ》のみや見む越の海の子難《こがた》の海の島ならなくに　（三一六六、作者未詳）

(6) 浪の間ゆ雲居に見ゆる粟島の逢はぬものゆゑ吾《わ》に寄する児ら　（三一六七、作者未詳）

(7) 能登の海に釣する海人の漁火《いさりび》の光にいませ月待ちがてり　（三一六九、作者未詳）

ここに挙げた笠金村・石上乙麻呂・その他作者未詳の諸作はいずれも旅行者の立場から見た越国の歌である。金村も乙麻呂も都の官人である。羈旅発思の四首も題詞を信ずる限り、都人の作だということなのであろう。

金村の長反歌では、角鹿（現在の敦賀港）から大船に乗り込んで、港を離れた際の船内の状況と、航路に乗ることを得て、安定した船体から眺めた沿岸の風景も、家妻を思うよすがとなり、それが大和島根への郷愁となって結ばれる。敦賀の内海から航路に船を乗せて、恐らく外海へ出たのであろうが、角鹿周辺の視察の為なのか、あるいは都へ戻るためなのかはっきりしない。港を出て間もなく手《た》結《ゆい》の浦（今の田結崎《たゆいざき》の辺りか）の風景が目にはいった。そこでは海人娘子の塩を焼く煙が立ち昇っている。そうした風景を独りで眺めても心足りる思いは無くて、妻の待つ大和の国を懐かしむのである。

次の石上大夫の歌というのは、石上乙麻呂であろうと編者は考えているのだが確証は無いらしい。しかし、乙麻呂であることに相違なければ、この歌は越前の国守となった乙麻呂が領内の視察という行政のための船出かも知れないのである。

次の羈旅発思の四首の中、まず三一五三番歌について言えば、これは純然たる羈旅歌である。だが作者は恐らく都人ではあるまい。越の大山は何処の山か判らないが、作者は越の国以外の何処かに住んでいるのであろう。例えば、唐突に「東京の銀座の街を行き過ぎて」と言った場合に、一応の到達点は銀座であって、そこを行き過ぎたのである。作者の真の出発点は別の問題である。真の出発点が記されていなければ、東京以外の何処かには違いないが、とんでもない遠隔の地に決めてしまうのは非常識である。だからこの歌の場合は越の国を遥かに離れた都人ではないかもしれないと考えるのである。この歌に見える越の国の俤は「み雪降る」の一点だけである。

残る三首については、先ず三一六六番歌の場合は、「愛する女性を遠くからそっと眺めよう、子難《こがた》の海に浮かぶ島では無いのに」といった趣旨の歌である。この歌は風俗《ふぞく》の歌とみるべきものである。これを羈旅発思の中に置いたのは編者の誤解によるものか、そうでなければ、都人の作だということが知られていたということになる。若しも後者であるならば、子難の海に浮かぶ島が名所的存在として旅行者に知られていたということになる。

次の三六七番歌が越の国の歌であるかどうかは確かなことは判らない。粟島という島は日本の沿岸の各地に在ったらしい。少名毘古那神《すくなびこなのかみ》が常世国へ赴く足掛かりとなったという米子市の粟島《あわのしま》は今は陸続きとなってしまった。粟島の名は『大日本地名辞書』にも五ヶ所ほど記されている。越の国の粟島は、新潟県北部の岩船《いわふね》郡に属し、県境を越えた昔の念珠ヶ関《ねずがせき》あたりから見て、海中約25キロの彼方に在る小島である。本土との連絡船の良き停泊港を持つ島として知られている。この島に相違なければ、「浪の間ゆ雲居に見ゆる」という歌句の配置は鮮やかな表現と言えようか。

四首目の三六九番歌は、これも能登地方の風俗歌《ふぞくか》の俤をもつ歌だが、「能登の海に釣する海人」という解説的表現から見ると、旅行者の詠になる風俗歌風の作と言えよう。これら風俗歌風の三首の作は東歌の成立事情とも共通するものがあるのであろう。

三　国風《くにぶり》の歌

『万葉集』巻十六は「有由縁幷雑歌」という標目で統一された巻である。この標目は「由縁有《ゆえんあ》る幷《あわ》せて雑歌《ぞうか》」と訓《よ》まれてきた。その意味については煩雑な論があるが、今は『万葉代匠記』の説に従って、由縁ある雑歌及び只の雑歌という意味に解して置く。

巻十六の後半は「筑前の国の志賀《しか》の白水郎《あま》の歌十首」（三八六〇〜三八六九）に始まり「越中の国の歌四首」（三八八一〜三八八四）に至る諸国の国風歌《くにぶりうた》二十五首が並ぶ。その中で越の国に関係があるものを以下に掲げる。

(8) 紫の粉潟《こがた》の海に潜《かづ》く鳥珠潜《たまかづ》き出《で》ば我が玉にせむ　（三八七〇、作者未詳）

能登の国の歌三首

(9) 梯立《はしだて》の　熊来《くまき》のやらに　新羅斧《しらぎをの》　落し入れ　わし　懸《か》けて懸けて　な泣かしそね　浮き出づる
やと見む　わし　（三八七八、作者未詳）

右の歌一首は、伝へ云ふ。ある愚人《おろかびと》、斧を海底に墜《おと》して、しかも鉄《かね》の沈みて水に浮ぶ理《ことはり》なきことを解《さと》らざりしかば、いささかにこの歌を作りて、口吟《くちずさ》みて喩《さと》すことを為しきといへり。

(10) 梯立の　熊来酒屋に　真罵《まぬ》らる奴《やつこ》　わし　さすひ立て　率《ゐ》て来なましを　真罵らる奴　わし
（三八七九、作者未詳）

右の一首

(11) 鹿島嶺《かしまね》の　机の島の　しただみを　い拾《ひり》ひ持ち来て　石もち　つつき破り　早川に　洗ひ濯《すす》ぎ
辛塩《からしお》に　こごと揉み　高杯《たかつき》に盛り　机に立てて　母にあへつや　めづ児の刀自《とじ》　父にあへつや
みめ児の刀自　（三八八〇、作者未詳）

越中の国の歌四首

(12) 大野路《おほのぢ》は繁道《しげち》森径《もりみち》繁くとも君し通はば径《みち》は広けむ　（三八八一、作者未詳）

(13) 渋渓《しぶたに》の二上山に鷲そ子産《こむ》といふ　翳《さしは》にも君が御為《みため》に鷲そ子産といふ　（三八八二）

(14) 伊夜彦おのれ神《かむ》さび青雲のたなびく日すら小雨《こさめ》そほ零《ふ》る　（三八八三）

一は云ふ、あなに神《かむ》さび。

(15) 伊夜彦神の麓に今日らもか鹿の伏すらむ皮服《かはごろも》著て角附《つのつ》きながら　（三八八四）

最初に挙げた、(8)三八七〇の「粉潟《こがた》の海」の歌は、諸注が所在不明とはしているが、越国の国風歌《くにぶりうた》である可能性が強い。前章の例歌(5)、三一六六番歌に見える「越の海の子難の海の島ならなくに」の「子難の海」と、三八七〇の「粉潟の海」とは表記は異なるが、同じ地名なのではないかと思われる。殊に海中に潜水して餌を漁る鳥が、若し珠をくわえて出て来たなら、その珠を自分の物としよう、という発想は微笑ましくもあり、切れ味のよい表現である。潜水して魚を捕らえるといっても、鳥の場合は深さに限度がある。つまり浅い海の底に珠玉があるという想定なのだから、場所は河口であろう。そうなると北陸の地では姫川の周辺の河口付近かも知れない。更に言えば、河口付近の海から珠玉を見つけ出す可能性のある場所は、日本では姫川近辺しか無かろうと思われる。その意味から言っても、この三八七〇の歌はやはり越の国の歌と見るべきであろう。

次に三八七八・三八七九番の(9)(10)の歌は、「わし」という囃子詞を残して居り、また、三八七八番の「懸けて懸けて」といった重ね言葉はリフレイン（繰返し）と考えられから、和歌でないことは言うまでもないが、歌謡と言うよりむしろ歌曲の歌詞そのものに近いのではないかと思う。三八七九番歌についても、「真罵らる奴」という句を二度も繰り返しているところは歌謡の趣があって、やはり歌曲なのであろう。

熊来は能登湾西岸の、古代にあっては栄えた集落と考えられる。そこでは朝鮮半島との直接の交易もあったと想像され、新羅斧のような舶載品が日常に用いられていたということである。なお、この三八七八番歌には左注が加えられていて、それをどの様に解釈するかということも問題となろう。

三八七八番の歌の趣旨は、大切な新羅斧を海底へ落とした人が悲しんで泣いているのを慰めている歌である。浮き上がるかも知れないからと言って慰めているのである。左注では斧が浮き上がると思っている愚人を諭す歌であると説明している。左注の記述者が勘違いをしていると決めることは出来ないから、左注の通りなら愚人の考えの通りをなぞって愚人を嘲弄した歌と見なければなるまい。諭すなどという段階ではない。まさにその通りであるなら、天離る鄙の、しかも未開と思われる地に、このようなユーモアが存在したということから、我々は日本海沿岸の文化を見直すべきであろうと思う。

(11)の三八八〇番歌は、子供たちのままごと遊びの様を、観察者が微笑ましい思いで綴った歌という趣がある。しかし、これは大人の歌ではない。観察者の立場は大人であっても世界は子供の世界なのだから、やはり子供の歌なのである。わらべ歌に分類されよう。そしてこの歌は机の島の産物の「しただみ」を素材としているところから、やはり国風歌と見たのであろうが、都会的な風趣がある。

「越中の国の歌四首」の最初の(12)の歌、三八八一番歌は女の立場から歌われた歌であろう。そしてここで「君」と言われるのは、土地の豪族で貴人と考えて好かろう。「繁道森径繁くとも」という句に、男が並々ならぬ愛情を女に対して抱いていると言いたいところであろう。そんな道を苦にせずあの方は私の所に通って来られる。度々お通いになれば、踏み慣らされて道は広くなるでしょう。といった意味に解せられる。「広け」は形容詞「広し」の未然形で、古形の活用とされている。豪族である貴人が通うのだから道が整備されるだろうといった低次元の解釈は問題外であるが、貴人の訪れを待つ女性も恐らく現実とはかけ離れた願望に過ぎないのであろう。なお、「大野路」の大野とは、『大日本地名辞書』によれば、「高岡市の東北、射水川の辺の旧名とぞ、今の野村、能町村の地なるべし」とあるが、北陸の地勢に詳しい鴻巣盛廣の『萬葉集全釋』に依れば、次のように言う。

大野は和名抄に「越中礪波郡大野於保乃」とある地か。それは今の西礪波郡赤丸村三日市とせられてゐる。即ち福岡町の東北方、小矢部川沿岸の平地である。ここは古の北陸道の支線礪波山越の通路に当って、当時の人に広く知られてゐたところらしい。

この説明が正しいと思われる。

三八二番歌は、二上山に住む鷲が子を産むのは貴人にさしかける長柄の翳(さしは)を君に献上する為であるという、貴人を祝福する旋頭歌《せどうか》である。同じ巻十六に見える乞食人《ほかひびと》の詠の一つに、蟹が大君の為に進んで干物《ひもの》となるという歌謡と同じ趣旨である。翳《さしは》は日除けとして従者が貴人の頭上に差しかける長柄の団扇様の傘の類である。

(14)の三八三番の歌は、弥彦《いやひこ》神社の神域の神さびた様を詠じた歌である。ここに出てくる伊夜彦については、古くから諸説があるが、新潟県西蒲原郡の弥彦《やひこ》山麓に鎮座する弥彦《いやひこ》神社を指しているとしか考えられない。しかし、それは越中ではなくて越後であることが諸説を生んだのである。伊夜彦は古くは伊夜産と記されていたので、武田祐吉博士の一案として、元は「伊夜立山」とあったかも知れないという説を受けたのであろう、その後、伊夜彦は「いや立山」だと主張した故和田徳一教授の説を支持する者はいないらしい。能登四郡が天平十三年（七四一）十二月から天平宝字元年（七五七）四月までは越中国の管轄であったから、能登島の伊夜比咩《いやひめ》神社とする説もあり、また鳳至《ふげし》郡に伊夜彦神社という小社も有るには有るが、江戸時代初期の創建らしいし、共に「青雲のたな引く日すら小雨そほ降る」といった神域の森厳さとは似ても付かないようである。

『続日本紀』文武天皇紀によれば、大宝二年三月、越中国四郡を分けて越後に所属させた。その越中国四郡に今は西蒲原《にしかんばら》郡に所属する弥彦山まで含まれていたかどうかが問題となるが、とにかく越後国は越中の四郡を併せたことで、石船《いわふね》・三島・古志・蒲原・沼垂《ぬたり》・魚沼・頸城《くびき》（『延喜式』所載郡名）の七郡から成る大国となったわけである。その四郡の中に今の西蒲原郡が含まれていたかどうかということについて、『大日本地名辞書』に次のような叙述がある。

大宝二年三月、越中の四郡を割き越後に幷《あわ》す、四郡は史に具注せずと雖、頸城、魚沼、古志（三島は古志郡の分郡なるべし）蒲原の地たること、形勢を推考して之を知る。

とある。適切な見解ではないかと思われる。

こうした見地から弥彦神社は大宝二年以前は越中国に属していたとして好かろう。また「青雲のたなびく日」という表現も、青空を青雲と称したという安易な説を取る人は、今は少なくなって、「白馬の節会」をアオウマのセチエと訓み慣らわしてきた例などからであろうか、純白でない灰色をアオと言ったらしく、それが見方によって白くも見えるところから、アオウマを白馬と表記したものだろうと言われる。この歌では、青空に灰色の雲が棚引く快晴の日を指している。大体、光度としては一点の雲も無い青空の下の風物よりも、白雲が漂う青空の下の方が高いとされる。これはカメラにおける露出の心得でもある。

越中国の歌の最後の三八四番の歌も弥彦神《いやひこがみ》に関わる歌である。これは仏足跡歌《ぶつそくせきか》の形で詠まれている。第四句を「カのコヤスラム」と訓《よ》む旧訓は、「伏す」をコヤスと訓むわけだが、コヤスは敬語だからフスと訓むべきだという武田祐吉博士の解説に従いたい。

弥彦神社の周辺に住む鹿が境内の神域の中に寝そべっているといった風情を写したものとだけ解しては誤りとなろう。神域に鹿が寝そべっているという風景描写に留まるものなら、「皮服着て角附きながら」といった思わせぶりの見立てをする必要はない。これは誰もが思うように、古くから伝承されていたと思われる「しし踊り」奉納のイメージと重ねて弥彦神崇敬の念を表現したものであろう。仏足跡歌の歌体を持っているということもそれを思わせるに足りる。

「しし踊り」は鹿踊りであって、鹿をイメージした扮装で躍るものであるが、恐らく室町時代頃から獅子物と言われる能楽「石橋《しゃっきょう》」の影響もあって、「しし踊り」も鹿系統と獅子系統の二つに分かれてくるが、この頃は獅子系統の「しし踊り」はまだ発生していないと見るべきである。

四　大伴家持の越中歌

(1)　大君の　任《まけ》のまにまに　之奈射加流《しなざかる》　越《こし》を治《おさ》めに　出でて来し　大夫《ますら》われすら　世間《よのなか》の　常し無ければ　うち靡き　床《とこ》に臥伏《こひふ》し　〈下略〉　（巻十七・三九六九）

(2)　之奈射加流《しなざかる》　越《こし》の君らとかくしこそ楊蘰《やなぎかづら》き楽しく遊ばめ　（巻十八・四〇七一）

右は、郡司已下《いげ》子弟已上《いじやう》の諸人《もろびと》多くこの会《え》に集《つど》ふ。因《よ》りて守《かみ》大伴宿禰家持この歌を作れり。

(3)　あしひきの　山坂越えて　ゆき更《かは》る　年の緒《を》長く　科坂在《しなざかる》　越にし住めば　大君の　敷きます国は　都をも　ここも同じと　〈下略〉　（巻十九・四一五四）

(4)　〈前略〉　斎《いつ》くとふ　珠《たま》に益《まさ》りて　思へりし　吾《あ》が子にはあれど　うつせみの　世の理《ことわり》と　大《ます》夫《らを》の　引《ひき》のまにまに　之奈謝可流《しなざかる》　越路《こしぢ》を指して　延《は》ふ蔦《つた》の　別れにしより　沖つ波　撓《とを》む眉引《まよび》き　大船の　ゆくらゆくらに　面影に　もとな見えつつ　かく恋ひば　老《おい》づく吾《あ》が身　けだし堪《あ》えむかも　（巻十九・四二二〇、大伴坂上郎女）

(1)は天平十九年二月、大病を患った家持が越中掾大伴池主へ送った悲歌二首に続いて更に送った長歌の一節である。(2)の短歌は、僧清見が京師に赴く際の餞の宴で作った作である。また、(3)は、天平勝宝二年三月八日、「白き大鷹を詠む歌一首」とある長歌の一節である。(4)の長歌は、家持の妻となって越中へ来ていた大伴坂上郎女の女、大伴坂上大嬢《おほいらつめ》へ母の坂上郎女が送ってきたものである。

以上、四首の引用は、越《こし》あるいは越路《こしぢ》の枕詞である「しなざかる」という句を持つ歌の全てを挙げてみたものである。万葉にはこれらの他に所見するところは無い。(1)から(3)までの歌の作者は大伴宿禰家持で、(4)は家持の叔母に当たる大伴坂上郎女の作である。

「しなざかる」は漢字仮名混じりで表記する場合、「級離る」という文字を用いる人もある。「しな」というのは、恐らく「品」「階」と同根で、高低とか良否とかの基準となるものに段階があって、その一部あるいは全体の傾向をいう言葉である。この頃、日常語化してきた英語のグレード(grade)などという言葉と似ているのではあるまいか。したがって、その具象化されたイメージは、上方なり下方なりに向かって傾斜した姿を持っている。これを大地に当て嵌めれば「坂」のイメージが浮かび上がる。岩波古語辞典などは「しなざかる」の語源を「シナは坂、サカルは遠くなる意」と記している。時代別国語大辞典(上代篇)では、「枕詞。国名越にかかる」として更に「級=離ルで、都を高しとし、鄙を低しとする考えから、上下遠く離れた、の意によってかかるか」と解説している。万葉や古今の中で「東歌」といった部立を持つ歌群があることを思うと、都への憧れは当然有ったにせよ、都を高しとし、鄙を低しとする考えが常識であったのかどうかは問題であるが、一つの見解として受け止められる。だが、傾斜地としての山があって遠く離れているという意味であるとも考えられる。

この「しなざかる」と共通点を有する枕詞に「天離《あまざか》る」いう言葉がある。この枕詞は主として「鄙」にかかる。天と地とが合一する水平線や地平線の彼方こそ、人間が天界へ足を踏み入れるよすがが有りそうに見えながら、遂に天界へ行き着くことの出来ない人間にとって、天は極めて遠い存在である。その天界への遠い距離を、そのまま地上に移し代えた時、「天離る」という言葉が発生したのではないかと思われる。その「天離る」は、都を離れた地、すなわち鄙を指す言葉となったのである。

大伴家持の作品でも、「天離る　鄙治めにと　大君の　任けのまにまに」（三九五七）とか「あしひきの山坂越えて　天離る　鄙に下り来　息だにも　いまだ休めず」（三九六二）とか、鄙を言う場合には「天離る」であり、越を言う場合には「しなざかる」である。その点ははっきりと区別されている。しかし、何分にも前掲の四首にしか「しなざかる」という枕詞は存在しないのである。それも家持と家持の叔母の坂上郎女だけである。『万葉集全注』の中で青木生子博士が「家持の造語であるらしく、これは家持の影響か」（四二三〇番歌の注）と言って居られるが、その通りであろう。

越の国、特に越中の風物については、地名・山名・湖沼名などは国々にそれぞれ独自の名称をもつものがあるわけだから、それは当然のこととして此処では触れないで置く。その他の独特の風物として家持が賞美したと思われるものに、あゆの風・葦付《あしつき》・堅香子《かたかご》の花・つままなどがあった。そしてなお越中に来ても家持の待ち望んだのはホトトギスの訪れであったようだ。

さて、地名・山名のことには触れるつもりは無いと言ったが、やはり家持が住んだ国庁の目の前にある二上山は、大和の二上山と名称も同じであり、慕わしく且つ故郷を思うよすがともなったであろう。天平十九年の春三月三十日、興に依って作ったとされる長短歌三首より成る「二上山の賦」

（三九八五～三九八七）は、構想は古体のままだが表現は新鮮な趣を持っている。また、越中独自の風物として、家持が紹介した「あゆの風」について少々述べて置きたい。

東風《あゆのかぜ》いたく吹くらし奈呉の海人の釣する小舟漕ぎ隠る見ゆ　（巻十七・四〇一七）

家持はこの「あゆの風」について、次のような注を加えている。「越《こし》の俗《くにぶり》の語《ことば》、東風をあゆのかぜといふ」。なお、家持は四〇〇六番歌のなかでも「安由能加是《あゆのかぜ》　いたくしふけば」と歌っている。柳田国男の「風位考」（アイノカゼ）によれば、コチとかヤマセなどといった風名とは違って、必ず「…の風」という言い方から見て、この「あゆ」には風名以外の意味があったと断言している。結論を先に言えば、海岸に流れ着くものを以て生活の資とした者たちが多く有って、海岸に物を吹き寄せる風をアイノカゼと称したと考えられるとしている。

説明が前後したが、「あゆの風」という風は日本海沿岸には所々にあって、土地によってアイノカゼ、アユノカゼ、アエノカゼなどの名で呼ばれている。また、その風の方位についても、北東風・正北風・東風など様々である。催馬楽の「道の口」では、

道のくち武生《たけふ》の国府《こふ》にわれは在りと親に申し賜《た》べ心あひの風や　さきんだちや

と歌われるが、この「あひの風」などは北東風でなければ、親を都に残して越前国にやって来た者の歌にはならないと柳田は言っている。しかし、それはそれとして、その柳田の「風位考」によれば、どの地方でもそれが「沖から吹いて来る風」であることは確かである。そして柳田が暗示的に叙述したアイノカゼという命名の由来を明白に突き止めようとした記述が、民俗学者宮本常一氏その他の人々によって執筆された『日本残酷物語』の一節「海辺の窮民」の中に見える。その記述によれば、日本海沿岸を航行する大型帆船は旧藩時代でも年間四千艘は下らなかったとある。それ故難破船の積み荷が海岸に漂着して、沿岸の村々を潤すことも多かったと見なければならない。貧しい村の人たちは難破船が多いことを願っていた。それでこそアエノカゼ（饗宴の風）なのである。しかし、家持の着任した越中国庁のあった地は射水郡の古い都会であった。この地に住む人々は沿岸の難破船に望みを繋ぐような生活をしてはいなかったと思われる。それ故、アユノカゼという言葉も、「越の俗の語、東風をアユノカゼという」といった注を記入して、この方言に決着を付けた家持は幸せであったと言えよう。

越中守としての五年間に家持の作った歌は、『万葉集』の中で二十七年間を生きた家持の総歌数の半数に近い。越中における家持はそれだけに多彩な作歌活動を行った訳で、歌の素材は確かに多様になったのだが、見掛けの多様さの中に脈々と尾を引いているものは、越中赴任以前、都に在って歌作に励んでいた若い頃の風流志向の精神ではなかったかと思う。家持が越中に着任して間もない頃早世した弟の書持《ふみもち》へは、都にいた頃作歌の指導などもしたと想像されるが、家持が目指したものは、今日風に言えば、文芸としての和歌の制作と言うより、風流志向の具象としての和歌を脳裏に置いていたと思われる。その典型としての素材は霍公鳥《ほととぎす》に思いを寄せることであったと思われる。

歌材としての霍公鳥は、巻一・五・七・十一・十三・十六などには全く顔を見せず、巻八・十のように、やや後期の作品群とか末期の家持歌巻に多く見出せる。家持は越中在任中は職務として諸所の巡行なども行い、見慣れぬ土地の風物にも心引かれ、多くの歌材を歌に詠み込んだが、家持歌巻の中で家持が時折みせる都への郷愁も、霍公鳥への思いと重なっているのだと考えられる。

五　古代の越の国（結び）

最古代の越の国の消息については正確なことは殆ど判らない。『古事記』では越国を高志国と表記し、次のような記事が目に付く。

① この八千矛神《やちほこのかみ》、高志国の沼河比売《ぬなかはひめ》を婚《よば》はむとして、幸行《い》でましし時、その沼河比売の家に到りて、歌ひたまひしく、〈下略〉（上巻、神代）

② またこの御世に、大毘古命《おほびこのみこと》を高志道《こしのみち》に遣はし、その子建沼河別命《たけぬなかはわけのみこと》をば、東《ひむがし》の方《かた》十二道に遣はして、その伏《まつろ》はぬ人等《ひとども》を和平《やは》さしめたまひき。（崇神天皇記）

③ 建内《たけうちの》宿禰命、その太子《ひつぎのみこ》を率《ゐ》て、禊《みそぎ》せむとして、淡海《あふみ》また若狭国を経歴《へ》し時、高志の前《みちのくち》の角《つぬ》鹿《が》に仮宮《かりみや》を造りて坐《ま》さしめき。（仲哀天皇記）

『日本書紀』では、イザナミノ命の国産みの中に越洲《こしのしま》の名が見えるが、この条は島々を産んだ話であるから、越国をさしたものかどうかは明瞭ではない。

『古事記』所引の①の例は、大国主神の分身とされる八千矛神が沼河比売に求婚する為に高志国まで出掛けてきたとする歌物語である。しかし、物語の形はそうであっても、八千矛神は大国主神の武力を代表する神名であり、沼河比売は後の頸城郡の青海町付近の翡翠採取地として知られた『和名抄』に言う布川《ぬのかは》郷の象徴とも言える女性である。その翡翠の産地を手に入れるために、大国主神は出雲国から日本海沿岸に沿って北上し、高志の地を武力によって抑えたと考えても、勝手な神話解釈だと非難はされることはあるまい。更に言えば、大国主神の葦原中国《なかつくに》における勢力圏といったものも、出雲に始まって高志国にまで及んでいるが、日本海沿岸に沿った国々だけであって、太平洋側の諸国は大国主神の視野の中には無いらしい。いわゆる国譲り神話の中で、諏訪の建御名方《たけみなかたの》神が高天の原からの使者に抵抗するところからみて、高志国に接する長野地方も大国主神の権力の下に有ったのかも知れない。

②に相当する記事は『日本書紀』にもあって、崇神天皇の十年九月の条に次のように記されている。

丙戌《ひのえいぬ》の朔《ついたち》甲午《きのえうまのひ》に、大彦命を以て北陸《くぬがのみち》に遣《つかは》す。武渟川別《たけぬなかはわけ》をもて東海《うみつみち》に遣す。吉備津彦をもて西《にしの》道《みち》に遣す。丹波道主命《たにはのみちぬしの》をもて丹波《たには》に遣す。

いわゆる四道将軍の派遣である。事実では無かろうが、重要な四つの地方に北陸が数えられていたことが判る。但し、何時の時代の認識なのかはっきりしないが、丹波を重要地域としているのは、大和に政権が確立された頃の意識であろうか。

③の例で、太子というのは応神天皇の皇太子時代を指している。皇太子が角鹿《つぬが》（現在の敦賀）に居たことが確かなら、恐らく日本海経由で行われた貿易のためであろう。相手国は朝鮮半島であったと思われる。応神天皇の皇太子時代に海外との交易が有ったとするなら、いわゆる仁徳王朝の経済的基盤がここに有ったのかも知れない。もし歴史的事実の反映がここに有るとするならばである。

日本海経由で渤海国との交易が頻繁に行われるのはもっと後の西暦七二七年以降のことである。渤海国の使節が初めて来日したのは、神亀四年、西暦七二七年十月、出羽国に漂着するという形で渡来したのが最初であった。上田雄氏の研究によれば、延喜十九年（九一九年）十二月、若狭へ来航したときは三十四回目の渡来であったという（『渤海国の謎』参照）。その間、使節は出羽の他に佐渡・越前・対馬・隠岐・加賀・出雲・但馬・長門・能登などに来航を重ねている。そして彼らは中国系の文物や、狩猟民族として毛皮などを多く日本へもたらしたという。

この他、越の国に関わる古い伝承として、天之日矛《あめのひぼこ》渡来譚の別伝と思われる都怒我阿羅斯等《つぬがあらしと》の来朝が『日本書紀』垂仁天皇紀に見える。なお、天之日矛（書紀では天日槍と表記する）の渡来も都怒我阿羅斯等の話に続いて垂仁天皇紀に記されている。但し、渡来した時の場所は明白でない。天之日矛に纏わる話は、『古事記』では応神天皇記に見える。その内容は都怒我阿羅斯等の話と重複する部分もあるといった形である。

崇神天皇の御世に額に角のある人が越の国の笥飯《けひ》の浦に停泊した。そこでその場所を角鹿と言うことになった。その人は意富加羅国《おほからこく》の王子で、日本の聖天子に仕えるために来朝したとのことであった。最初は穴門《あなと》へ停泊し、その地の支配者であった伊都都比古《いつつひこ》から、この国の王は自分である、余所へは行くなと引き止められたが、この人は王では無いと見てこの地を離れ、沿岸伝いに出雲国を経て此処に至ったということであった。この時、崇神天皇が亡くなったので、阿羅斯等は垂仁天皇に三年間仕えたとのことである。

この話が何らかの事実を伝えたものであるとするなら、日本の支配者と称する人は天皇家以外にも日本海沿岸などに存在したということになる。この伝承の中で、都怒我阿羅斯等を額に角のある人と記しているのは、この意富加羅国の王子の名を日本語として意味付けしたことによるものであろうが、角鹿（今の敦賀）は最古代の大和朝廷にとっては、海外に向かって開かれた日本海側の唯一の門戸であったのである。

（引用した万葉集の本文は、岩波書店発行の「日本古典文学大系」本に準拠しつつ、訓読の文字遣い、歌句の区切り等は私意によるところが多い。古事記・日本書紀も同様である。）

大伴池主・家持と「深見村」
――万葉集と加茂遺跡木簡を中心に――

藤井一二

はじめに

奈良時代の村落に関心を向けるとき、「里」「郷」等の村落制度との関連において「村」の実態をいかに理解するかが重要な課題となる。在来、「村」の制度や形態の解明に向けて、『風土記』『平城宮木簡』『正倉院文書』『続日本紀』等に見える「村」史料を中心に研究が蓄積されてきた経緯をもつが、(注1)一方で、『万葉集』の題詞に散見する「村」名については、在地村落の実在を伝える数少ない史料でありながら、内部構成を示す記事をともなわず、正面から取り上げられることは殆どなかったと言って過言ではない。(注2)本稿で、大伴家持が越中国守として在任した天平十八年（七四六）から天平勝宝三年（七五一）にかけて、越前国掾大伴池主が公務で到来した加賀郡「深見村」や、家持自身が出挙《すいこ》等で出向いた「古江村」に着目するのは、国・郡・里（郷）の行政区画のもとで、百姓が実際に生活基盤をもった共同体的組織として興味深い対象になりうると考えるからである。

平成十二年（二〇〇〇）九月、石川県埋蔵文化財センターによって、河北郡津幡町の加茂《かも》遺跡で発見した平安前期の「郡符木簡《ぐんぷ》」が公開され、その中に「深見村」銘が確認されて話題を集めた。加茂遺跡は、すでに過去の調査で、古代北陸道の一部や掘立柱建物群が検出され、和同開珎銀銭・「英太」銘の墨書土器が出土したことでも注目されてきた遺跡である。（注3）公開された木簡の記載事項は興味深い論点を含み、今後、多面的な検討を要すると思われるが、ここでは文中に記される「深見村」銘を手懸かりにして、『万葉集』の時代に実在した「深見村」の歴史的環境について考証を加えることとしたい。

一　加茂遺跡と「深見村」木簡—郡符の宛先条文—

加茂遺跡で出土した「牓示札《ぼうじさつ》」木簡は、全体で二二行・三四四文字におよぶ長大な木札であるが、その主要な部分の釈文を記すと、以下の通りである。（注4）

［郡］符　深見村□郷驛長并諸刀祢等
　応奉行壱拾条之事
一田夫朝以寅時下田夕以戌時還私状
一禁制田夫任意喫魚酒状
一禁断不労作溝堰百姓状
一以五月三十日前可申田殖竟状

一可捜捉村邑内鼠宕為諸人被疑人状
一可禁制无桑原養蚕百姓状
一可禁制里邑之内故喫酔酒及戯逸百姓状
一可塡勤農業状　□村里長人申百姓名
×案内被国去□月二十八日符称、勧催農業…（中略）
…郡宜承知並口示事
…謹依符旨仰下田領等宜
×毎村婁廻諭…国道之裔糜羈進之牓示路頭…
大領錦村主　（以下、郡司略）
嘉祥［　］年［　］月［　］日(注5)
□月十五日請田領丈部浪麿

まず、冒頭の文面に見える「符」は、本文の内容から、加賀国より届いた勧農《かんのう》（農業奨励）に関する命令文書「国符」をうけて、当該郡である加賀郡から「深見村…」以下の役人らへ向けた「郡符」であることが明らかとなる。このうち郡符の宛先となった「深見村…」の文言については、「…村」の次の□内の不明文字をいかに推定するかによって解釈が異なると思われるが、(注6)私見では、「郷駅長」の表記を「国郡司」「大少領」等の表記例と同様に、「郷長・駅長」として理解する立場から、「深見村［里］の郷長《ごうちょう》・駅長並びに諸刀祢《とね》等」と解釈する。深見村は、『万葉集』巻十八に「深見村」(四〇七三題詞)、「深海之村」(四一三三題詞)とみえており、その意味するところは、「深見の村里に居住または執務する郷長・駅長・刀祢ら」に対して、執行すべき行政命令を発したものと理解するのである。(注7)

すでに指摘したように、この場合、郡符による実施命令は、郡司から郷長一人に対するものではなく、深見村で活動する複数の地方官人層を対象としている点に注意したい。これを国道の路頭という深見村内でも枢要な箇所に「牓示」したはずであるが、その場所は官人クラスのみならず、村落の百姓が集合しかつ往来する交通利便な場所であったとみてよい。そこでは、郷長・駅長・刀祢等の「口示」による周知徹底と条文内容の執行を指示すると同時に、路頭「牓示」によって不特定多数への伝達を意図するものであった。

「深見村」の次字に相当する未詳字(□部分)については、文中の条文末尾に記される「□(件カ)村里長人…」(「件」の村里の長の人)が、郡符条項の執行主体である郷長・駅長・諸刀祢らを指すと見なせば、「村」(「深見村」)の次に「里」を想定するのが妥当であろう。「村里」の表記については、『続日本紀』養老元年四月壬申条に「…布告村里」、『延喜式』民部下(在路飢病条)に「随近村里」などの事例が知られる。

本稿で、とくに「深見村」名に着目する事由を、次の二点について指摘しておきたい。

第一に、「深見村」名は、『万葉集』巻十八・天平二十一年(七四九)三月十五日条(注8)に初見してより、加茂遺跡木簡に記された嘉祥期（八四八〜八五一）に至るまで、ほぼ一世紀にわたり存続したこととなり、加茂遺跡で確認された四十余棟の掘立柱建物群は、「深見村」の中心地にあたる可能性が高いという点である。

第二に、村名「深見」は、平安中期の漢和辞書『和名類聚抄』（高山寺本）、並びに法典『延喜式』兵部省式に見える古代北陸道の「深見駅」(注9) 名と符合しており、その「駅家」の所在地を考古学的に裏付けるものである。

ここに掲げた状況は、これまで『万葉集』にのみ知られた「深見村」の要地と『延喜式』等に見える「深見駅」の中心が、加茂遺跡とその周辺域に所在したことを裏づける点で画期的な意義をもつと言える。

二　深見村と深見駅

深見村の内に立地したと考えられる深見駅の位置関係については、古代北陸道のルートを越前国方面から列記すると、朝倉→潮津《うしおづ》→安宅《あたか》→比楽《ひらか》→田上→深見→横山の駅順となり、(注10) 越中国へ通じる駅路のうちで深見駅は、加賀郡最北端の駅家に相当する。深見村・深見駅の立地条件を現在の地勢でみると、日本海に通じる河北潟《かほくがた》の沿岸域と国道沿線が隣接する交通条件の下にあって、能登方面へは羽咋郡の撰才《よき》駅へ、越中国方面は砺波郡の坂本駅へと通じる要衝の地にあったため、海路・陸路の結節点としての交通機能を担うことができ、当地域が駅舎とその関連施設を中心に発展していたことが推察される。

今回発見の「郡符」木簡に記載された「駅長」の官職名は、『延喜式』『和名類聚抄《わみょうるいじゅうしょう》』に見える「深見駅」の駅長であり、その時期は、郡符の発令日によって九世紀中葉の嘉祥期（八四八〜八五一）であることも明らかである。これによって、郡符中の「駅長」名から平安時代前期における深見駅の実在を確認できることとなったわけである。駅長は、駅戸《えきこ》（百姓）内の「家口富幹事者」(注11)を任用したのであれば、当の百姓は英太《あがた》郷人であり、かつ深見村の里人《さとびと》であった可能性が高かろう。

ところで、これに関して問題となるのは、奈良期の深見駅の存在状況についてであるが、この点はどのように理解すればよいであろうか。

奈良時代の「深見駅」は当時の文献の上では知られていないが、同時代の深見村に駅家が立地した可能性はきわめて高いと思われる。以下、このように推定する根拠について述べておこう。

第一に、奈良時代の北陸道に駅路・駅館が整備されていたことについては、『万葉集』に天平二十年三月頃の山上臣作とする題詞・歌の中に記された「駅館」の存在から窺えるが、それを次に掲げる。

射水郡の駅館の屋の柱に題著《しる》す歌一首
朝開き 入江漕ぐなる 楫《かじ》の音《おと》の つばらつばらに 吾家《わぎへ》し思ほゆ（巻十八・四〇六五）

この歌は、越中国射水郡の駅館で京人と見られる山《やまの》上臣《へのおみ》某が、「朝開き入江漕ぐなる…吾家し思ほゆ」と詠み、奈良の自宅を偲ぶ内容となっており、おそらく公務を帯びての駅使として駅館に滞在した際のものと考えられる。『延喜式』に見える射水郡内の駅家には、「日理《わたり》」駅・「白城《しらき》」駅が知られており、ここでは歌中の「…入江漕ぐなる　楫《かじ》の音…」の表現から、射水《いずみ》川（現在の小矢部川）河口にほど近い場所にあった日理（亘理）駅と推断して差し支えあるまい。(注12) これは「射水郡駅館」が機能したのと同じ時期に、加賀郡深見村においても「駅館」が存在したことの蓋然性を支える事柄と言えよう。ただし、これのみをもって奈良時代の「深見駅」の実在を特定するというわけにはゆかないであろう。

第二は、『万葉集』巻十八、天平勝宝元年十二月十五日条に見える大伴池主から家持へ贈られた「更来贈二首」の題詞に、「依迎駅使事、今月（注、十二月）十五日、到来部下加賀郡境、…恋緒結深海之村、…」と見える記事に着目したい。

右は、当時、越前国掾《じょう》であった大伴池主が十二月十五日、「深海之村」（深見村）に到来した際の作歌であるが、この時の池主の行動目的は、「駅使」を迎えることにあった。後述するように、この時期に駅家《うまや》を利用する「公事」を担った官人と越前国司とが、越中国境に近い加賀郡深見村で接点をもったことを意味しており、この駅使を迎えた時節、場所、そしてその目的を重視する必要があると思われる。ここでは、この「駅使」がいかなる任務をにない、いずれの方向へ向かう公使であったのかが焦点となる。

三　郡符の布告対象

「［郡］符　深見村□郷駅長并諸刀祢等」に関して、「郡符」以下の［空白］部を含む宛先条文を、「…深見の村里に居る郷長・駅長・諸刀祢ら」の意味で理解したのであるが、これは発令対象となる郡司以下の末端行政に関わる担当者を含むという観点からみても不自然ではあるまい。

右の「郡符」は、宛先を単一の役人とせず、「村里長人」と表記された、郷内で活動する複数の行政担当者に宛てた命令である点に特徴が認められる。また、郡司の命令条文を、田領《でんりょう》を通じて国道沿いの交通・行政上の要衝の箇所に「牓示」することによって、郷・村など在地村落はもとより、当地を経由・出入する不特定多数の百姓に対しても伝達し周知しうる効果をもつものであった。

八〜九世紀の律令制下における地方行政の組織には、国（国司）管内に郡（郡司・郡雑任《ぞうにん》）・郷（郷長・郷雑任）・駅家（駅長）・津（津司・津守・津長）などがあるが、(注13)ここで加賀郡における郷・駅と深見村の関係に焦点をあてて考証を進めることとしたい。

まず「郡符」の伝達手段についてであるが、本文中に「…仰下田領等、宜毎村届廻…」とあり、「奉行《ぶぎょう》」すべき事柄を田領等に命じて、管内の「村」ごとに届け廻《めぐ》らしたという状況を伝える。従って、「村」単位に「お触れ書き」を伝達したのは、勧農・禁制事項の「牓示」目的が、百姓の生産・生活が「村」組織を基盤としていた実態に即応する必要があったからに他なるまい。当然にして、ここに見る「深見村」以外の村々へも、奨励・禁制事項を「届廻《とどけめぐら》」したものと見なさねばならない。

では、かかる命令条項を牓示するに当たって、「村」を単位に実施したことの理由は何処にあったのであろうか。この点について考慮すべきは、「応奉行壱拾条之事」(木札の記載条項は八箇条)の内容構成であるが、それには、①田夫《でんぷ》の農作業時間、②田夫の魚酒飲食に対する禁制、③溝堰《せき》を労作《ろうさく》しない百姓の禁断、④「五月三十日」前に田植えを終えるべきこと、⑤村里内に隠れ潜む人の捕捉《ほそく》、⑥桑原のない養蚕の百姓を禁制、⑦里邑《りゆう》内で故意に酒に酔乱し戯《たわむ》れすぎる百姓の禁制、⑧農業に専念すべきことなど、農作業の督励・勧課、村落秩序維持への対策・禁制に関する多様な項目からなる点である。

右に掲げた条項は、郡司・郷長を軸とする行政機構を媒介とし特定事項を下達する方式では対応できなかった現実を反映するものと考えられるのであるが、それは「郡符」に記すように、「村邑内」「里邑内」における百姓・田夫が日常的に多種の違反行為を多発、公然化させていた実態と深く関わるものである。村邑・里邑の内部における不特定の百姓らの労働と生活を対象にして、規制・禁断・摘発するためには、多数の役人による監視・捜索・実行を必要としたに違いなかろう。これを要するに、この郡符は「壱拾条之事」を「奉行《ぶぎょう》」するため、「郷駅長并諸刀祢等」=「村里長人」を対象にして布告したものと考えなければならない。

四　深見村と「郷」「駅」

八〜九世紀の加賀郡において、郷として大桑・大野・芹田・玉戈《たまぼこ》・田上・井家《いのいえ》・英太《あがた》(英多)の諸郷、駅家として田上・深見・横山の各駅が知られる。(注14)このうち郷と駅の位置関係では、田上郷と田上駅が対応するように、加茂遺跡から「英太」銘の墨書土器と「深見村…」銘の木簡が出土したことにより、英太郷と深見村・深見駅が対応するものと考えられる。そこには、春季・夏季の農事・生活と違法行為に対する国・郡の対応措置が明示されているのであるが、ここでは、英太郷・深見村・深見駅の相関関係を問題としたい。

『万葉集』に見える「村」名のうち、村名単独で表れる例を掲げると、

①「筑前国怡土郡深江村子負原…」(巻五・八一三題詞)
②「筑前国…滓屋郡志賀村白水郎荒雄…」(巻十六・三八六九左注)
③「能登郡従香島津発船、射熊来村往時…」(巻十七・四〇二六題詞)
④「此海者、有射水郡旧江村…」(巻十七・三九九一題詞、同・四〇二五左注)
⑤「以今月十四日、到来深見村…」(巻十八・四〇七三～七五題詞)
⑥「…恋緒結深海之村　…」(巻十八・四一三二・四一三三題詞)

などがあり、①村+原野名、②村+住人、③⑤⑥目的地としての村、④海(布勢水海)が所在または帰属する村、の存在を知ることができる。①④では野・水海など自然的・地域的空間を含み、②に村で活動する住人、③⑤に郡・郷制下における村落名を伝えるもので、いずれも面的空間と人的構成を伴う村落として理解できる。ここに掲げた「村」は、概して集落構成を核とする自然村落としての系譜をひくとみてよく、その構成員は行政組織上、郡制下の郷に「戸」単位で所属する。

次いで、八世紀における「郷」と「村」の関係を明示する事例を掲げると、次のとおりである。

①（山背国宇治郡）家一区…、地…、又山…、在部下賀美郷堤田村者（天平十七年十一月三十日）

〔『東南院文書』三櫃四十一巻[注15]〕

②（越中国射水郡）三宅所四段…在櫛田郷塩野村…（天平宝字三年十一月十四日）

〔東大寺開田地図[注16]〕

③（越中国砺波郡）…大野郷井山村百二十町（神護景雲三年三月二十八日）

〔大治五年三月十三日付「東大寺諸荘文書并絵図目録」[注17]〕

④（摂津職東生郡）合地三町二段四十七歩…在彼部酒人郷御擧殿村…（神護景雲三年九月十一日）

〔東南院文書[注18]〕

⑤（越前国加賀郡）…我有越前国加賀郡大野郷畝田村也横江臣成人之母也…

〔『日本霊異記』下巻・第十六[注19]〕

ここに見える①堤田村、②塩野村、③井山村、④御擧殿《みこしとの》村は、いずれも面的空間を示す土地面積を包括しており、それは、先の『万葉集』に見る深見村・古江村などの場合とも共通している。村に人・家・地・原・山・水海などを含めて表記するのは、居住する百姓の生活拠点と生産活動の地域的空間が、「村」の中に位置づけられていたことを物語るものにほかならない。それゆえ、郷の範囲には「村」の属性である「里人」と「地域空間」を包摂するものと見なさねばなるまい。

以上の理解に基づいて、奈良時代の「深見村」を俎上に挙げるならば、行政上の表記は「越前国加賀郡英太郷深見村」となり、この郡・郷・村の関係は、『日本霊異記』（下巻・第十六）に見る「越前国加賀郡大野郷畝田村」の場合と同様に、越前国から加賀・江沼郡が加賀国に分立した（注20）平安前期においても変わるものではなかろう。「村」の住民構成と活動領域の拡張は、とりもなおさず郷域の拡大を意味するものと考えられる。

次に、深見村の内に位置した深見駅の位置と構成についてであるが、令制によって駅長の管理のもとで駅馬・駅子《えきし》を配し、駅家に屋（駅館、休憩・宿泊施設、駅子の待機場、厨房など）・倉（駅稲・酒・塩などの保管）、屋外に井戸、駅馬の繋留《けいりゅう》場などが配備していたと推定できる（注21）。駅長は駅戸（百姓）内から「家口富幹事者」（富裕・才幹）が任用され、駅家の管理、駅財政の収支、駅使のための駅馬・駅子の継ぎ立てなどを主務とする。天平期の「深見駅」は深見村に位置し所属郷は「英太郷」となるが（注22）、いまだ駅家を中心とする「駅家郷」を個別に構成する段階には至っていない。深見駅の駅長と駅戸は、深見村人を含む英太郷の百姓「戸」から選ばれたとみてよい。そして、英太郷に含まれる深見村の内に深見駅家が立地するとしても、同駅長に対する行政命令は郷長ではなく郡司から発せられるのを根幹としたはずである。

以上、改めて郷と村の関係について言えば、「大野郷畝田村」の畝《うね》田《だ》村や「英太郷深見村」の深見村における百姓（「村人」「里人」）は、「戸」（戸主・戸口）として郷に編成され、行政上の班田・課税・出挙・課役などの際における受給や負担の基本単位となった。それゆえ、戸に対する行政上の伝達・執行・検察の実施について、郷では郷長・郷刀祢、駅家では駅長らに「村里の長の人」として任務を遂行すべく命令したものであった。

五　大伴池主・家持と深見村

加茂遺跡出土の「加賀郡符」木簡で確認された「深見村」名は、『万葉集』巻十八の中で、天平二十一年（七四九）、越前国掾大伴池主が越中国守大伴家持へ歌を贈った発信地として知られる。ここで、深見村の立地条件と同地の占める役割に関心を寄せる立場から、問題となる二箇所の記事を次に抄出しておこう。

①天平二十一年三月十五日条
　越前国掾大伴宿祢池主来贈歌三首
　以今月十四日、到来深見村、望拝彼北方、常念芳徳…
　三月十五日、大伴宿祢池主
　（四〇七三〜七五、略）
　越中国守大伴家持報贈歌四首
　（四〇七六〜七九、略）
　三月十六日
②同年　十二月十五日条
　更来贈歌二首

依迎駅使事、今月十五日、到来部下加賀郡境、面蔭見射水之郷、恋緒結深海之村、…短筆不宣

勝宝元年十二月十五日　徴物下司

謹上　不伏使君　記室

（四一三二～三、略）

右は、天平二十一年（七四九）の三月と同年十二月の記事であり、越前国掾大伴池主は同一年の春・冬の二回、深見村へ公務で到来した時の様子を伝えている。周知のごとく、大伴池主は大伴家持が越中国守に在任した期間中（天平十八年六月～天平勝宝三年七月）の一時期、越中国掾として在任し、家持との間に多くの贈歌・返歌が知られるが、それは越中国を離任し越前国へ着任した後も続いた。(注23)

ところで、大伴池主が越中国から越前国へ転任した時期については、明示する史料は認められないが、その時期をおおよそいつ頃と考えればよいであろうか。

いま、『万葉集』を通じて、池主が越中国司在任中と越前国司在任中に詠んだ歌の日付に留意すると、越中国司在任中で最後の日付をもつのは、天平十九年（七四七）五月二日の池主から家持に対する「贈り和《こた》ふる歌」(注24)であり、一方、越前国司へ転じて以後で最初の日付をもつ歌は、天平二十一年三月十五日の歌(注25)である。これにより、天平十九年五月二日以後、天平二十一年三月十五日迄の間において人事異動が行われたとみてよいのであるが、この間、天平二十年三月二十五日に、大伴池主の後任

と目される越中国掾久米《くめ》朝臣広縄《ひろのり》の作歌（巻十八・四〇五〇）が見えるので、池主と広縄に関わる異動時期は、天平十九年五月から翌年三月迄の期間に絞られる。

この間の出来事として特筆したいのは、天平十九年五月初旬、国守大伴家持が税帳使（正税帳使）として上京した件であるが、出発直前の四月三十日〜五月二日に越中国府にあって家持・池主間で歌の贈答が行われている。(注26)従って池主の異動した時期は、それ以降のことと考えて差し支えない。この点について米沢康氏は、家持の上京中に池主の越中離任が既に予定されていたとの見方にたち、天平十九年五月以降、これをあまり隔たっていない時期を推定されている。(注27)

ここで『続日本紀』に載せるこの間の国司補任記事をあげると、天平十九年六月丁卯（二十三日）・十一月丙子（四日）・天平二十年三月壬午（十二日）条を見るが、池主の異動に関しては家持の上京中のことか、それとも帰国後のことかを特定するのは容易ではない。しかしながら、右の国司補任人事のうち天平十九年六月にみる備後守、二十年三月にみる下野守の任官人事に比べて、十九年十一月の場合には、皇后宮亮・兵部卿・刑部卿・右京大夫とともに信濃守・越前守・丹波守・備中守など、複数の国守任官記事が見える点で注目される。(注28)とくにこの中で、越前国守が従五位下大伴宿祢駿河麻呂から従五位上茨田王《まむだのおおきみ》に替わっている件に関心が向けられるのであって、この際に、国守クラスに加えて大伴池主ら掾の人事異動を伴っていた可能性を否定できないと思われる。

さて、天平二十一年三月十五日に池主が家持に贈った歌と翌日の返歌をもとに、池主の動向を整理してみると、池主は《十五日》、「以今月十四日、到来深見村、…」を記した書状・歌を越中国府の家持へ贈り、これに対し家持は即座に《十六日》、返歌四首（四〇七六〜四〇七九）を池主へ贈っている。これによって、大伴池主は三月十四日に深見村に到着してから、翌十五日に書状を家持へ送り、十六日に家持からの返歌を受けとるまで、深見村またはその周辺地に滞留していた経過が明らかとなる。

ここでは、池主の深見村到来と「滞在」の意味に着目したいのであるが、在来、この点に関しては、概して「何らかの用務」[注29]で越前国府のある丹生《にう》郡から深見村へ到来したものと解されてきている。また木本好信氏によって、聖武天皇の譲位時直前の平城京における橘奈良麻呂らの政治的計画と連動した行為とする推論も提示されている。[注30]

しかし、国司にとって複数日の宿泊を要する日程からは、深見村に滞留することに意味が存したと思われ、そこには駅路・伝路を利用した単なる行旅とは見なしがたい。私は、越前国司が三月中旬に英太郷の拠点村落である深見村に滞在した目的は、春の公出挙のための巡行にあったと推察するのであり、ここにおける出挙業務に関わる一郡の所要日数は、天平期における「諸国正税帳」の例に照らして、平均二〜三日と見て大過ないと思われる。[注31]

『万葉集』には、国司による春の公出挙《くすいこ》に関する記事として、天平二十年（七四八）正月二十九日に「奈呉乃安麻」（奈呉《なご》の海人《あま》）・「信濃乃波麻」（信濃の浜）の歌を詠んだ後に、「春出挙」（巻十七・四〇二一〜二九）により管内諸郡を巡行した件や、天平勝宝二年（七五〇）三月九日に「出挙之政」[注32]に擬して射水郡旧江《ふるえ》（古江）村へ行った件（四一五九）が見えており、二月〜三月を中心にして春出挙の行われた状況を裏付けている。[注33]大伴池主一行は、春出挙による管内巡行の最後の日程で加賀郡を巡回し深見村に滞在したもので、池主・家持間を往来した使は、池主の巡行日程をおおよそ把握していたはずである。ちなみに、加賀郡七郷のうち北域の河北潟周域に大野郷・井家《いのいえ》郷・英太郷が分布するが、このうち英太郷は郡内最北部に位置しており、深見村を滞在拠点とする活動は加賀郡における「出挙之政」の最終段階にあったと考えられる。

次いで、同年の十二月十五日に、大伴池主が再び加賀郡境の深見村に到来し、家持に書状と歌を贈った件を取り上げる。

池主の書状（上記②）の文面によると、《「駅使」を迎ふる事に依りて、今月十五日に、部下の「加賀郡境」に到来す。面蔭《おもかげ》に「射水之郷《さと》」を見、恋緒《おもい》を「深海之村」に結ぶ》とあり、ここでも、深見村に滞留して越中国府の家持に歌を贈った件が明らかとなる。

右に掲げた大伴池主の行動に関して重視すべきは、冬の十二月中旬に「依迎駅使事」を事由として、越中国に隣接する加賀郡境に到来したという記述にある。これは、一般的に越中国からの駅使を迎えるため到来したと理解されてきている記事であるが、(注34)この点については、越前国府や国府以南の地で待機せず、あえて深見村の地で駅使を待ったと仮定するとき、それは越中国方面から来るどのような公的任務を担った「駅使」に対するものであったのかという吟味が必要となるからである。そこでは、伊藤博氏が言及されるように「越前から越中への駅使を見送る役を含んでいた可能性」(注35)を視野に入れて検討することが求められる。この観点から注目したい事柄を、以下に指摘しておこう。

それは、冬の十二月に、駅家の駅舎・駅馬・駅子の利用を可能とする「駅使」(注36)は、（一）国府から京へ向かう場合か帰国する際、または、(二) 京から地方へ派遣される場合か帰京する際の、いずれかの場合の公使であった可能性が高いと考えられるが、当初どの場所で待機するとしても、池主にとって「駅使」の到来や通過は、時期的に予期された事柄であったに違いあるまい。

そこで、奈良時代における「駅使」の事例を掲げると、中央から地方へ下向した駅使として、①天平宝字四年に翌年「班田《はんでん》」のため越前国で活動した「校田《こうでん》駅使正五位上石上朝臣奥継」(天平神護二年十月二十一日「越前国司解[注37]」)、②「隠伎《おき》国計会帳」(天平五年度)に見る「検諸社返抄」申送の「駅使内舎人《うどねり》従七位上平群《へぐり》朝臣人足[注38]」、③「但馬《たじま》国正税帳」(天平九年度)に見る「奉二度幣帛《へいはく》所遣駅使」の「使従七位下中臣葛連《なかとみのふじのむらじ》干稲、使従八位上中臣連尓伎比[注39]」や、国内を移動・経由した駅使として、①「造神宮駅使」「巡察駅使」(天平十年度「周防《すおう》国正税帳[注40]」)、②但馬国内を経由する「齎《もたらす》免罪赦書来駅使」(丹後国史生《ししょう》…・送因幡《いなば》国当国大毅…)、「齎免罪并賑給《しんごう》赦書来駅使」(丹後国目《さかん》…、送因幡国当国史生…)(天平九年「但馬国正税帳[注41]」)など、特定の任務をになった多様な「駅使」が知られる[注42]。

ここには、京から地方へ特定の任務をになって下向する駅使とともに、地方の各国で中央からの「免罪赦書」「賑給赦書」等を伝送する際、駅使として通過する隣国の国司と同行する当国国司らに対して、当地で米・塩・酒を供給した状況が記録されている。要するに、駅使の実態としては、京から地方へ下向する諸使、詔書などの伝送を担う地方の国司、これに地方の国府から京へ大帳(計帳)・正税帳・朝集帳を報告する各使[注43]が該当すると考えられる。なお、貢(運)調使については、運脚と同

行しており駅馬を利用することが認められていなかった。(注44)

それでは、大伴池主が「駅使」を迎えた後、あるいは迎えるために深見村へ到着したとすれば、いかなる任務を帯びた駅使と見なせばよいであろうか。

仮に、越前国以北から京へ向かう駅使を迎えたのであれば、越前国司の立場で他国から管内を経由する駅使の安全な通行をはかり、食糧の供給を主眼としたはずである。これを要するに、駅使の任務遂行は国家的な要事であるため、途次国の国司が重要な役割を果たしたことは想像に難くない。ただしこの場合、諸国の「急速大事」「大瑞・軍機・災異・疾疫・境外消息」などの緊急事態(注45)を別にすれば、十二月中に越中国やそれ以北の国から「駅家」を使用して京への報告・納付を義務づけられた公的任務の規定は見あたらないのである。駅使が緊急の場合には、国司による前もっての待機は困難であるところから、毎年定例の駅使であってのみ、経由国の国司にとって「出迎える」ことが可能であったはずである。

この点から、越前国司が迎えたのは、越中国方面から上京する駅使ではなく、京から越中国または越中国以北へ向かう駅使であって、越前国内を経由・移動した場合に対応したものと解せられる。とくにここでは、大伴池主が深見村へ到来した事由を、任務を終えて京から帰国する越中国司に同道しての結果として注目したい。

そこで、国司が担当した駅使を掲げると、越中国からの正税帳使は二〜四月に上京し八月頃に帰国(注46)、朝集使は十一月一日に上申し翌年になって帰国するのに対して(注47)、大帳使は八月三十日までに上申し年内に帰国したと推定される。以上の駅使の中で、最も可能性が高いと考えられるのは、大帳使が京での任務を終えて帰国する道程であって、越前国内の駅路を通行する際に、越前国司が越中国境の駅家まで管内を同行した場合である。ここで、出発と同じ年内に帰国した「駅使」として、大帳使に焦点を当ててみる。

越中国司の大帳使としての事例に、天平十八年（七四六）八月に掾大伴池主が大帳使に付いて上京し、十一月に帰任した件が知られるが、(注48)使の帰国時期については十二月に係ることもありえたであろう。大帳使は「戸」の課・不課の別を記した徴税台帳の計帳を太政官に提出する任務をもつ重要な駅使だが、十二月の帰路は厳寒に耐えての移動であったはずである。以上の点から、「依迎駅使事…」の表記については、十二月上旬に大伴池主が「大帳使」を丹生郡の駅家で迎えてより、隣国である越中国近くの駅家まで同道したことを意味するものと理解すべきであろう。

さらに、大伴池主が深見村で駅使と共通の時間をもちえたのは、迎使・駅使にとって宿泊・滞在・饗応を可能とする施設が「深見村」に所在していたからに違いあるまい。その点で、駅使と共に行動し駅馬・駅子・食糧等の供給を実施・監督した場所は、「深見駅家」にほかならなかったと推定されるのである。

結び

越前国深見村は、天平期に越中国から越前国へ転任した大伴池主が到来し、越中国守の大伴家持に贈る歌を詠んだ場所として知られるが、加茂遺跡で発見された嘉祥期の年号をもつ「郡符木簡」の中に「深見村」銘が記載されていて注目を集めた。本稿は、『万葉集』と『郡符木簡』に共通して登場する「深見村」に焦点をあて、奈良時代から平安時代前期にかけての古代村落の歴史的性格について、郷（郷長）や駅家（駅長）との関連において考証を試みたものである。その趣意を示せば、以下のとおりである。

「郡符」の布告対象である「深見村□郷駅長并諸刀祢等」を、深見の村里に活動（居住または執務）する郷長・駅長・諸刀祢らに対するものとして解釈し、郷長・駅長・諸刀祢らが「村里長人」（村里の長の人）に相当すると理解した。深見村と緊密な関係にある英太郷については、『日本霊異記』下巻・第十六、宝亀元年（七七〇）十二月二十三日条に見る「越前国加賀郡大野郷畝田村」と同様に、「越前国加賀郡英太郷深見村」として把握するのが妥当であり、所属関係は奈良時代から平安時代前期にかけても、変わるところはあるまい。「深見駅」との関係でいえば駅長は英太郷人であり、かつ深見村の里人であったろう。「郡符」の布告対象を「…村里長人等」と見なすならば、郡符条項は郷内で活動する複数の行政担当者に宛てた命令であり、村落内部における不特定の百姓らの活動・生活を規制・禁断・摘発するための具体的措置であったことになる。

さらに、深見村・深見駅・英太郷の関係について吟味するとき、天平期に実在したと推定する「深見駅」は深見村に立地し、行政区画では「英太郷」内に位置したと考えられる。律令制下における英太里・英太郷は、五〇戸＝一里（一郷）を基本に構成されており、その内部に「駅家郷」を個別に構成する段階には至っていないと思われる。また、大伴池主と深見村の関係を示すものとして、『万葉集』巻十八に天平二十一年春・冬の二回にわたり深見村に到来した記事があるが、第一回目の三月十五日は春の公出挙、第二回目の十二月十五日は、越中国司の大帳使が帰国する際に、越前国司が深見村まで同行し見送った可能性が高いと推察したのである。

注1 清水三男「奈良時代文書に現れた村」（同『日本中世の村落』第一部第三章、日本評論社、一九四二年）、直木孝次郎「古代国家と村落」（同『奈良時代史の諸問題』塙書房、一九六八年）、関和彦『風土記と古代社会』塙書房、一九八四年、拙稿「里制下における村落の構造」「郷里制下における村落の構造」「郷制下の村落と荘園村落の構造」（同『初期荘園史の研究』塙書房、一九八六年）、小林昌二『『村』と村首・村長」（同『日本古代の村落と農民支配』塙書房、二〇〇〇年）等

2 大山喬平「越中の庄・郷・村」（『富山史壇』一三九号、二〇〇三年）は、越中国を事例にして古代・中世の「郷」と「村」の関係を系統的、総合的に検討している。

3 石川県埋蔵文化財保存協会『加茂遺跡—第一次・第二次調査の概要—』一九九三年

4 湯川善一「石川・加茂遺跡」（木簡学会『木簡研究』二三、二〇〇一年）

5 「郡符」の日付について、石川県埋蔵文化財センターによる公表当初の釈文では、「加茂遺跡現地説明会資料」（二〇〇〇年九月十日付）ならびに『発掘された日本列島２００１』（朝日新聞社、二〇〇一年六月）では「嘉祥□年□月七日」とする。九月八日付全国各紙報道記事も同様である。その後、前掲『木簡研究』二三では、日付部分を「嘉祥□年□月□□日」（一二一頁）、「年数部分は判読が困難であるが、嘉祥二年の可能性が高い」（一二二頁）とし、かつ「年月日は残画から二年二月十二日であ

った可能性が高い」（石川県埋蔵文化財センター編『発見＝古代のお触れ書き』大修館書店、二〇〇一年一〇月）としつつ、復元釈文案では「嘉祥二年二月十二日」と確定的に復元されている。小稿（藤井）では、年次の「判読は困難」との前提に基づき、郡符条項の五月の暦日に「三十日」（大の月）を含むのは、嘉祥年中（元～四年）で「嘉祥四年」のみである点を重視する。拙稿「加茂遺跡出土『牓示札』の発令と宛先―「嘉祥期御触書八箇条」を中心に―」（『礪波散村地域研究所研究紀要』一八、二〇〇一年三月）、同「平安農村の農事と生活暦―「加賀郡符木簡」の構成と意義―」（同『古代における荘園農事の展開と開拓村落の形成・変容に関する基礎的研究』平成十一・十二年度科学研究費【基盤研究C】研究成果報告書〈課題番号一一六一〇三五五〉、二〇〇二年三月）参照。

6 一説に、「郷」の上に「諸」字を想定して、「村」のもとに複数郷が置かれた可能性が指摘されている（平川南「加茂遺跡を考える」『発見＝古代のお触れ書き』所収、前掲）。古代の「郷」と「村」の関係を如何に理解するかという根本的な問題に関わるが、私見では、同郡内の「…加賀郡大野郷畝田村」（『日本霊異記』）にみる「大野郷」と「畝田村」の関係と同様に、「深見村」は特定の郷（英太郷）に包摂されていたものと理解する。拙稿「郷制下の村の存在形態」（『初期荘園史の研究』四四二頁、塙書房、前掲）、大山喬平前掲論文参照。

7 拙稿「加茂遺跡出土『牓示札』の発令と宛先」六頁、前掲註（5）。

8 日本古典文学大系『万葉集』四、岩波書店、一九六八年版。

9 京都大学文学部国語学国文学研究室編『諸本集成・倭名類聚抄』本文篇所収・高山寺本、臨川書店、一九八七年版、新訂増補国史大系『延喜式』巻二十八・兵部省諸国駅伝条、吉川弘文館、一九六五年。

10 小林健太郎「加賀国」（藤岡謙二郎編『古代日本の交通路』II、大明堂、一九七八年）

11 「養老厩牧令」駅各置長条（日本思想大系『律令』所収、岩波書店、一九七六年）

12 小林健太郎「越中国」《亘理駅》（前掲・註10）、小島憲之・木下正俊・東野治之校注『万葉集』4（日本古典文学全集）二五〇頁、小学館、一九九六年。

13 「郡雑任」「郷雑任」について、西山良平「〈郡雑任〉の機能と性格」（『日本史研究』二三四、一九八二年）、吉田晶「郡衙と郡雑任」（同『日本古代村落史序説』二六七頁、塙書房、一九八〇年）、加賀郡の津・津司について、拙稿「奈良時代の遣渤海使と能登・加賀」（『富山史壇』一三〇、一九九九年）等参照。

14 註（9）、郷名表記のうち、東急本では「英太」郷、高山寺本では「英多」郷とする。

15 『大日本古文書』家わけ十八「東大寺文書」二—三九〇頁

16 「越中国射水郡鳴戸開田地図」（『大日本古文書』家わけ十八「東大寺文書」四）

17 『平安遺文』五—一八五六頁

18 「香山薬師寺鎮三綱牒」（『大日本古文書』五—七〇一頁）

19 日本古典文学大系『日本霊異記』岩波書店、一九六八年版

20 『日本紀略』前篇十四・弘仁十四年（八二三）三月丙辰朔条。なお、『類聚三代格』巻五（分置諸国事）所収の加賀立国に関する「太政官謹奏」では日付は同年「二月三日」とする。

21 青木和夫『日本律令国家論攷』二九一〜二九二頁、岩波書店、一九九二年

22 河北潟東部の平地で加賀郡北部域に相当するのは、井家・英太の二郷である。このうち井家郷は、中世の「井家庄」や近世の「井上庄」の故地をふまえて津幡川以北から森下川以南の地を主要域とするのに対し、英太郷は中世の「英田保」「英田庄」の故地や近世の「英田郷」の所属地名から、津幡川以北の加賀郡最北部に位置すると推定できる。ちなみに、「深見村」の一角に該当する「加茂遺跡」の分布する加茂・船橋一帯は、近世の英田郷二〇村の中に含まれており、古代において英太郷に属する

と見なすのが妥当である。拙稿「平安農村の農事と生活暦」（前掲）、日本歴史地名大系『石川県の地名』井家郷・英多郷項、平凡社、一九九一年、参照。

23　神堀忍「家持と池主」（伊藤博・稲岡耕二編『万葉集を学ぶ』第八集、有斐閣、一九七八年）

24　『万葉集』巻十七・四〇〇八〜四〇一〇（大伴宿祢池主報贈和歌）

25　『万葉集』巻十八・四〇七三〜四〇七五（越前国掾大伴宿祢池主来贈歌三首）

26　『万葉集』巻十七・三九九五〜四〇一〇によると、正税帳使大伴家持に対する送別の宴は四月二十六日、「入京漸近」となり家持が池主へ長歌・短歌を贈ったのは四月三十日、それに応えて池主から家持へ長歌・短歌の贈られたのが五月二日とある。

27　米沢康『北陸古代の政治と社会』三六二・三六八頁、法政大学出版局、一九八九年

28　『続日本紀』天平十九年十一月丙子条

29　伊藤博『萬葉集釋注』九、四四五頁、集英社、一九九八年

30　木本好信『大伴旅人・家持とその時代』一一七〜一一八頁、桜楓社、一九九三年

31　一郡の巡行に要する日数は、天平十年度「周防国正税帳」（『大日本古文書』一―一三〇頁）では三〜四日、天平十年度「駿河国正税帳」（『大日本古文書』一―一〇六頁）では三日、天平九年度「但馬国正税帳」（『大日本古文書』一―五五頁）では二〜三日となる。拙稿「大伴家持の国内巡行と出挙」（地方史研究協議会編『情報と物流の日本史』雄山閣、一九九八年）。

32　「擬出挙之政」の「擬」字は、『類聚名義抄』第一巻・仏下本（正宗敦夫校訂、風間書房、一九七八年）に「ナラフ」「アタル」「ソナフ」「ナスラフ」などの意義を記すのに照らし、「出挙の政にそなえて」の意に解釈する。拙稿註（31）論文参照。

33　春出挙として二月後半期から三月にかけての時期が多いことについて、舟尾好正「出挙の実態に関

する一考察」(『史林』五六―五、一九七三年)参照。

34 中西進『大伴家持』4、二五七頁、角川書店、一九九五年

35 伊藤博前掲書(註29)四四五~四四六頁

36 「養老厩牧令」置駅馬条・公使乗駅条、「養老公式令」給駅伝馬条・駅使在路条等

37 『大日本古文書』五―五七四頁

38 『大日本古文書』一―六〇四頁

39 『大日本古文書』二―六〇頁

40 『大日本古文書』二―一三五・一三六頁

41 『大日本古文書』二―六〇頁

42 令制下における駅馬利用について、青木和夫「古代の交通」(『日本律令国家論攷』前掲)は、①「急速の大事」に関する飛駅使、②通常の駅使(公文書の逓送)、③公務出張者に区別して説明されている。「駅使」の実態の究明には、さらに公的な「来使」を含めた事例検討が課題となる。

43 坂本太郎「朝集使考」(同『日本古代史の基礎的研究』下・制度篇、東京大学出版会、一九六八年)、田名網宏『古代の交通』吉川弘文館、一九六九年、山里純一『律令地方財政史の研究』吉川弘文館、一九九一年、高垣義実「天平期における地方支配の一断面」(『古代史論集』中、塙書房、一九八八年)、舘野和己「日本古代の都鄙間交通」(同『日本古代の交通と社会』塙書房、一九九八年)等

44 『公式令集解』朝集使条所引朱説に「…但調使不可乗馬」とある。田名網宏前掲書一二〇頁参照。

45 「公式令」国有急速条・「公式令」国有瑞条、田名網宏『古代の交通』一一二~一一三頁、前掲。地方から発する緊急事態の「駅使」に対して、路次国の国司が予め出迎えることは困難であると思う。

46 正税帳使の上京・帰任時期について、天平勝宝三年二月二日、越中国守館で正税帳使として上京す

る掾久米広縄の送別の宴があり（『万葉集』巻十九・四二三八）、同年八月に帰京する大伴家持が越前国掾大伴池主館で越中へ帰任する久米広縄と遇っている（四二五二題詞）。また、正税帳使の四月頃の上京の例として、『万葉集』天平十九年四月二十六日条に、正税帳使大伴家持を送別する宴（『万葉集』巻十七・三九九五題詞）、四月三十日条に「入京漸近」となり家持から池主へ所懐の歌を贈った（同四〇〇六題詞）記事が見える。

47 直木孝次郎「朝集使二題」（同『飛鳥奈良時代の考察』高科書店、一九九六年）参照。

48 『万葉集』巻十七・三九六一左註に、「以八月、掾大伴宿祢池主、附大帳使、赴向京師、而同年十一月還到本任」とあり、池主の上京・帰国の時期が知られる。

（付記）本稿で引用した『万葉集』（テキスト）は、主に日本古典文学大系『萬葉集』（高木市之助・五味智英・大野晋校注）岩波書店、一九六八年版に依る。

古代北陸の宗教的諸相
――越中を中心として――

川崎　晃

本稿では「越の万葉集」の背後に横たわる古代北陸社会の若干の問題、特に宗教に関わる問題を取り上げたが、宗教上の問題を通して北陸社会と中央の様々な交流の一端を明らかにしようと試みたものである。

一　高志国の分割について

高志国と越国　古代北陸道の広大な山野を占めたコシの国は、『日本書紀』の国名表記に着目すると、「越国」、「越前国」などと記されている。「越国」の表記は天智紀七年（六六八）に「越国、燃土《もゆるつち》と燃水《もゆるみづ》とを献る」（七月条）とあるのを最後とし、持統紀六年（六九二）には「越前国司」（九月二十一日条）と見えるので、この間にコシの国は越前、越中、越後の三国に分割された可能性が高い。しかし、この「越国」や「越前国」の表記は『日本書紀』の表記で、直木孝次郎氏は『古事記』にみえる国名が大宝令以前の表記によると推定された。(注1) また、「越前」、「越中」、「越後」といった二字国名表記は、鎌田元一氏が指摘されたように、全国に国印が頒布された大宝四年（七〇四）頃に成立したとみられる。(注2)

コシの国についてみると『古事記』には「高志」、あるいは「高志前《みちのくち》」（仲哀段）という表記がなされているが、出土木簡の国名表記を勘案すると、大宝四年頃以前、当初は「高志」、そして三国分割以後は「高志（道）前」、「高志（道《みちのなか》）中」、「高志（道《みちのしり》）後」といった表記がなされていたと推測される。(注3)

新川評木簡　ところで最近、越中国の地方行政制度に関係する古代木簡が相次いで二点発見されている。第一は、奈良県明日香村の飛鳥池遺跡出土の木簡である。飛鳥池遺跡は富本銭が出土して話題になった工房跡である。

1・高志□新川評
　・石□〔背カ〕五十戸大□〔家カ〕□□□□目　　135×24×6
（『木簡研究』二一四号、二〇〇二）

1の木簡は飛鳥池遺跡第九八次調査で南地区の東の谷から検出された。冒頭の「高志国」は三国分割以前のコシの国を表している。次の「新川評」はのちの越中国新川《にいかわ》郡の前身に当たる。また「石背五十戸」は新川郡下の石勢《いわせ》郷（『和名類聚抄』）の前身に当たり、現富山市東岩瀬付近に比定されている。この石勢郷は磐瀬駅（延喜兵部式）が置かれた地でもあると推測される。

周知のように「さと」の表記は「五十戸」、「里」、「郷」と変遷するが、次に五十戸から里への交替時期に関わる木簡例を掲げる。

	西暦	書紀紀年	干支	表記	表記形式	出土地	備考
a	六八一	天武一〇	辛巳	柴江五十戸	五十戸	伊場遺跡	『伊場木簡』三号木簡
b	六八一	天武一〇	辛巳	鴨評加毛五十戸	評＋五十戸	石神遺跡	現地説明会資料
c	六八三	天武一二	癸未	三野大野評阿漏里	評＋里	藤原宮跡	『藤原宮木簡』二、五四四号木簡
d	六八四	天武一三	甲申	三野大野評堤野里	評＋里	石神遺跡	現地説明会資料
e	六八七	持統　元	丁亥	若狭小丹評木津部五十戸	評＋五十戸	飛鳥池遺跡	『木簡研究』二一号
f	六八八	持統　二	戊子	三野国加毛評度里	国＋評＋里	飛鳥京苑地	『飛鳥京跡苑池遺構調査概報』

今のところ「里」の初見はcの癸未年（六八三、天武十二）であり、「五十戸」から「里」への表記の変更は、天武十年（六八一）に開始された浄御原令の編纂に関わると思われる。

eの丁亥年（六八七、持統元）に「五十戸」の例があり、漸次的、段階的な表記変更と考える余地もあるが、筆者は遺制の表記と考える。『万葉集』山上憶良の貧窮問答歌にも「五十戸良（長）」（巻五・八九二）の例がある。

このように考えることが許されるならば、国＋評＋五十戸の表記形式が国＋評＋里と変更されたのは、天武十年～天武十二年（癸未・六八三）の間、およそ天武十一年前後と推測される。こうしたことから1の木簡は天武十一年前後より以前の木簡と考えられる。

石瀬野　ところで、『万葉集』には大伴家持が鷹狩りを楽しんだイハセ野（「石瀬野」・「伊波世野」）を詠んだ歌が二首残されているが、石勢郷に関わる地名と思われる。

安志比奇乃《あしひきの》　山坂超而《やまさかこえて》　去更《ゆきかはる》　年緒奈我久《としのをながく》　科坂在《しなざかる》　故志尓之須米婆《こしにしすめば》　大王之《おほきみの》　敷座国者《しきますくには》　京《みや》
師乎母《こをも》　此間毛於夜自等《ここもおやじと》　心尓波《こころには》　念毛能可良《おもふものから》　語左気《かたりさけ》　見左久流人眼《みさくるひとめ》　乏等《ともしみと》　於毛比志繁《おもひしげし》
曾己由恵尓《そこゆゑに》　情奈具也等《こころなぐやと》　秋附婆《あきづけば》　芽子開尓保布《はぎさきにほふ》　石瀬野尓《いはせのに》　馬太伎由吉氏《うまだきゆきて》　乎知許知尓《をちこちに》　鳥布《とりふ》
美立《みたて》　白塗之《しらぬりの》　小鈴毛由良尓《こすずもゆらに》　安波勢也理《あはせやり》　布里左気見都追《ふりさけみつつ》　伊伎騰保流《いきどほる》　許己呂乃宇知乎《こころのうちを》　思《おもひ》
延《のべ》　宇礼之備奈我良《うれしびながら》　枕附《まくらづく》　都麻屋之内尓《つまやのうちに》　鳥座由比《とぐらゆひ》　須恵弖曾我飼《すゑてそあがかふ》　真白部乃多可《ましらふのたか》
（巻十九・四一五四）

伊波世野尓《いはせのに》　秋芽子之努藝《あきはぎしのぎ》　馬並《うまなめて》　始鷹獦太尓《はつとがりだに》　不為哉将別《せずやわかれむ》（巻十九・四二四九）

四一五四番歌は天平勝宝二年（七五〇）三月八日の「白き大鷹を詠む歌」、四二四九番歌は天平勝宝三年八月四日、少納言に任ぜられた家持が帰京に際して上京中の久米広縄の館に贈貽した歌である。二つの歌を重ねると、平城京を離れ、越中で暮らした家持の心のバランスを維持する上で、石瀬野での鷹狩りが大きな意味を持っていたことを思い知らされる。

この秋萩の咲くイハセ野については石勢郷付近説のほかに、国府に近い現高岡市石瀬《いしぜ》付近とする説があり、対立している。(注4) 確かにイハセ野は地形地名と思われるので、そのような景観をもつ地であれば必ずしも郷名と関わりをもたなくても良い。しかし、石勢郷の存在が七世紀に遡って確認されたことの意義は少なくない。

利浪評木簡　さて、第二は同じ奈良県明日香村の飛鳥京苑池遺跡出土の木簡である。

2・高志國利浪評

・ツ非野五十戸速鳥　　114×(18)×6

（奈良県立橿原考古学研究所編『飛鳥京跡苑池遺構調査概報』学生社、二〇〇二）

2木簡は飛鳥京苑池遺跡の北側の通水路から出土している。同じトレンチ（Ⅳ－2）の併出紀年木簡は「戊寅年（六七八、天武八）」であるが、某郡某里と表記されたものもあり、大宝令制下（七〇一年以降）のものも含まれている。

「利浪評」はのちの越中国礪波《となみ》郡の前身に当たる。礪波郡の前身については、これまで「越中石黒系図」に「利波評」とあるのが知られていたが、これによって「利浪（波）評」の存在が確実となった。また、「ツ非野五十戸」は『和名類聚抄』などには記載のないサト名である。「ツ」字に誤りないとすれば、目下は未詳としておく他はないが、[注5]意斐郷《おい》（小井郷）の前身の可能性もあろう。

この2木簡も1木簡と同様に国＋評＋五十戸の表記形式をとっており、併出紀年木簡の「戊寅年（六七八、天武八）」を一応の上限とすると、天武八年頃〜天武十一年前後の間ものとすることができる。

注意されるのは1、2木簡ともに「高志国」とあり、いまだ分割以前であるという点である。このようにみてくると、冒頭に述べた高志の分割の時期は、従来上限とされた天智七年（六六八）よりももう少し限定でき、天武十一年（六八二）前後〜持統六年（六九二）の間に絞ることができるのである。

二　気多大神宮寺の成立

越中と越後・能登　『続日本紀』の「越中国の四郡を分けて越後国に属く」（大宝二年三月十七日条）という記事からすると、分割当初の「高志（道）中国」は、大宝二年（七〇二）三月まではのちの越中国四郡と、恐らくは越後国の頸城《くびき》、古志《こし》、魚沼《いおの》、蒲原《かんばら》の四郡を含む縦長の領域であった。[注6]また、天平十三年（七四一）十二月十日から天平宝字元年（七五七）五月八日までの約一五年間は、越中国は能登国四郡を含む広大な地となった。
時系列的にはともあれ、空間的には越中国は陸と海を媒介として越後国と能登国とを取り込んでいたことになる。『万葉集』に越後国蒲原郡に属する伊夜彦《いやひこ》神の歌が越中国の歌として伝えられ（巻十六・三八三、三八四)、あるいは越中守大伴家持の巡行歌題詞に能登国羽咋《はくい》郡に属する気多《けた》神宮の参拝を伝えるのも(巻十七・四〇二五題詞)、そうした政治的遺制の文化的表象といえよう。

古代北陸と神仏習合　古代北陸の社会を考える上で注意されるのは、神護景雲四年(七七〇)、称徳《しようとく》天皇不予に際して八月一日に幣帛と赤毛の馬二疋を伊勢大神宮に、鹿毛《かげ》の馬各一匹を若狭国の若狭彦《わかさひこ》神と豊前国の八幡《やはた》神に奉納し、翌日には越前国の気比《けひ》神と能登国の気多《けた》神に奉幣している点である(『続日本紀』)。これらの神社に共通するのは神仏習合が早く及んでいることである。伊勢神宮と八幡神を奉祭する宇佐八幡を除くと、若狭彦神、気比神、気多神はいずれも北陸道に属する神々であり、外界より災厄の寄り来る、いわば境界領域に位置する防疫神であった。仏教に帰依したこれらの神々は、出家した称徳天皇が、尼天皇たる「法基尼《ほうきに》」(『本朝皇胤紹運録』)として幣帛を捧げるにふさわしい神々であったといえる。『続日本紀』の奉幣記事に北陸三神が見えるのはこの時だけであるが、(注7)畿内を離れ突如として北陸三神への奉幣がなされた背景には右のような宗教上の事情があったと思われる。

越前国の気比神社に神宮寺が設けられたことは藤原武智麻呂《むちまろ》伝(『家伝』下)に見える。夢枕にたつ気比神の願いは、仏教に帰依し、荒ぶる神の一面をもつ神の身をうけた宿業から身を離れることであった。武智麻呂は神の為に霊亀元年(七一五)に神宮寺を建てたというが、直ちには信用しがたい。しかし、遅くも武智麻呂伝の成立した天平宝字年間(七六〇年前後)には建立されていたと推測される。越前国では気比神宮の他に、剣《つるぎ》神社(福井県丹生郡織田町)に伝存する梵鐘の銘に「剣御《つるぎのみ》子寺《こでら》の鐘、神護景雲四年九月十一日」（『寧楽遺文』下、九七七頁）とあることから、神護景雲四年（七七〇）には剣神社に神宮寺である剣御子寺が造立されていたことが知られる。

また、若狭国の若狭彦神社にも神願寺（神宮寺）が建立されている。神主の和宅継《やまとのやかつぐ》の引用する古記によれば、「養老年中、疫癘《えきれい》しばしば発《おこ》り、病死する者」が多いことから神は苦悩し、神身離脱、仏教帰依を願い、ために神願寺を建立したという（『類聚国史』一八〇、仏道部）。若狭神願寺が養老年中（七一七〜七二三）に建立されたという伝承は俄に信用しがたいが、称徳天皇不予の頃までには建立されていたとみてよかろう。疫病や天変地異にさらされる在地社会においては、仏教に帰依した神の出現は呪的霊力を帯びた神の再生であり、仏教界にとっては仏法の守護者である護法善神の誕生である。

尼天皇称徳の護法善神の論理は天平神護元年（七六五）十一月の大嘗祭の宣命に端的に示されているが（『続日本紀』第三十八詔）、ここで注目しておきたいのは神護景雲四年（七七〇）七月に発布された称徳天皇の勅の次のような一節である。「疫《えき》気《き》生《いきもの》を損《そこな》ひ、変異物を驚かす。永く言《ここ》に懐《こころ》を疚《や》みて、惜《お》く所を知らず。唯、仏出世の遺教応感《いきょうおうかん》すること有らば、苦は是れ必ず脱《まぬか》れむ、災は則《すなわ》ち能《よ》く除かれむ。故《かれ》、彼の覚風《かくふう》を仰ぎて、斯の祲霧《しんむ》を払はむとす」（『続日本紀』同年七月十五日条）。即ち、尼天皇称徳は疫病、天変地異に苦悩するが、自分の行動に仏陀が感応するところがあれば救われるとし、仏陀の徳にすがり妖気を払おうとしている。称徳天皇の場合は道鏡との関係も考慮しなくてはならないが、神格をもつ天皇が疫病や天変地異に苦悩して出家し、仏にすがる姿は、神身離脱・仏教帰依を願う神々の姿と二重写しとなる。このようにみると、聖武太上天皇と称徳天皇の出家が神仏習合に与えた影響はきわめて大きい(注8)と推測される。

気多大神宮寺　さて、能登国の気多神宮は、天平二十年(七四八)に大伴家持が部内巡行の際に参拝していることからその存在が知られる。前述したように、当時、能登国は越中国に属しており、気多神宮は越中国の有力な神社であった。

能登気多神宮

氣太神宮に赴《おもぶ》き参り、海辺を行く時に作る歌一首

之乎路可良《しをぢから》　多太古要久礼婆《ただこえくれば》　波久《はく》
比能海《ひのうみ》　安佐奈芸思多理《あさなぎしたり》　船梶母我毛《ふねかぢもがも》
(巻十七・四〇二五)

この気多神宮にも斉衡二年(八五五)には神宮寺が設けられていたことが知られるが(『文徳実録』五月四日

越中気多神社

条)、その存在はさらに遡る。そのことは高岡市東《ひがし》木《き》津《づ》遺跡出土の木簡からうかがえる。(注9)

東木津遺跡は高岡市の中央部、小矢部川と庄川に挟まれた微高地にあり、八世紀から九世紀末を中心とする遺跡で、荘家、もしくは官衙の出先機関と推測される。次に「氣多大神宮寺」と記された木簡の釈文を掲げておく。

・「氣夛神宮寺涅槃浄土〓米入使」
・「□〔延カ〕暦二年九月五日廿三枚入布師三□」　154×21×5

裏面冒頭の年号については残画から延暦、もしくは正暦と考えられるが、報告書によると木簡が出土したのは東側調査地区の落ち込み(凹地)第二層、奈良平安時代の地層である。遺物からすると八世紀後半から九世紀前半を中心とし、その前後の八世紀前半、及び九世紀後半の遺物を若干含むもので、一〇世紀以降のものはきわめて少ないという。(注10)

右の考古学的知見を勘案するならば、「□暦二年」は「延暦二年（七八三）」として誤りあるまい。これによって気多大神宮寺が七八〇年代初頭には既に建立されていたことが確実となった。

かつて浅香年木氏は防疫神である漢神（韓神）に考察を加え、称徳天皇不予の宝亀元年（七七〇）頃には気多神宮に神願寺（神宮寺）が成立したと推測されているが、(注11)当木簡は浅香説を裏付けるものといえよう。能登国は仲麻呂政権下の天平勝宝九歳（七五七）五月に越中国から分置されたが、この木簡により分置後も気多神宮、ないし気多大神宮寺の信仰が越中に根強く及んでいたことが知られるのである。

このような能登国羽咋郡の気多神宮への信仰を背景に越中国に気多神が勧請されたと推測される。越中国の気多神社は、一〇世紀初頭、延長五年（九二七）に撰進された『延喜式』神名帳に射水郡十三座の一つとして見えるので、勧請の時期はひとまずそれ以前ということになるが、『延喜式』「土御門本」の頭注に「延喜八年（九〇八）八月十六日乙卯、越中気多大神を以て、官幣に預かる」とあるので、勧請された時期は九世紀に遡ると思われる。しかし、正史に記す越中国の宝亀十一年（七八〇）を初見とする神階授与記事には射水郡二上神、礪波郡高瀬神などは見えるが、気多神は見えない。(注12)

三　官大寺僧と優婆塞・優婆夷の活動

（一）講師僧恵行

講師僧恵行　天平勝宝二年（七五〇）四月十二日、大伴家持が国府の属僚たちと布勢水海に遊覧した折りの歌がある。

攀《よ》ぢ折《を》れる保《ほ》宝葉《ほがしは》を見る歌

吾《わが》勢《せ》故《こ》我《が》　捧《ささげ》而《て》持《もて》流《る》　保《ほ》宝《ほ》我《が》之《し》婆《は》　安《あ》多《た》可《か》毛《も》似《にる》加《か》　青《あおき》　盖《きぬがさ》

講師《かうじ》僧恵行《ゑぎやう》

（巻十九・四二〇四）

作者は講師僧《ほうし》恵行である。この「講師」についてみると、大宝二年（七〇二）二月に各国に任じられた僧である国師が（『続日本紀』）、延暦十四年（七九五）八月に講師と改称されたことから、[注13]「講師僧恵行」の講師とは国師のことであり、延暦十四年以前から国師は講師とも私称されていたとする尾山篤二郎の併用説がある。[注14] 澤瀉久孝『萬葉集注釈』、伊藤博『萬葉集釋注』なども尾山説に従い講師は国師の別称とされている。

しかし、国師については既に多くの研究蓄積があり、[注15] 大宝二年に設置された国師が奈良時代に講師と呼ばれたことはなく、延暦十四年以前の講師は国師とは別のものとするのがほぼ通説となっている。また、講師についても国師にふれて井上薫氏の考説がある。

井上氏はイ「正倉院文書」、ロ『続日本紀』、ハ『類聚三代格』、ニ『万葉集』にみえる講師を検討され、いずれも最勝王経《さいしょうおうきょう》、華厳経《けごんきょう》、梵網経《ぼんもうきょう》などを臨時的に講義する任にあたった僧をさすことを明らかにされた。また、『類聚三代格』斉衡二年（八五五）十一月九日の官符には、天平勝宝七年（七五五）の民部省符が引用されており、そこに「大隅・薩摩・対馬・壱岐・多禰《たね》等の国嶋の講師を停止す」とあるが、この講師は元は国師とあったものを斉衡二年当時に使用されていた講師に書きかえられたとする。従って、奈良時代の講師、厳密にいえば延暦十四年以前の講師は、大宝二年に設置された国師、および延暦十四年にそれを改称した講師とは職掌・任期などの点で別個のものであるとされている。(注16) 従うべき見解であろう。

ひるがえって『万葉集』をみると、巻十八には「先の国師の従僧清見《じゅうそうせいけん》といふもの、京師《みやこ》に入るべく、因《よ》りて飲饌《いんざん》を設《まう》けて饗宴《きょうえん》す」（四〇七〇左注）とあって、国師と講師の語が混用されていたとも思われない。

日本霊異記の講師　そこで、念のために井上氏が間接的にふれた『日本霊異記』にみえる「講師」をみておこう。

①下巻第十九「産生《う》みたる肉団《ししむら》女子と作《な》りて善を修《おこな》ひ人を化《をし》ふる縁」

…大安寺の僧戒明大徳《かいみょうだいとく》、彼の筑紫《つくし》国府の大国師《だいこくし》に任《ま》けられたる時に、宝亀七・八箇年の比頃《ころほひ》に、肥前国佐賀郡の大領《だいりょう》正七位上佐賀君児公《こぎみ》、安居会《あんごゑ》を設け、戒明法師を請《むか》へ、八十華厳を講《と》かしめたる時に、彼の尼闕けず衆《もろひと》の中に坐《ゐ》て聴く。講師見て呵嘖《さきな》みて言はく（以下略）

宝亀七・八年（七七六・七七七）頃の話である。「竺紫国府」は大宰府、もしくは筑前国府を指すのであろう。戒明が任ぜられた「大国師」については、『続日本紀』延暦二年（七八三）に大国と上国には大国師、少国師各一名を置いたことがみえる（十月六日条）。しかし、天平神護元年（七六五）四月二十八日付「因幡国高庭荘券」に「大国師法師玄蔵」（『大日本古文書』五ノ五二七、『寧楽遺文』中、七三七頁）とあり、また宝亀三年（七七二）九月二十三日付「出雲国国師牒」に「大国師兼造寺専当満位僧慈瓊《じけい》、少国師兼造寺専当満位僧賢亮《けんりょう》」（『大日本古文書』六ノ三九七～八）とあることから、それ以前に大国師・少国師が置かれていたことが知られる。従って宝亀七・八年頃に大国師がみえるのは当時の実情を伝えたものであろう。

この話では、肥前国佐賀郡の大領佐賀君児公が安居会を設けるために、竺紫国府の大国師であった戒明法師を招き、八十華厳を講義してもらっている。この話に見える「講師」も八十巻本華厳経の講義にあたる僧を意味しており、講師役を招かれた戒明がつとめたのである。この場合は他国の国師が郡司の主催する安居会に屈請されて講師をつとめた例となる。

②上巻第十一「幼き時より網を用《もちゐ》魚《うを》を捕りて現に悪しき報を得る縁」

播磨国餝磨《しかま》郡の濃《の》於寺に、京の元興寺の沙門慈応大徳《じおうだいとく》、檀越《だんをち》の請《むかへ》に因りて夏安居《げあんご》の間法花経を講《と》く。（以下略）

右の②には直接「講師」の語は見えないが、元興寺の僧慈応が播磨国餝磨郡濃於寺の夏安居に、檀越の要請をうけて法華経を講義しており、官大寺の僧が講師として屈請された例とすることができよう。

③下巻第三十五「官の勢を仮りて理《みち》にあらずして政を為《おこな》ひて悪しき報を得る縁」

（延暦十五年三月）……天皇（桓武＝筆者注）善珠《ぜんじゅ》大徳を勧《あつらへ》請《むか》へて講師《かうじ》とし、施皎《せきょう》僧都《そうづ》を請《むか》へて読師《とくし》とし、平城宮の野寺《のでら》にして、大なる法会を備《まう》け、為に件の経（法華経＝筆者注）を講読《よ》ましめ、福《さきはひ》を贈りて彼の霊《たましひ》の苦を救ふ。（以下略）

この話でも平城宮の野寺での法会に善珠が講師として招かれ、法華経を講義する役をになっている。

『日本霊異記』においても、「講師」は法会の際の経典の講義の役をになう僧であり、井上氏の見解の妥当性を証するものである。

書写法師恵行　ところで、天平勝宝四年（七五二）に長門国の国司であった日置山守《へきのやまもり》と家刀自《いえとじ》の三首那《みこびとな》（みすな）が発願した『報恩経《ほうおんきょう》』巻第七に跋語が残存している。

報恩經一部　書寫法師惠行

右、以長門國司日置山守家刀自三首那、為父母敬寫奉如件

天平勝宝四年正月上旬

（『寧楽遺文』下六二二頁）

《報恩経一部　書写する法師は恵行なり。

右、長門国司日置山守と家刀自三首那を以て、父母の為に敬ひて写し奉ること件の如し。
天平勝宝四年正月上旬》

『報恩経』は、詳しくは『大方便仏報恩経《だいほうべんぶつほうおんきょう》』、『大方便報恩経』ともいい、全七巻、訳者は不詳（失訳）であるが、後漢の時代に漢訳されたとされており、仏教における恩の意味を説いたものである。奈良時代に盛んに書写されているが、「正倉院文書」によると天平八年九月には書写されていることが確認できる（天平八年九月二十九日「写経目録」、同「写経請本帳」『大日本古文書』七ノ五四・五六）。

さて、この題跋によると、書写した人物として「法師恵行」の名が記されている。『万葉集』に見える恵行が越中にいたのは天平勝宝二年（七五〇）四月のことであり、『報恩経』の書写はその二年後のことになる。名前の合致、時期的に矛盾がないという点から同一人物としうる可能性が高い。(注17)

日置氏　長門国司であった日置《へき》山守は他に見えず、その経歴は不明である。跋語には「国司」とのみあって四等官のいずれであったのか、また姓も記していない。『新撰姓氏録』によると、日置氏には日置朝臣（右京皇別下）、高句麗系の渡来氏族である日置造・日置倉人などがみえる。(注18)日置造氏の中には宝亀八年（七七七）に栄井《さかい》宿祢、鳥井宿祢、吉井宿祢を賜姓された者もある（『続日本紀』四月甲申条）。

奈良時代の史料には日置君、日置連、日置首、日置造が散見するが、奈良時代に国司となった日置氏の人物としては、日置首若虫（筑後守）を除くといずれも日置造氏であり、日置造真卯《まう》（大和介）、日置造蓑麻呂《みのまろ》（栄井宿祢蓑麻呂とも、丹波員外目・丹波介・丹波守）、日置造道形《みちかた》（栄井宿祢道形とも、丹波介・備中守）らが知られる。このような例からすると日置山守も日置造の一族であった可能性が少なくない。

なお、このうちの日置造蓑麻呂は、賜姓により栄井宿祢蓑麻呂を称すが、無位経師を振り出しに陰陽頭正五位下となったサクセス・ストーリーの持ち主である。(注19) 渡来系氏族の土壌に育まれた知識と才能が評価されて官人となったのであろう。

蓑麻呂は天平二十年四月二十五日付「写書所解」に名前が見え、左京三条三坊の戸主、日置造男成の戸口であったことが知られる（『大日本古文書』三ノ七九）。写書所は天平十九年から天平宝字四年にかけて造東大寺司にあった組織である。蓑麻呂が従八位上丹波員外目《さかん》となったことが知られるのは天平勝宝七歳（七五五）であり（同年正月十日「過去荘厳劫千仏名経《かこしょうごんこうせんぶつみょうきょう》」巻上題跋）(注20)、日置山守が長門国司として現れる時期より三年ほどのちのことである。山守とほぼ同年齢か山守の方が年上かと推測される。

『報恩経』の発願　さて、次に問題となるのは発願者である。筆者は行論の都合上「日置山守と家刀自三首那」と読んだが、「日置山守家刀自三首那」を「日置山守の家刀自である三首那」と解釈して発願者を家刀自の三首那とみるか、(注21) あるいは「日置山守と家刀自の三首那」と解し、夫妻の共同発願とみるか、いずれが妥当であろうか。家刀自三首那は氏を記さず、日置山守の家刀自であることを強調した筆法になっている。そこで、奈良時代の写経の発願者を探ると、夫妻による共同発願とみられる例がある。

①『灌頂《かんじょう》梵天《ぼんてん》神策《じんさく》経《きょう》』

勝宝四年（七五二）辰左京八條一坊民伊美吉若麻呂、財首三氣女、右二人、為父母願。

（『寧楽遺文』中、六二二頁）

②知恩院蔵『瑜伽師地論《ゆがしじろん》』巻四四

宝亀十一年歳次庚申（七八〇）四月廿五日願主〈大宅月足／秦下子夜目刀自古〉

（『寧楽遺文』中、六三九頁）

③大徳寺蔵『瑜伽師地論』巻六〇

太宰府史生正六位上八戸史石嶋春日戸刀自賣奉為慈父母仕奉願

延暦四年（七八五）六月十五日

（『平安遺文』題跋篇、二頁）

①は「父母のために願ふ」とあることからも民伊美吉《たみのいみき》若麻呂と財首《たからのおびと》三氣女《みけめ》を夫婦とみてよいであろう。③は大宅月足《おおやけのつきたり》と秦下子《はたのしもこ》夜目刀自古の二人を願主とする知識経とみられるが、これも夫婦と推測される。③は長岡京期のものであるが、「慈父母の奉為に仕へ奉らむと願ふ」とあり、八戸史石嶋《やべのふひといわしま》と春日戸刀自売《かすかべのとじめ》の夫妻による発願とみることができる。このような例からすると、右の『報恩経』も日置山守と家刀自の三首那の夫妻による共同発願としてよいように思われる。(注22)

それでは法師恵行が書写した『報恩経』はどこで書写されたのであろうか。まずは日置山守の任地の長門国が想定されるが、恵行が長門国の国師であれば、題跋に「国師」という肩書きが記されていても良いように思われる。恵行は国師として赴任していたのではあるまい。とするならば、次に想定されるのは恵行が地元である長門国の僧侶である場合、或いは夫妻の要請を受けて官大寺僧の恵行が長門国に赴いて書写した場合などであるが、本経の借用などを考慮すると書写の場所はむしろ平城京と考えて良いかと思われる。

この二つの異なる史料にみえる恵行を同一人物とすることができるならば、恵行は二年の歳月を隔てて講師、書写法師として立ち現れるのである。越中国の布勢水海に国守家持ら国衙官人と親しく遊宴した「講師」は国師の別称ではなく、やはり法会にともなう講説のために屈請された僧と推測されるのである。恵行は平城京の官大寺の僧侶、恐らくは越中の墾田開発に積極的であった東大寺の僧侶と思われる。ここで想起されるのが『東大寺諷誦文稿《ふじゅもんこう》』に見る法会の際の説教の雛形や講説のための覚書のことであり、それを必要としたのは恵行のように「講師」の任に当たる僧であったろう。(注23)

山守と東大寺との関わりは不明であるが、同族の可能性のある蓑麻呂は当初造東大寺司の経師であった。山守夫妻が『報恩経』の書写を依頼する場合には、蓑麻呂のつてを頼りに造東大寺司に依頼したということも想定されるのである。

富山市栃谷南遺跡出土ヘラ書き土器　なお、富山市栃谷南遺跡出土の土器片に「恵□」とヘラ書きされた文字が検出された。栃谷南遺跡は富山市の南部丘陵地帯に位置する工房遺跡で、瓦陶兼業窯《がとうけんぎょうよう》二基、井戸跡、炭焼窯四基、粘土採掘穴群、掘立柱建物跡などが検出されており、鉄の製錬も行われていた。時期的には八世紀代、第3四半世紀に及ぶ遺跡とされている。(注24)

この「恵□」墨書については時期的に矛盾がないことから「恵行」と判読されたとも聞くが、実見させていただいた限りでは、残画から「恵師」と読む可能性が高い。恵師の語は「正倉院文書」では大宝二年の御野国味蜂間《あはちま》郡春部里戸籍に「嫡子恵師」（『大日本古文書』一ノ三）、同年豊前国上三毛《かむつみけ》郡塔里戸籍に「塔勝《とうのすぐり》恵師」（同一ノ一五二）など人名としての使用例が確認できる。一方、天平宝字二年三月十九日「画師行事功銭注進文」（同四ノ二六七〜八）、同年四月九日「画師行事功銭注進文」（同四ノ二六九〜二七〇）などに「恵師」が「画師」の別表記として使用されている。また、近江国犬上郡を本貫とする画工司画師の家系の簀秦画師《すはたのえし》は、氏名に職名に由来する称号的な画師を称すが、この画師を恵師とも書いている（「画工司未選申送解案帳」同十三ノ二二九など）。同様な例に河内画師（恵師）祖足《おやたり》がある（同四ノ二六一など）。

　出土遺物に東大寺不空羂索観音像台座などにみられる対葉花文を施す琥珀製の透彫り製品があることからすると、この工房に恵師（画師）が関与していたとしても不思議ではない。

（二）越の優婆夷

生江臣大田女・家道女の貢経文　前節では官僧の地方との交流の一端を垣間見たが、古代の越における仏教活動として、修法求道の僧侶や、在俗の信者である優婆塞《うばそく》（男性）・優婆夷《うばい》（女性）の活動が知られる。『日本霊異記』によると、京戸の小野朝臣庭麿《にわまろ》は越前国加賀郡の山中で修行し、千手経《せんじゅきょう》（千手千眼陀羅尼経《せんじゅせんげんだらにきょう》）の呪験を体得したといい（下巻・第十四）、また紀伊国名草《なぐさ》郡能応《のお》里の寂林《じゃくりん》法師は仏道修行のため他国を遍歴し、加賀郡畝田《うねだ》村（現金沢市）に止住したという（下巻・第十六）。在俗信者を含めた修行、布教活動がうかがわれるのである。

さて、造東大寺司の史生として活躍した生江《いくえ》臣東人は、越前国足羽《あすわ》郡の有力豪族の出身で、天平勝宝六年（七五四）には故郷に戻り、足羽郡大領として東大寺領荘園の経営に大きな役割を果たしている。この生江氏の同族で注意されるのが生江臣家道女である。彼女は天平勝宝九歳（七五七）五月二日、聖武太上天皇の一周忌に際して母の大田女とともに『法華経《ほけきょう》』一〇〇部八〇〇巻、『瑜伽《ゆが》論』一部一〇〇巻を書写発願して東大寺に貢進している。次にその貢経文を掲げておく。

貢

本願経九百巻　麁帙《そちつ》十八枚

　法華経一百部〈八百巻〉

　瑜伽論一部〈一百巻〉

右、上為帝上天皇大御奉仕、退聖御門共天地日月不動欲将大坐、

次天下平安於公御門无退欲令奉仕

　　天平勝宝九歳五月二日

　　願主越前国足羽郡江下郷生江臣家道女

　　　母生江臣大田女

（『大日本古文書』十二ノ二九二〜三）

五行目の「帝上天皇」は「太上天皇」の別表記で、聖武太上天皇をさす。杉本一樹氏は「帝」は呉音でタイまたはダイと読まれたとされ、「帝」と「太」は通用とされる。[注25] これに関し、光覚知識経の題跋には多く「奉為　皇帝后」（皇帝后の奉為）」と見えるが、[注26]「皇帝后」は「皇太后」の別表記で光明皇太后を指すという指摘がある。[注27]「帝上」は「太上」の別表記として誤りあるまい。

橋本進吉はこの貢経文を「上は太上天皇の御為に仕へ奉り、退きては聖の帝が天地日月と共に動きなくおはしまさん為、次に天下平安に公に怠りなく仕へ奉らん為、発願してこの経を奉る」意と解されている。[注28]

また、東野治之氏は「帝上天皇」にふれて次のように読み下しておられる。[注29]

右、上は帝上天皇の大みために仕へ奉り、退ては聖御門、天地日月と共に動かず、おほましまさむと欲す。次に天下平安に、公の御門に退くことなく仕へ奉らむと欲す。

さらに、小谷博泰氏は右の文章が宣命や祝詞にみられる語句によって作られていることなどを指摘され、次のように読まれている。[注30]

右、上は帝上天皇の大御為《おほみため》に仕へ奉り、退きては聖の御門を天地日月と共に動かさ不《ず》大坐さ将《む》と欲《おも》ふ。次に天の下平らけく安らけく、公　於《に（おきては）》、御門を退くこと无く仕へ奉ら令めむと欲ふ。

「聖の御門」は漢語の「聖朝」を意味するのであろう。また「共天地日月不動」はかの不改常典の「天地と共に長く日月と共に遠く改はるましじき」（『続日本紀』第三詔）を想起させる。

なお、「无退」については『古事記』仲哀段に「共與天地、無退仕奉（天地と共に、無退仕へ奉らむ)」の例がある。『古事記伝』は「無退」を「とことはに」と訓んでいる。永久不変にの意味である。「とことは」の語については『万葉集』に

　吾御門《わがみかど》　千代常登婆尓《ちよとことばに》　将榮等《さかえむと》　念而有之《おもひてありし》　吾志悲毛《われしかなしも》（巻二・一八四）

の例がある。また、「公御門」の「公」を「退きて」に対応する語句と解して「公《おほやけ》に」と訓むと落ち着かず、「公《きみ》の御門」と訓んでおく。そこで右文を次のように読んでおきたい。

　右、上は帝上天皇（聖武太上天皇）の大御為《おほみため》に仕へ奉り、退きては聖《ひじり》の御門《みかど》（孝謙天皇）、天地日月と共に動くことなく、大坐《おほま》しまさ将《む》と欲《おも》ふ。次に天の下平らけく安らけく、公《きみ》の御門に无退《とことは》に仕へ奉らむと欲ふ。

右の貢経文の文意は、聖武太上天皇の追善と、孝謙天皇の安寧と天下の平安を願い、そして朝廷への変わることのない忠誠にあると思われる。

貢上された経典のうち『法華経』は仏教の根本経典として官及び民間発願経、優婆塞貢進文の経典に数多くみられる。天平二十年（七四八）、先帝元正太上天皇の崩御後の七月に、元正の為に『法華経』一千部が書写されているが(注31)（『続日本紀』同年七月十八日条）、大田女・家道女母子はこの先例に倣ったのであろうか。また、『瑜伽論』は法相宗の依拠した経典で、民間発願経に多くみられる。(注32)『瑜伽論』が選ばれたのは、後述するように大田女・家道女母子が『瑜伽論』の呪術的、実践的思想にも

とづき活動していたためであろう。いずれにせよこのような膨大な経典の書写と東大寺への貢進は地方有力豪族の財力に負うものであるが、同族の生江臣東人と東大寺の関係が背景にあるのであろう。

また、家道女は同年六月、別に『灌頂経《かんじょうきょう》』一部一二巻を東大寺に貢進しているが（『大日本古文書』十二ノ二九二）、『灌頂経』は『大灌頂経』、『大灌頂神呪経《だいかんじょうじんしゅきょう》』とも呼ばれ、東晋の帛尸梨密多羅《はくしりみったら》の訳とされる一二部の経典を集めた密教の経典で、新羅でも重視された経典である。(注33)奈良時代には疫病の流行や飢饉から、仏教の呪的効験が求められ、療病快癒といった現実的要請からも陀羅尼《だらに》や神呪の祈修が行われていたことが指摘されているが、(注34)北陸の地においてもこうした密教（雑密）の流布が推測されるのである。

越の優婆夷 仏教を厚く信仰した家道女は、のちに市において教えを説き、世人からは「越の優婆夷《うばい》」と呼ばれた。「優婆夷」は女性の在俗信者の意味である。

生江臣家道女を本国に遞送《ていそう》す。家道女は越前国足羽郡の人なり。常に市鄽《してん》において妄りに罪福を説き、百姓を眩惑す。世に号して越の優婆夷と曰ふ。

（『日本後紀』延暦十五［七九六］年七月二十一日条）

平安京へ遷都後、経典の貢進から三十九年後のことである。家道女が貢進した『瑜伽論』や『灌頂経』などから推測すると、家道女は行基と同じく呪的色彩の濃い法相系の菩薩の利他行（社会事業）を行っていたとみられる。桓武政権の仏教統制策においても市で罪福を説く行為は民衆を妖惑するものとして行基集団と同様に処断され、本国たる越前に送還されたのである。家道女が布教活動した

「市鄽」とは、恐らく平城京、長岡京、平安京など京の市であろう。

京市で布教活動をする家道女は、京中の人々に「越の優婆夷」と呼ばれ、本国に送還されるほどに影響力をもったが、それは呪験を体得した「越の優婆夷」であるが故に、京中の人々に呪的効力を及ぼし得たと推測される。官僧の地方での活動とは逆に、越前の優婆夷が畿内で宗教活動を行っている姿が確認されるのである。

四　おわりに

本稿では第一に高志の分割時期の問題を採り上げ、新出の「高志国」木簡の検討から従来高志国の分割時期は天智七年（六六八）から持統六年（六九二）の間とされていたが、その時期を天武十一年（六八二）前後から持統六年の間に絞れることを指摘した。第二には若狭、気比、気多北陸三神の神仏習合についてふれ、東木津遺跡出土の木簡の検討から、気多大神宮寺が七八〇年代初頭にはすでに成立していたこと、また神たる天皇の出家、すなわち聖武太上天皇と、とりわけ称徳天皇の出家が神仏習合に大きな影響を与え、在地社会においては神々の仏教帰依は神々の再生の意義をもったが、仏教界や王権は護法善神の思想に沿うものとして捉えたことなどを述べた。さらに第三に『万葉集』に見える講師僧恵行の検討を通し、奈良時代の講師は法会の際に講義にあたる僧侶をさすことを再確認し、『報恩経』の跋文に見える「書写法師恵行」は『万葉集』の恵行と同一人物とみられることから東大寺の僧侶と推測されることを指摘した。また、生江臣大田女・家道女母子の貢経や「越の優婆夷」家道女の布教活動を通して、在地豪族層の女性在俗信者の中央での活動の姿を垣間見た。

注1　直木孝次郎「古事記の国名表記について」（『飛鳥奈良時代の研究』塙書房、一九七五。初出一九七二）

2　鎌田元一「律令制国名表記の成立」（『律令公民制の研究』塙書房、二〇〇一。初出一九九五）

3　拙稿「『越』木簡覚書」（『高岡市万葉歴史館紀要』一一号、二〇〇一年三月）

4　鴻巣盛廣『北陸萬葉集古蹟研究』（うつのみや、一九三四、一九八〇復刻版）など。

5　冒頭の「ツ」の字を「小」、もしくは「少」と読めれば「少（小）非野五十戸」となり、『和名類聚抄』礪波郡管下の「意悲郷」の前身に比定しうる。神護景雲元年十一月の「越中国礪波郡井山村墾田図」には「小井郷戸主蝮部三□戸治田二段百廿歩」とあり、また石山寺に伝存する延喜十年（九一〇）頃に作成された「越中官倉納穀交替記」には「意斐村」がみえ、「大野郷井山村」（大治五年「東大寺諸荘文書絵図等目録」）とあることからも砺波平野の東部、大野郷の近辺と推測される。「ツ」と読む場合は「つひの」、あるいは「つびの」と訓めよう。現在地名でいえば井波町坪野（一五世紀まで遡る地名）などが候補になろうか。

6　米沢康「越中国をめぐる二、三の問題——律令国郡制との関係を中心として——」（『北陸古代の政治と社会』法政大学出版局、一九八九）

7　『続日本紀』の奉幣記事については、西宮秀紀「『続日本紀』に見える幣・幣帛記事について—奉幣制度論—」（『続日本紀研究』三〇〇号、一九九六年三月）を参照。

8　天皇の出家については家永三郎「飛鳥寧楽時代の神仏関係」（論集奈良仏教4『神々と奈良仏教』雄

山閣、一九九五。初出一九四二）、岸俊男「天皇と出家」（日本の古代7『まつりごとの展開』中央公論社、一九八六）などを参照。

9　東木津遺跡出土の木簡については『木簡研究』第二一号（一九九九）、『木簡研究』第二三号（二〇〇一年）、拙稿前掲注3、及び「東木津遺跡出土木簡補論」（『高岡市万葉歴史館紀要』一二号、二〇〇二年三月）を参照されたい。

10　高岡市教育委員会『石塚遺跡・東木津遺跡調査報告』（二〇〇一年三月）。なお、この木簡の中程左右交互にある切り込みは転用された可能性を示すのであろうか。平川南氏にうかがったところ、このような切り込みは極めて珍しいということである。

11　浅香年木「古代の北陸道における韓神信仰」（『日本海文化』六、一九七九）

12　木本秀樹「平安時代前期越中国における神階奉受—在地支配存在形態に関する問題提起—」（『越中古代社会の研究』（高志書院、二〇〇二。初出一九九五）

13　延暦二十四年十二月二十五日付太政官符（『類聚三代格』、『貞観交替式』など）

14　尾山篤二郎『大伴家持の研究』（平凡社、一九五六）二六四頁

15　佐久間竜「国師について」（『続日本紀研究』一二三号、一九六四年一〇月）、藤井一二「律令国家展開過程の国師について—地方国衙の仏教活動を中心にして」（『続日本紀研究』一五三・一五四合併号、一九六七年六月）、難波俊成「古代地方僧官制度について」（『南都仏教』二八号、一九七二年六月）、井上薫「国分寺の造営」（『奈良朝仏教史の研究』吉川弘文館、一九六六）、米沢康「国師・講師考」（『北陸古代の政治と社会』法政大学出版局、一九八九）など参照。このうち講師についていえば、佐久間氏は講師は常置とされ、米沢氏は延暦十四年以前に国師—講師体制ともいうべき常置の機関があったとされている。

16 井上薫 前掲書注15三二二～三二八頁、及び三三八～三三九頁注29

17 『日本古代人名辞典』（吉川弘文館）は同一人物としている（第一巻「恵行」の項）。

18 日置朝臣は「応神天皇の皇子、大山守王の後なり」（右京皇別下）とあり、日置造は「高麗国の人、伊利須使主（意弥）自り出づ」（左京諸蕃下など）とある。また日置倉人は日置造と同祖で「伊利須使主の兄、許呂使主の後なり」（大和国諸蕃）とある。

19 佐伯有清『新撰姓氏録の研究（考證篇五）』（吉川弘文館）三五六～三五八頁。

20 『寧楽遺文』中・六一六頁

21 勝浦令子「光覚知識経の研究」（『日本古代の僧尼と社会』吉川弘文館、二〇〇〇。初出一九八五）三七六頁注26でもこの四例を八世紀の夫妻による共同祈願の例とされている。

22 田中塊堂『日本写経綜鑒』（思文閣、一九七四）は三首那願経とし、竹内理三も日置山守の家刀自三首那の願経とし、地方写経としている（『寧楽遺文』下巻解説）。近く古岡英明氏も家刀自三首那の発願であり、恵行が長門へ赴き書写したとされ（「『越中万葉』に見える僧と国分寺」『家持と萬葉集』高岡市万葉歴史館叢書一二、二〇〇〇）、『山口県史』史料編古代（山口県、二〇〇一）も発願者を「山守の妻三首那」とする。

23 官大寺僧の在地での活動については鈴木景二「都鄙間交通と在地秩序―奈良・平安初期の仏教を素材として―」（『日本史研究』三七九号、一九九四）を参照。

24 鹿島昌也「富山市栃谷南遺跡について」（富山市教育委員会『フォーラム古代越中国の仏教と瓦生産』二〇〇二）、富山市教育委員会『栃谷南遺跡』（一九九九）など。生産された瓦の供給先である寺院が未確認であるが、今後の調査が期待される。なお、拙稿「富山市栃谷南遺跡出土ヘラ書き土器『恵□』について」（『富山市考古資料館紀要』二五号、二〇〇三）を参照されたい。

25 杉本一樹「南京遺芳解説補注」(『南京遺文附巻・南京遺芳附巻』八木書店、一九八七)
26 光覚知識経については勝浦令子、前掲書注21を参照されたい。
27 東野治之「光覚知識経の『皇帝后』」(『続日本紀研究』二三七号、一九八五年四月)、同「光覚知識経の『皇帝后』補遺」(『続日本紀研究』二三九号、一九八五年六月)、『書の古代史』(岩波書店、一九九四)
28 橋本進吉「南京遺芳解説」(『南京遺文附巻・南京遺芳附巻』八木書店、一九八七)
29 東野治之、前掲注27「光覚知識経の『皇帝后』補遺」
30 小谷博泰「木簡に見る和風表記と上代文書」(『上代文学と木簡の研究』和泉書院、一九九九。初出一九九〇)二五八頁。
31 関根真隆氏によると、千部法華経ははじめ元正太上天皇の病気平癒を祈念して行われた写経であったが、途中で崩じたために追善の事業とされたという(『万葉流転―寧楽史私考―』教育社、一九八二、一六二頁)。
32 民間発願経については鬼頭清明「奈良時代の民間写経について」(『日本古代都市論序説』法政大学出版局、一九七七。初出一九七四)を参照。
33 拙稿「古代文物二題―山田寺出土木簡と『命過』幡」(『史学』六〇―一、一九九一年一月)
34 堀池春峰「奈良時代の密教的性格」(『南都仏教史の研究(下)―諸寺篇―』法蔵館、一九八二。初出一九六〇)

なお、『万葉集』は新編日本古典文学全集(小学館)

『日本霊異記』は新日本古典文学大系（岩波書店）
『続日本紀』は新日本古典文学大系（岩波書店）によった。

編集後記

古代北陸道に属する国を南から挙げると、若狭・越前・加賀・能登・越中・越後・佐渡の七ヶ国となる。もっともこれは一〇世紀前半に成立した『延喜式』に記されることで、弘仁十四年（八二三）に越前国から分立した加賀国は奈良時代にはまだ存在していなかった。その上、地方行政区画の変遷には複雑なものがあった。ともあれ、時期的には変化があるものの、「コシ」と呼ばれた地方はおよそ右の七ヶ国の地域と考えてよいだろう。

今年度の研究テーマはこの「コシ」にあるが、コシの漢字表記は多様で「高志」、「越」、「古志」などが当てられる。表題にいずれの表記を使用するかが問題となったが、『日本書紀』などに地名として使われ、また読者に比較的馴染みの深い「越」を当てた。

こうして生まれた『越の万葉集』であるが、まずは越中万葉をどうとらえるか、越中万葉はこれまで様々な視点から光があてられてきた。そこで、本書では大伴家持が越中に赴任した天平十八年（七四六）から都へ帰任する天平勝宝三年（七五一）までを、年次ごとに輪切りにして照射してみようと試みた。さらに若狭、越前、越後を視野に含めて、越でよまれた、あるいは越をよんだ歌や歌謡を考察の対象とした。

今回も国文学・歴史学などの分野で、研究の第一線に立つ先生方のご協力を得て、万葉によまれた

「越の世界」、あるいは大伴家持と「越の世界」、さらには万葉の背景となる古代の越の歴史的世界を読み解いていただいた。

ご多忙にもかかわらずご執筆をいただいた先生方に深く感謝申し上げたい。また、このたびも編集の労をおとりいただいた笠間書院大久保康雄氏に厚く御礼申し上げる。

来年度、第七冊は『色の万葉集』を刊行する予定である。『万葉集』によまれた「色」をどう読み解けるか、ご期待ください。

平成十五年三月

「高岡市万葉歴史館論集」編集委員会

執筆者紹介（五十音順）

市瀬雅之《いちのせまさゆき》　一九六一年岐阜県生、中京大学大学院修了、梅花女子大学文学部助教授。博士（文学）。『大伴家持論―文学と氏族伝統―』、（単著・おうふう）、『東海の万葉歌』（共著・おうふう）ほか。

大久間喜一郎《おおくまきいちろう》　一九一七年東京市生、國學院大學文学部卒、明治大学教授を経て、高岡市万葉歴史館館長。文学博士。『古代文学の源流』（おうふう）、『古代文学の構想』（武蔵野書院）、『古代文学の伝統』（笠間書院）、『古事記の比較説話学』（雄山閣出版）、『古代歌謡と伝承文学』（塙書房）、『言葉をさかのぼる』（短歌新聞社）ほか。

小野《おの》　**寛**《ひろし》　一九三四年京都市生、東京大学大学院修了、駒澤大学教授。『新選万葉集抄』（笠間書院）、『大伴家持研究』（笠間書院）、『孤愁の人大伴家持』（新典社）、『万葉集歌人摘草』（若草書房）、『上代文学研究事典』（共編・おうふう）ほか。

川崎《かわさき》　**晃**《あきら》　一九四七年東京都生、学習院大学大学院修了、高岡市万葉歴史館学芸課長。『遺跡の語る古代史』（共著・東京堂）「倭王権と五世紀の東アジア」（『古代国家の政治と外交』所収・吉川弘文館）ほか。

新谷秀夫《しんたにひでお》　一九六三年大阪府生、関西学院大学大学院修了、高岡市万葉歴史館主任研究員。『万葉集一〇一の謎』（共著・新人物往来社）、「藤原仲実と『萬葉集』」（「美夫君志」60号）、「『次点』の実体」（「高岡市万葉歴史館紀要」10号）ほか。

関《せき》　**隆司**《たかし》　一九六三年東京都生、駒澤大学大学院修了、高岡市万葉歴史館研究員。『西本願寺本万葉集（普及版）巻第八』（おうふう）、「大伴家持が『たび』とうたわないこと」（「論輯」22）ほか。

田中夏陽子《たなかかよこ》　一九六九年東京都生、昭和女子大学大学院修了、高岡市万葉歴史館研究員。「有間皇子一四二番歌の解釈に関する一考察」（「日本文学紀要」8号）ほか。

鉄野昌弘《てつのまさひろ》　一九五九年東京都生、東京大学大学院博士課程満期退学、東京女子大学文理学部助教授。「『賀陸奥国出金詔書歌』論」（『萬葉』百五十五号）、「大伴家持論（前期）」（『セミナー万葉の歌人と作品』第八巻）ほか。

中川幸廣《なかがわゆきひろ》　一九三五年新潟市に生まれる。日本大学大学院修了。日本大学法学部教授。博士（文学）。『萬葉集の作品と基層』（桜楓社）、『鳥の古代』（上代文学81号）ほか。

針原孝之《はりはらたかゆき》　一九四〇年富山県生、東洋大学大学院修了、二松学舎大学文学部教授。『大伴家持研究序説』（桜楓社）、『越路の家持』（新典社）、『万葉集歌人事典』（共編・雄山閣出版）ほか。

藤井一二《ふじいかずつぐ》　一九四一年東京都生、富山大学文理学部文学科（史学）卒。金沢星陵大学教授。単著『初期荘園史の研究』（塙書房）、『東大寺開田図の研究』（同）、『和同開珎』（中央公論社）、『古代日本の四季ごよみ』（同）ほか。

吉村《よしむら》　誠《まこと》　一九五四年奈良県生。国学院大学大学院修了。山口大学教授。博士（文学）。『大伴家持と奈良朝和歌』（おうふう）、「万葉集三番歌『中弭』の音考」（『日本文学論究』四四冊）ほか。

高岡市万葉歴史館論集 6
越《こし》の万葉集《まんようしゅう》

平成 15 年 3 月 31 日　初版第 1 刷発行

編　者　高岡市万葉歴史館©
発行者　池田つや子
発行所　有限会社　**笠間書院**
〒 101-0064　東京都千代田区猿楽町 2-2-5
電話 03-3295-1331(代)　振替 00110-1-56002
印　刷　壮光舎
製　本　渡辺製本所
ISBN 4-305-00236-1